甲賀三郎

谜托邦

MYSTOPIA

华文推理新大陆
推理迷的乌托邦

蛤蟆屋杀人事件

[日] 甲贺三郎 著

陈晓淇 译

北京联合出版公司
Beijing United Publishing Co.,Ltd.

图书在版编目（CIP）数据

蛤蟆屋杀人事件 / （日）甲贺三郎著；陈晓淇译
. — 北京：北京联合出版公司，2023.11
ISBN 978-7-5596-7205-6

Ⅰ . ①蛤… Ⅱ . ①甲… ②陈… Ⅲ . ①长篇小说－日
本－现代Ⅳ . ① I313.45

中国国家版本馆 CIP 数据核字 (2023) 第 165362 号

蛤蟆屋杀人事件

作　　者：[日] 甲贺三郎
译　　者：陈晓淇
出 品 人：赵红仕
策划监制：王晨曦
特约策划：温雪亮
责任编辑：孙志文
特约编辑：华斯比
营销支持：风不动
美术编辑：陈雪莲
封面绘图：[日] 歌川芳虎

北京联合出版公司出版
（北京市西城区德外大街 83 号楼 9 层　100088）
北京联合天畅文化传播公司发行
上海盛通时代印刷有限公司印刷　新华书店经销
字数 232 千字　889 毫米 ×1194 毫米　1/32　10.375 印张
2023 年 11 月第 1 版　2023 年 11 月第 1 次印刷
ISBN 978-7-5596-7205-6
定价：68.00 元

目 录
CONTENTS

附　录

第一章 诡异的尸体

掉落的头颅

那是一个闷热的早晨。正值梅雨季节，天空难得放晴。

上午十点，已经过了早高峰的时段，只是偶尔有几辆汽车驶过，行人的踪影早就消散了。丸之内①区域写字楼林立的街道里安静得令人有些毛骨悚然。

丸之内警察署的木野巡查②第二次巡逻到了工业俱乐部③的前面。他注意到其中停着的一辆高级汽车，有些讶异地停下脚步。

工业俱乐部内汇集了日本有名的实业家④，因此在这座壮丽的会馆前停着高级汽车并不稀奇。只是，司机几乎把头埋进方向盘里，似乎睡得很沉。当然，如果光是这一点，并不稀奇。但是木野巡查刚在两小时前路过这里的时候，这位司机就已经以相同的姿势趴在方向盘上睡觉了。说他是司机可能不太恰当，因为他穿着西装，胸前挂着粗粗的发光的金链子，看起来更像是车主司机⑤。他们和雇佣司机不一样，而木野巡查向来不太擅长应付这些家伙，因此，在第一次巡逻的时候，他只往车里扫了一眼就走了。两个小时后，司机几乎还以同样的姿势在睡觉，这就有些奇怪了。

---

① 丸之内，位于日本东京都千代田区，是日本有名的商业街，也是三菱集团的大本营。（全书脚注皆为译注）

② 巡查，即巡逻官、巡警，是警察中最低的一级。

③ 全称为日本工业俱乐部，创立于 1917 年，是一流实业家们为相互联谊和推动工业发展而设立的团体，初代会长为三菱合资会社社长丰川良平，初代理事长为三井合名会社理事长团琢磨。工业俱乐部会馆位于丸之内。

④ 实业家，指从事生产、物流、贩卖等行业的人。

⑤ 车主司机即 owner driver，指驾驶自己的汽车的司机。

木野巡查有些犹豫，踌躇了一会儿。职业使然，他无法对此视而不见，只得走近这辆高级汽车。

看上去的确不是雇佣司机。就算自己走到汽车附近，对方也没有任何反应，依旧睡得死死的。

木野巡查打开了车门："您好。"

尽管打了招呼，车内的司机仍然沉默，他只好又呼唤了一声："您好。"

说着，他轻轻摇了摇对方的肩膀。

这时，司机的头颅向前平移了一段距离，最后"啪嗒"一声落在了膝盖上。

木野巡查愣住了。他无法理解究竟发生了什么，面对这种出乎预料的情况，他的脑子里突然一片空白。

就在下一瞬间，他倒吸一口冷气，回过神来。木野巡查立刻往后倒退了两三步，他的脸色渐渐变得惨白，手脚止不住地颤抖。不过，身为警察，他终究没有惊呼出声。不，应该说，他很快找回了自己作为警察该有的修养。

他如脱逃的兔子般跑回了派出所，简明扼要地将事情告诉了同事，拜托对方尽快汇报给警察署总署，然后再次跑回案发现场。幸而行人不多，也没有凑热闹的人围观。木野巡查松了一口气，这才开始冷静地观察这辆高级汽车。

车的外侧没有任何异常之处。汽车规规矩矩地停在规定的停车位里。车的内部也没有任何异常之处。车内没有打斗过的痕迹，也没有任何血迹。这位司机应该是在别处被杀害了，头颅从身体上被切下后，整个人又被搬来了这个地方。

尸体脖子的切口非常平整，想必是被人用非常锋利的刀具

"唰"的一下砍了下来。只是，这一点木野巡查不清楚，无法分辨头颅是在司机生前被切下的，还是死后被切下的。

警车响着刺耳的警笛声和轰鸣声向案发现场驶来。伴随着"吱——"的一声，警车在木野巡查面前迅速停了下来。车门"啪"地打开，等级在署长以下的警员们以令人心焦的速度，三三两两地从车里走出来。

"嗯。"

就连一向沉稳的署长也瞪大眼睛，盯着这具诡异的尸体。很快，他就向木野巡查命令道：

"你先把他的头抱起来，放到脖子上连起来看看。"

这并不是个讨喜的任务，但是木野巡查又不能违抗署长的命令。他只好用双手夹着头颅，将这个掉在尸体膝盖上的头颅抱了起来。夹在手腕间的头颅比想象中要来得重些，一股无法言喻的冰冷的触感与恶寒席卷了木野巡查的全身。

他双手夹着头颅，将它放到了尸体的脖子上。切口完美地贴合在了一起。

"嗯。"

署长呢喃似的应了一声，点了点头，然后命令旁边的刑警们：

"你们去查一下这辆汽车的主人。还有，拍一下现场的照片。"

负责拍照的警察们一边驱赶着逐渐聚集起来的围观群众，一边从各个角度按下快门，拍下了现场的照片。

"可以。那就把尸体搬到警察署吧。"

遵照署长的命令，尸体被暂时搬到了丸之内警察署。

根据汽车的车牌号，很快就查到了车主的身份。车主是住在世田谷区下北泽的一名叫熊丸猛的男性。熊丸是个有名的资本家，参股了多家大型企业，在下北泽有着占地数千坪 ① 的宅邸，曾是个十分活跃的大实业家。

运回警察署的尸体由法医开始进行检查。

最开始进行的是随身物品检查。金手表、金项链、记事本、钱包、名片夹、手帕、烟盒等，都是属于他这一阶层的绅士会随身携带的东西，并无特殊之处。名片夹里放有十几张相同的名片，上面写着：

熊丸 猛

东京市世田谷区下北泽三二〇〇

手表和烟盒内部都雕有姓名的首字母 T·K② 。显而易见，被害者应该就是熊丸猛本人。

"死因是被锋利的刀具刺入心脏。"

法医剖开尸体的胸膛，指着那里绽开的伤口。

"被锋利的短刀一刀致命。他死前可能都来不及出声呼叫。凶器锋利得很啊，马甲和衬衫都不能阻拦分毫。"

"那，脑袋是——"

署长只说到这里便打住了，仿佛这个话题让他毛骨悚然。

法医点点头："是死后切下来的。可能是用日本刀一类的工具，'唰'的一下——应该是这样的。"

"距离死亡时间过去多久了？"

"不清楚太具体的，大概是在十小时到十五小时之间。差不多

---

① 坪，日本面积单位，一坪大约为 3.3 平方米。

② 熊丸猛，日语罗马音写作 Kumamaru Takeshi，英语写法为 Takeshi Kumamaru。

是在昨天晚上十点左右吧。"

"署长，有您的电话。"

听到刑警的提醒，署长拿起话筒。电话是被署长派去世田谷区调查的竹尾刑警打来的。

"喂，是署长先生吗？我现在已经到了熊丸家。熊丸夫人说，她丈夫熊丸先生在昨天晚上十点左右自行驾车离开了家。嗯？您问同行的人吗？她说没有同行的人。熊丸先生今年五十岁，是个长脸、额头狭窄的男人，眉毛很浓，眼角向上挑，鼻梁高，脸颊消瘦，腮骨突出。"

"嗯。"

署长把话筒贴在耳边，喃喃道。竹尾刑警描述的这些特征，与在汽车里发现的头身分离的尸体完全吻合。只是，假设熊丸是在晚上十点开车离家的，那么他是在哪儿遇害、被切下了头颅的？又是谁将他的尸体搬运到了工业俱乐部会馆的前面？

"熊丸是个什么样的人，你尽可能打听清楚。还有，昨晚他出门去了哪儿，你也尽可能问清楚。"

署长将话筒放回原处，不禁喃喃自语道："这么诡异的案件，最近可少见得很啊。"

随着调查的深入，案件的离奇程度一次又一次地超出了署长的预料。

根据下北泽派出所巡查的报告，昨晚十点左右，他们确实看到熊丸的汽车经过了派出所的门口。该巡查认得熊丸的脸，因此说开车的司机一定是熊丸本人。此外，他还做证说，当时车上没有其他同行者。但是，根据任职于自东北泽发至涩谷站的公交路段中途的派出所的冈田巡查的证言，在今天早上不到八点的时候，他也看到熊丸先生的汽车开了过去。他说，熊丸先生的汽车是大型的高级汽车，本身就十分显眼，并且当时正好在派出所的正前方，与迎面高速驶来的卡车差点发生碰撞，因此他记得特别清楚。当时驾驶汽车的人的确是一位跟车主很像的绅士，车内并没有其他同行者。根据冈田巡查所言，当时开车的那位绅士，从衣着到长相都与被害的熊丸先生一模一样。

"搞不懂。"

署长猛地摇了摇头。

熊丸于昨晚十点驾车离开自宅。附近派出所的巡查证实了这一点。根据法医的尸检结果，在这之后，熊丸很快遇害，他被短刀捅入心脏死亡后，又被类似于日本刀的锋利工具"唰"的一下切下了头颅。但是，在今早不到八点的时候，这位已经遇害的熊丸又以头身相连的状态，驾驶着自己的汽车开往涩谷方向。如果在八点之前经过涩谷站，汽车很快就能到达工业俱乐部会馆前，这本身不足为奇。匪夷所思的是，幕后的操纵者是怎么做到这一切的。在工业俱乐部会馆前停车时，熊丸又变回了头颅与躯体分开的尸体。

"是我的脑袋出问题了吗？"

署长喃喃道，有些担心似的敲了敲自己的后脑勺。

车内并非行凶现场，这一点毫无疑问。那么，只剩下一种可能：熊丸离开家后在某处遇害，尸体被原封不动地安置在了某处。直到八点前，这具头颅与躯体分离的尸体被重新搬回到汽车上。汽车经过涩谷站前，把尸体运送到了丸之内区域。这么想来，驾驶汽车抵达工业俱乐部的人不可能是熊丸本人，应该是由凶手或者他的帮凶假扮的。凶手究竟是出于什么必要的理由，才会在切下熊丸的头颅后，又特意伪装成熊丸，将尸体搬运到丸之内区域遗弃呢？

署长为此烦恼不已。下午，竹尾刑警回到了警察署。

"署长，熊丸先生的确于昨天晚上十点左右离开了家，但不知道他要去哪儿。根据管家栗井所说，熊丸先生经常不说要去哪里就独自驱车兜风。以防万一，我还在管家的带领下参观了整栋房子，家里没有任何异常之处。只是，署长，熊丸是个相当诡异的人。"

"诡异？怎么个诡异法？"

"他居然在自己家里养了很多蛤蟆！他的宅邸宽敞，占地几千坪，是个建在小山斜坡上的西洋风格的红砖房子，四周都是郁郁葱葱的树林。就在那个广阔的庭院内，养了成百上千只蛤蟆。周围的居民都不叫那儿熊丸家，反而叫那儿蛤蟆屋。而且——"

竹尾刑警说到一半，门外突然传来一阵骚动。

"署长在哪里？我只找署长有事。让署长出来！"

门外传来嘶哑的怒吼，声音的主人听起来非常愤怒。

熊丸猛

不等负责引导的巡查打开门，一位绅士就闯进了署长室。他看起来五十岁左右，身形高挑，瘦得就像皮包骨头。

"你……你就是署长吗？"绅士瞪着署长问道。

负责引导的巡查胆战心惊地看着署长："他是突然闯进来的，甚至都没说自己叫什么名字，只说了让署长出来——"

不待巡查说完，绅士便开口道："你给我闭嘴。署长，请你解释一下。你到底有什么权利，派刑警到我家里来，让他们对我家的事情刨根问底，还随意地在我家走来走去？实……实在是岂有此理！来，赶快给我解释解释吧。"

"请你们安静一下。"署长刻意摆出一副冷静的态度，"在向您解释这些之前，我可以先知道您的名字吗？"

"你都不认得我的脸，就敢让刑警做出那些事吗？我是熊丸，熊丸猛。"

"啊？"

署长吃了一惊，看向绅士的脸。他的额头狭窄，浓眉配着上挑的眼角，鼻梁挺拔，脸颊消瘦，腮骨突出，简直和今天早上那具诡异的尸体的脸一模一样。

"您……您就是熊丸先生？"

署长勉强挤出了这一句话。

"对，我就是熊丸。到……到底为什么要搜查我家？"

（这是闹了一个不得了的误会啊。只是，但是——）

署长的脑子里有些混乱。不过，很快他就冷静了下来。"其实，今天早上发生了一起杀人案，是为了这件事，"说到这里，他顿了顿，"对了，请您稍等一下。"

署长向站在一侧的巡查吩咐道："你去把今天早上的现场照片带过来。"

在等待巡查取来照片的一两分钟内，熊丸的表情依旧十分愤怒，一副非常不愉快的样子。

"请您看看这个。"

署长将尸体的照片递给了他。

熊丸十分不悦地接过了照片，立刻皱起了眉："这是什么，是睡着了吗？还真是吓到我了。不，不对，这不是我。到底是怎么回事？"

"您也承认这张照片上的人长得像您，对吗？"

"嗯，长得是像我。但这又能说明什么？"

"因为这个男人死在了您的汽车里。他的衣袋里还有装着您的名片的名片夹，和刻有您的姓名首字母的手表——"

署长详细地讲述了今早发现的情况。

"这还真是吓到我了。"

听完，熊丸也惊讶地瞪大了眼睛。但他马上说道："如你所见，我现在还生龙活虎呢。这是恶作剧，是个彻头彻尾的恶作剧！真会给人添麻烦。"

"您昨晚出门去哪儿了？"

"你现在居然还在怀疑我？"熊丸火了，瞪了署长一眼，但很快气势就弱了下来，"不过，你的怀疑也不是没有道理。毕竟昨天晚上我不在家，整晚都待在某个地方。"

"听说您是在十点左右离开家的啊。"

"什么，十点左右？不，我是在天刚黑的时候出门的。"

"但我们听说，您是在晚上十点左右自己驾车离开的。"

"不，不可能有这回事。肯定是哪里搞错了。"

署长激动起来："您不愿意说真话的话，我们也很为难。"

"谁会跟你撒谎啊？"熊丸再次发火，喊道，"我昨天下午五点左右就出门了！在那之后再也没回过家！"

"您是开车离开的吗？"

"对。"

"您自己开车吗?"

"不,是司机开的。"

"那么汽车呢?"

"六点左右让他开回去了。"

"这么说来,十点左右离开家的又是哪位呢?"

"这我就不清楚了。我是刚刚才回到家的。没过多久,就听说警察署派刑警来我家到处搜查,所以就立刻赶来你这里了。昨晚发生了什么,我一概不清楚。"

"那么,请问昨晚您去了哪里呢?"

听到署长的问题,熊丸的脸色先是变得苍白,紧接着又涨红起来。

"这……这种事情我没义务回答!"

"但是,您也知道,那毕竟是一起案件——更何况被害人坐的还是您的汽车,拿的也是您的名片。"

"哪怕他坐了我的车,哪怕他拿了几百张我的名片,这些事我都不清楚。想知道发生了什么,那就自己去调查吧。"

"可是——"

"除此之外,我没什么好说的了。"

熊丸愤愤地离开了房间。

署长立刻吩咐刑警跟踪熊丸。接着,他拿起话筒,给熊丸家打了个电话。

"我是丸之内警察署的署长,麻烦您帮我叫一下管家栗井先生。啊啊,您就是栗井先生啊,我有事想请教您一下。我听说昨天晚上,您家老爷在十点左右自己驱车离开了家。在那之前,他出门去过哪儿吗?"

这位姓栗井的管家似乎已经上了年纪，通过电话线传来了他嘶哑但殷勤的声音："是的。下午五点左右离开过家，六点左右让司机把车开回来了。听说老爷在九点过后回来过一趟——"

"您没有亲眼看到他啊？"

"是……是的。我没有见到老爷。听说是女佣小花去迎接老爷的。在那之后的晚上十点，就如我之前跟您说的那样，老爷驱车离开了家。"

熊丸撒谎了。尽管署长想到了这一点，但还是装作若无其事的样子问道："他晚上十点出门的时候，司机在干什么？"

"听说是在自己的房间里熟睡。"

"是吗，司机一向睡得这么早吗？"

"不，听说昨晚是老爷吩咐司机说：'今天没你什么事了，你先睡吧。'毕竟不知道什么时候会有新的任务，所以司机一向是有空的时候就睡觉。"

"非常感谢您的帮助。"

挂掉电话后，署长陷入了沉思。

熊丸在隐藏着什么。他与案件有关吗？今天早上八点将汽车开到工业俱乐部前并遗弃的人是他吗？

"对了，还要调查被害人的身份。"

就在刚才，他还认定了被害人就是熊丸猛，如今这一结论已经被彻底推翻了。

被害人是谁？

案件又一次回到了原点，又得从头开始调查了。

串扰的电话

侦探小说家村桥信太郎一动不动地坐在书房的椅子上，陷入了深思。吃完晚饭已经将近六点了，在那之后的三个多小时里，他一直坐在椅子上思考。窗外似乎啪嗒啪嗒地下过几阵小雨，一会儿下，一会儿停。

现在令村桥烦恼的是，他该怎么巧妙地对他的小说新作中女主角的外貌和性格进行构思。侦探小说中出现的女主角，其性格设定有着很大的限制。尽管如此，他既不能设计出一种特别典型的性格，也不能设计出一种超脱框架的性格。

村桥开始在脑海中一位又一位地检索起自己过去认识的，抑或是现在认识的，有过一定交往的年轻女性。在差不多半小时前，他突然想到自己曾经认识的一位女性。接下来的这段时间里，他一直沉浸在对她的回忆中。

那是五六年前的事情了。村桥在帝国大学法学专业毕业两三年后，任职于某个政府机关。那时，他受朋友所托，兼任了某个私立女校的公民科目 ① 的讲师，每周去上两次课。由于在学生时代曾是一名网球选手，在上课之余村桥还会担任学生们的网球教练。

他有一个叫松岛爱子的高年级学生。爱子是一个身形高挑的美人，她不仅学习成绩优异，还很擅长网球，是主将级别的选手。

---

① 公民科目包括现代社会、伦理、政治经济等，是日本的高考科目之一。

她的魅力集中在她炯炯有神的大眼睛里，用"明眸"一词形容恰如其分。她脸形狭长，双颊消瘦，看起来仿佛一直沉浸在思考中一般。她的性格也不像运动选手，内向且孤单，但只要她抬起自己那双明亮清澈的，像是蕴含了千言万语般的杏眼，就会给对方带来一股无法用语言表述的清澈的感觉。

由于爱子是网球选手，因此相较于其他学生，村桥与她接触的机会更多一些。他很快就发现了这双动人的眼睛里蕴含的非同寻常的魅力。最后，不仅是这双眼睛，他深深地着迷于她身体的所有部分。她那稍嫌大的鼻子也好，消瘦的脸颊也好，有些排列不整齐的牙齿也好，以及因此而有些凸出的上唇也好，不，不仅是她的脸，还有她饱满的胸部、纤长的双腿、敏捷的头脑，和她寂寞的性格，这一切都令他为之心动。

不幸的是，村桥与她之间只能限于师生关系。村桥的自制不允许自己在校内与她拥有甚于其他同学的亲近，更不允许自己在校外与她见面。因而，他只能任由比火焰还旺盛的恋情在心中熊熊燃烧，却不会将其表露出分毫。不，应该说是他的理智不允许他表现出来。

无论村桥再怎么将这份强烈的感情压抑下去，隐藏起来，表面上故作平静，爱子本人应该也是有所觉的。要说为什么，因为当村桥的眼睛静静地注视着爱子的时候，只有被注视的爱子本人能感知到他视线中那足以燃尽一切事物的热意。

村桥不知道爱子的想法。只是，他唯一可以确定的是，至少爱子并不厌恶他。他能确定，她对自己抱有的感情中，除了对老师的尊敬，还有一种恋慕存在。

渐渐地，毕业的日子临近了。

网球部为选手们举办了一场送别会。自然，村桥也在被邀请之列。

送别会结束后，村桥与四五个选手一起——其中包括爱子——前往银座①。他带着这几位选手进了银座的一家咖啡馆。

他喝着茶，心绪却不似寻常，乱成一团。

女学生们似乎在愉快地聊着天。

她们的话题从告别快乐的学生时代开始，谈到了将来的梦想。爱子也参与了聊天，谈到自己的父亲早早去世，现在自己和母亲、弟弟两人相依为命，因此得尽快参加工作。与其他学生相比，爱子显得比平时更为寂寞了。

最后的最后，几人相互告别，踏上了各自的回家之路。巧的是，只有爱子和村桥两人回家的方向相同。因此，与其他同学告别后，两人一同踏上了归途。

村桥的心跃动起来。与此同时，还有一股淡淡的内疚感在他心中发酵。

最后到了两人分别的路口，村桥鼓起了勇气。

"有空的话，你要来我租房的地方看看吗？"

"好的，要是老师您不介意的话。"

没想到，爱子竟然真诚地答应了。

在租住的房间里，村桥一直说着些没头没脑的话，爱子只是以"好的""不"这类简单的措辞来回应。因此，两人的对话总是冷场。

夜色渐渐深了。不知为何，爱子没有提出准备回家的想法。

---

① 银座，位于日本东京都中央区西部，是一个极有代表性的繁华街区。

村桥心中涌起了一股前所未有的、异样的兴奋感。

　　他渐渐地坐到了爱子的身边。接着，他牵起爱子的手。爱子保持着沉默，任由村桥动手动脚。

　　"爱子小姐。"

　　村桥第一次呼唤了爱子的名字 ①。他紧紧地抱住了爱子，爱子没有反抗。

　　村桥喘着热气，将自己的脸颊贴近了爱子的脸颊。接着，他将自己的嘴唇贴上了爱子的嘴唇，紧紧地抱着爱子——

　　突然，爱子一把推开了村桥。接着，她双手掩面，突然趴在榻榻米上，肩膀大幅度地颤抖着，号啕大哭起来。

　　村桥不知如何是好，只能呆呆地看着趴着的、肩膀大幅度地颤抖着的爱子的身姿。

　　过了一会儿，爱子突然又抬起了脸。虽然泪痕清晰地留在了她的脸上，但泪水已经干透了。

　　爱子静静地站起身，接着开口道："再见了。"

　　村桥慌张地说道："爱子小姐、爱子小姐，你怎么了，是生气了吗？"

　　"不。"

　　"请你原谅我，请你原谅我。我只是，我只是——"

　　"我一点都没有生气。只是回去太晚的话，我会挨骂的——"

　　说完，爱子便迅速地离开了村桥的住处。

　　被留在身后的村桥心中充满了悔恨、失望、自责和愤怒，这些情绪交织在一起，化作一种异样的焦躁感，充斥着他的内心。

———————————

① 日本人一般以姓相称。

在那之后，他与爱子之间的联络就彻底断绝了。留在村桥心中的，是对女性永恒的不解。

没过多久，村桥因为某个契机开始执笔创作的侦探小说有了销量，最后，他辞掉了在政府机关的工作，成了一名全职小说家。在那段时间里，他偶尔也会想起爱子。或许是出于这个原因，今年已经三十二岁的村桥依旧没有结婚。

（爱子现在也有二十四五岁了吧。看同窗会的名单上，她的姓还是原来的姓，想来她应该还没有结婚①。）

正当村桥回忆着五六年前的种种时，桌上的电话突然响起了低沉的"吱铃吱铃"的声音。

村桥这才回过神，看向了电话。

电话的响声很反常。但是，只要再过一会儿，这个低沉的"吱铃吱铃"的响声就有可能突然响亮起来，变成"丁零丁零"的响声。村桥等着电话铃声真正响起来。

可惜，无论等多久，电话的响声依旧没有改变，一直持续着"吱铃吱铃"的低沉的声音。

毕竟最近是梅雨时节，空气湿度很大，电也很容易泄漏，所以电话经常出问题。村桥想着，大概是电话出了什么毛病，因此暂时任由电话这样了。只是，响声一直没有停歇。

这是多么无以言喻的诡异的响声啊。声音刺耳且阴沉，仿佛女人的呜咽。虽然时间还称不上是深夜，但这里是位于新市区的住宅区，此时四下寂静无声。而电话低沉的铃声，如同女人的呜咽，又像是谁的呢喃，渐渐地，让他感到毛骨悚然。

---

① 在日本，结婚后妻子将会改用自己丈夫的姓。

村桥终于拿起了话筒。

这时，话筒中传来了低低的声音，仿佛是千里，抑或是两千里之外，从一片漆黑的地方传来的蚊鸣般的声音：

"您好，您好。"

村桥大声呼喊道。这时，声音低低地响起："我……我可能要被杀了——"

"啊？啊？你说什么？你……你是谁！"

村桥怒喊道。

但是对方丝毫不打算回答村桥的问题，继续说道：

"我肯定会被杀的，被那个野兽般的男人。接着，他会切下我的头。哈哈哈哈哈。"

笑声仿佛从地底传来，令人毛骨悚然。

这时，他听见了另一道尖细的声音。声音的主人应该是一位女性，她似乎说了些什么，但是他完全无法听清她的话。

串扰① 了！

他隐约可以听出，这是位于某处的男女两人进行的电话交流。

两人的交流内容过于离奇，村桥甚至忘记要放下话筒，屏住了呼吸。

"但，我可不会这么轻易被他杀死。只是，要是我被他杀了，那家伙肯定会'咔嚓'一下切下我的头，像扔狗一样把它扔去哪里吧——"

只有男性的声音能听清，尽管也非常微弱。

村桥打了个冷战。尽管这声音仿佛从地底传来，但从意思

---

① 串扰，即混入了别的信号。

听来，应该是有一定的真实性的。他很难想象声音的主人是在开玩笑。

正当村桥在打冷战的时候，串扰似乎消失了。两人的对话彻底听不见了，取而代之的是接线员的声音。

"您好，您好，您是哪位？打给哪位？"

"不，我是接电话的那一方。"

村桥回过神来，这么答道。

"对不起，我搞错了。"

在这之后，四下寂静，什么声音都听不见了。

村桥将话筒放了回去。

他有些后悔接了这个串扰的电话。这种仿佛是从噩梦中醒来般的心情，带给他一种无法言喻的不快感。

不过，村桥很快就忘了这件事。他又开始专心致志地思考起小说的梗概来。

临近深夜，村桥猛地拿起笔，一口气写完了数十页的小说原稿纸。当他放下笔的时候，天已经亮了。他很快就钻进了被窝。

到了傍晚，他从床上起来，洗了脸，吃了饭。接着，他拿起了女佣出门前留下的晚报。

临近盛夏，晚报上很少有值得一看的新闻。政治版面上的新闻依旧罗列着那些老套空洞的号召文，什么物价飞涨对策、振兴农村措施之类的。

社会版面上估计也没什么好新闻，村桥一边想着，一边往社会版面看去。不料，他一眼就看到了用大字印刷的标题"被切下头的百万富翁"，一下子打了个冷战。

他赶忙定睛看去。下面还有一个小标题，写着"前所未闻的杀人案件，被遗弃在丸之内工业俱乐部前的诡异尸体"。

"——木野巡查以为司机只是在打盹，因此摇了摇他的身体，不料，头颅'啪嗒'一声掉了下来。"

读完，村桥深深地叹了一口气。

他想起了昨天晚上那个诡异的电话。

"被杀了，被'咔嚓'一下切下了头——"

他的确在昨天晚上的电话中，听到了这些事情。

但是今天早上，在丸之内的工业俱乐部前，一位男性坐在高级汽车的驾驶位上，身体上安放着已经被切下的头颅。不，他是被人摆放在了驾驶位上。这两者之间只是意外的巧合吗？还是说，这两者之间有着什么关联？

昨天晚上他听到的那个电话，确实是在快十点的时候接到的。而警方推断的那具诡异尸体的死亡时间也是在这个时间段。不仅两者的时间过于接近，而且被杀后头颅被切下来也不是什么稀松平常之事。看来，两者之间应该是有一定关联的。

被杀的男性据说是富翁熊丸先生。当然，这一点是从尸体上发现的名片和其他随身物品，以及他乘坐的汽车的所有者进行推断的。到晚报截稿为止，警方还没有确定死者的身份。总而言之，这是个棘手的大案子。

谈到熊丸猛，村桥曾听人说过，熊丸猛是个性格乖戾的男人。虽然他没有见过熊丸猛本人，但是他曾在某个聚会上见过熊丸年轻的夫人。尽管没有人将自己介绍给夫人，但对方应该是个非常擅长社交的美人。真可怜，不知道那位夫人现在怎么样了。

想到这里，他又想起了昨晚那个诡异的电话。接着，他为要不要告诉警察那个电话的事情，又思考了良久。

最后，他开始收拾东西准备出门，觉得还是将这件事告诉警察比较好。尽管他在丸之内警察署没有熟人，不过幸好在警视厅搜查课有一个熟人萱场警部，他决定去跟萱场警部聊聊看。这件事可能会被别人一笑置之，但他相信萱场警部一定会认真地听他讲述的。

萱场警部正在收拾东西准备回家，看来他应该和今天的案件没关系。

"呀，好久不见。"

村桥打了个招呼，接着说道："其实，我昨晚听到了一个奇怪的电话。接着就看到了今晚的晚报，关于丸之内的那具诡异尸体的报道。然后我就在想，这两者之间说不定有什么关联——当然，也有可能只是个笑料罢了。"

做了这些铺垫之后，村桥讲述了昨晚发生的事情。

不料，萱场警部十分严肃地听完了他的话："谢谢你。这两者之间说不定是有关联的，得立刻去跟高岛警部汇报一声。你大概不认识他吧？嗯，他被任命为这个案件的主任。对了，还有一件事是在晚报截稿后才弄清楚的，所以没登在晚报上——那具尸体不是熊丸先生。他虽然长得像熊丸先生，身上的东西和汽车也都是熊丸先生的，但他其实是另一个人。"

"什么，另一个人！那他的身份调查清楚了吗？"

"这一点好像还没有查清楚。对了，你跟我一起去搜查本部吧。就麻烦老师你亲口将这件事告诉高岛君吧。"

外行侦探

搜查本部就设立在丸之内警察署。

高岛警部看起来比萱场警部年轻得多，像是刚从学校毕业的样子。他的动作非常利落，似乎是个思维敏捷的警官。而且，年纪轻轻就能当上搜查课的警部，说明其能力一定非常出众。

村桥向高岛警部详细叙述了昨天晚上那个诡异电话的内容。警部兴致勃勃地听完他的讲述后，眼睛闪着光芒："这还真是一个不同寻常的电话。说不定其中真有点儿什么呢。你说的那个男人的声音，听起来是上了年纪的，还是年轻的？"

"电话里反正听不太清。"村桥回忆着，"我没法断言，他应该不是年轻人，但也不像老人。总之，只能确定他不是青年。"

"那个女人呢？"

"女人那边我就完全不清楚了。我想，她应该没上年纪。嗯，应该是个年轻的女人吧。"

"这么说来，应该是中年男性和年轻女性？"

"嗯，对的。"

"从对话内容来看，这两人的关系应该非常亲密吧？像是夫妻、情人、兄弟姐妹这种感觉——"

"对的，就是这种感觉。"

"谢谢您。您的消息给了我们很大帮助。"

高岛警部向村桥道完谢后，萱场警部问道："被害人的身份查清楚了吗？"

"嗯，这件事啊，"高岛警部扫了村桥一眼，"村桥先生在场应该无妨吧。被害人的身份还没查清楚。"

"一点头绪都没有吗？"

"也不能说是一点头绪都没有，只能说查不太清楚。拿他的指纹跟数据库里的比对过，没有匹配结果，所以他应该没有犯罪前科。只是，我记得他右上臂上有一小块刺青。这刺青怎么看都不像是日本的东西，应该是西洋的刺青。鉴定科说，船员里不少人身上有这玩意儿。但被害人应该只是以前从事过类似的工作，现在没有继续干了。而且，被害人的年龄据推断应该在五十岁以上了，如果是船员，应该是船长级别的了，但船长级别里也没有这号人物。或许他只是曾经搭乘过外国的船只。总之，他应该是在外国待了很长一段时间，最近才回到日本的。"

"那他坐着熊丸先生的汽车，拿着熊丸先生的随身物品，又是怎么一回事呢？"

听到村桥的问题，高岛警部露出了困惑的表情："关于这一点，熊丸先生说他也没有任何头绪。"

"那天有人拜访过熊丸先生吗？"

"不愧是老师啊！"高岛敬佩道，"我们仔细调查过了，要是用人们一起说谎就另说，但是那天的客人里没有谁是从国外回来的。而且，熊丸先生在下午五点左右就离开家了，那之后再也没回来过。"

"那么，晚上十点左右，开车离开的人是谁？"

"附近的警察署的巡查说，那就是熊丸先生。要是熊丸先生没有撒谎，那大概是另一个人。"

"不是说他早上开车穿过涩谷了吗？"

"对的。但是，熊丸先生否定了这件事。"

"有不在场证明吗？"

"似乎是有的，但是熊丸先生隐瞒了他前天晚上的行动，不愿意告诉我们。"

"汽车确定是熊丸先生的吗？"

"汽车确定是熊丸先生的。晚上七点左右，熊丸家的专职司机把车开回来了，很快就回自己的房间睡觉去了。他说，他根本不知道晚上汽车又被开出去了。"

"那第二天一早呢？"

"司机是在早上八点左右醒的。听说那时汽车已经不在了，他吃了一惊，问了不少人。"

"无论怎么说，熊丸先生对于这件事一无所知，您不觉得有点奇怪吗？"

"说的是啊。"

或许是高岛警部意识到，自己作为责任者之一，不该随意对外泄露自己的猜测，因此模糊了措辞："这个嘛，有所关联也说不定。"

村桥对案件非常感兴趣，不愿意就此放弃追问。

"听说昨天早上，长得与熊丸先生十分相似的男性，驾驶着熊丸先生的汽车穿过了涩谷。那么当时，估计尸体就已经在汽车里了吧？"

"是有这样的推断。"

"是在驾驶的途中，给尸体换上衣服了吗？"

"我想，这应该是不可能做到的。"

"那么，是一开始的时候，就在尸体身上放好了名片之类的东西吗？"

"如果驾车去丸之内的是熊丸先生，他可以在下车的时候做这些手脚吧。毕竟他只需要把尸体摆在驾驶位上，伪装成正在睡觉的样子。做些手脚的工夫还是有的。"

"但是在丸之内的工业俱乐部前，把尸体搬到驾驶位上，做这些事情不会引起周围人的怀疑吗？"

"但凶手实际上做到了——丸之内一带的话，早高峰结束后，会出现一段几乎没有行人路过的时间。而且，司机停下车后再仔细打量汽车的情形也不稀奇。所以，哪怕他偷偷摸摸地做了些什么，也不会引起周围人的怀疑。"

"假如开车前往丸之内的人不是熊丸先生，又会是怎么一回事呢？"

"那就是个相当令人费解的问题了。"

说完这句话后，高岛警部紧紧地闭上了嘴。

村桥和萱场警部一同离开了丸之内警察署。

"你似乎很感兴趣啊。"萱场警部笑着说道。

村桥点点头："对。这么诡异的案件，就连小说里都没有出现过。你怎么看？"

"不知道，我没什么特别的想法。"

"你不觉得熊丸很可疑吗？"

"嗯，的确挺可疑的。"

"我啊，"村桥小声说道，"总觉得昨天晚上那个诡异的电话，是熊丸打给其他人的。熊丸的电话跟我家的电话同属一个电话局，是有串扰的可能性的。"

"但是，被害者不是熊丸。"

“对，问题就在这里。我总觉得这个案件里藏着别的秘密。萱场君，我决定当一回侦探试试。”

“啊？老师你吗——我懂了，你是想在现实中试试小说里的手段，对吧？”

“你可别泼我冷水了。我是认真的。不知道为什么，我对这个案件特别感兴趣。不只是因为昨晚听到了那个电话，一定有什么东西在吸引着我。虽然小说家可能在现实中派不上什么用场，但我这回决定试试看。幸好我还认识一个能把我介绍给熊丸夫人的人。”

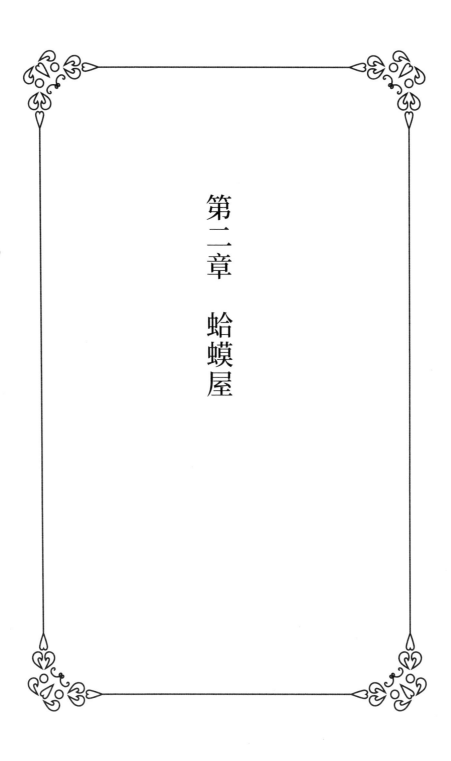

第二章　蛤蟆屋

邂　逅

村桥和萱场警部共进晚餐后，回到了自己位于世田谷区若林町的家。他坐在书桌前奋笔疾书，想要尽快完成手头的紧急稿件。他孜孜不倦地埋首写作，直到破晓时分，天色渐白。

一般天亮以后，就是他上床睡觉的时间了。但他今天先去洗了个澡，让自己精神起来。吃完早餐后，他给自己的熟人——外交官夫人吉见清子打了个电话。

"啊，您好，是夫人吗？早上好。是的，今天是个例外，一大早就起床了。是的，如您所说，实际上我昨晚通宵没合眼，一直在工作。是这样的，实在不好意思，能麻烦您帮忙把我介绍给熊丸先生的夫人吗？"

"啊，您还真是只按自己的节奏来呢。之前要帮您介绍来着，您还说用不着——"

他甚至可以清晰地想象到清子狡黠地眯起眼睛嘲笑他的样子。

"您就别开我的玩笑了，帮我介绍一下吧。"

"好的，好的。我知道了。我立刻写信，让用人给您送过去吧。"

"实在不好意思，您能帮忙做这些的话就太好了。"

在这之后的两个多小时里，清子的用人到来之前，村桥好好地睡了一觉。

经过两个小时的熟睡，村桥恢复了精神后，花了很大的功夫打扮成西装笔挺的样子。上午十点左右，他开车前往位于下北泽的熊丸宅邸。

他对熊丸宅邸的壮阔早有耳闻，实际看到的时候，其壮阔程度还是远超他的想象。宅邸占了一整座偏高的小山丘，山丘顶上建着典雅的洋馆。

他向门口负责接待的女佣递上介绍信。紧接着，女佣带他来到一间宽敞的接待室。从接待室望去，能看到建在山坡上的翠绿的庭院，还能将附近一带的低处尽收眼底。沾着雨水的嫩绿景象美得无法用语言来形容。

书房也非常宽敞，铺着厚厚的绒毯，上面摆放着沉重的英伦风的椅子和桌子。墙上挂着复古的大尺寸油画，壁炉上则是精致古雅的摆件。只是，有一样东西与这风雅的书房格格不入，那就是房间角落摆着的巨大的蛤蟆。蛤蟆的体积比一个成年人蹲坐时的大小还要大一些，皮肤墨黑，如同毒物特有的颜色一般，嘴巴似开非开，两颗眼球反射着绚烂的光芒。一眼望去，它与真蛤蟆无异，仿佛下一秒就会爬动起来。如果这是仿制品，它的精巧程度已经达到丝毫看不出原材料的程度了。只是，村桥越看越觉得不舒服，在盯着它看的这段时间里，不知何时，他的额头已经冒出了冷汗。

正当他和这只诡异的蛤蟆对视的时候，他的背后传来了沙沙声。回头望去，站在他身后的竟然是一位身穿洋服的年轻女性。

看到她的第一眼，村桥不禁倒吸了一口气，他的心剧烈地跳动起来。

"哦哦，你……你是——"

穿着洋装的年轻女性也倒吸了一口冷气，怔怔地站在原地，脸色肉眼可见地苍白起来。

"啊啊,老师。"

村桥以一种几乎听不清的声音呢喃道:"爱子小姐。"

这次重逢完全在他的意料之外,村桥呆滞了一阵子,这才重重地呼吸着,用热情洋溢的声音说道:"爱子小姐,好久不见。我一直担心你是不是出了什么事。你为什么都不给我寄封信呢?"

"我……我做不到这种事情。"她用几乎听不见的声音说道,很快,她又稍微加大了音量,"的确是好久不见了。老师,听说您成了小说家呀。"

"你已经知道了啊。"

"是的,当然了。只要是刊登了老师您的消息的,不管是报纸还是杂志,我一期不落地都看过。"

"真的吗?爱子小姐,原来你没有忘记我呀。"

"是的。"

"我……我也从没忘记过你。不,我一直想着你,怀念着你。只是,你——"

说着,村桥靠近了爱子。

爱子向后退了一步:"不可以,不可以。您不能站在我身边。我只是这里的女佣。"

"啊?女佣?"

说到这里,村桥才第一次静静地看着爱子。仔细数来,已经过了六年的时光。她从一名十九岁的少女长成了一名完全成熟的二十五岁女性。不可否认,岁月在她身上留下了痕迹,但她充满非同寻常的魅力的双眸依旧没有改变。尽管经历了尘世的劳苦,但她未被侵蚀的淑女之美一如既往。

"是的。"爱子点点头,"我住在这间宅子里,担任熊丸先生的秘书。"

他知道爱子家里只有母亲和一个年幼的弟弟,因此她必须工作。但是他没有想到,爱子居然会成为熊丸的秘书。

"我来这里已经三年了。从女子学校毕业一年多以后,我去了教打字的学校。在那之后,我在公司工作了一年左右,三年前来到了这里。"

"你的母亲和弟弟还好吗?"

"还好。妈妈虽然上了年纪,托您的福,身体还算健康。弟弟现在在上中学。"

说完,爱子第一次认真地看着村桥:"老师,您是来见夫人的,对吧?"

"对,你怎么知道?"

"因为,如果是来见熊丸先生的客人,大家都认识我。"

"啊啊,原来是这样啊。其实我也是来见熊丸先生的,只是没人帮我介绍,我只好先让人介绍我和夫人认识了。"

"嗯?要见熊丸先生——哦哦,是因为昨天的案件吧。"爱子像是才想起这件事,立刻开口,"老师、老师,您千万别——"

爱子只说了一半,便紧紧地闭上了嘴巴,似乎在畏惧着什么。

原来,是麻里子夫人开门进来了。

夫人没料到爱子会出现在这里,她讶异地打量着两人,随后和蔼可亲地说:"哎呀,老师,欢迎您大驾光临。"

"不好意思,一大清早就来打扰您了。"

村桥一边说着,一边用余光瞥了一眼爱子。他心想,爱子的事情还是跟夫人解释一下为妙,于是说:"夫人,没想到我能在这里见到松岛小姐,实在是出乎意料。松岛小姐曾经是我的学生——”

“哎呀！”麻里子非常惊讶，“老师，您还在学校教过书吗？”

“是的。我在政府机关工作的时候，在女子学校教过公民科目。”

“哦，原来是这样啊。”

话说到这里，爱子似乎觉得这是个好时机，便趁机向麻里子轻轻地行了一礼，离开了房间。

麻里子一边目送着爱子离开，一边说道：“是个老实的姑娘哟。但是最近这位姑娘吧……”她意有所指地说道，“她呀，是我丈夫的秘书。”

说着，麻里子在椅子上坐了下来，捏起桌上的香烟，点上了火。

村桥在桌子另一侧的椅子上坐下，与麻里子面对面，偶尔打量着她。

麻里子的美与爱子的美是两种截然不同的类型。与爱子寂寞的脸相比，她的脸是多么张扬啊。她的眼睛圆圆的，虽然惹人喜爱，但没有爱子眼里的那种润泽。她的鼻子小巧，精致得仿佛是刻意捏出来的一样。她的嘴唇不管怎么说都有些合不拢，尽管地包天有地包天的美感，但这种美感总归是不够体面的。她圆润的脸颊尽管惹人喜爱，但终究上不了台面。他将麻里子与爱子的容貌特征一一进行了比较，果然还是爱子完胜。麻烦的是，麻里子明朗大方，更容易吸引别人的注意力。如果用“清秀”来形容爱子，那么就要用“绚烂”来形容麻里子。她的美如同牡丹一般。此外，再怎么说，爱子也还有秘书这层身份，她的装束虽然是洋装，但也朴素至极；她的妆容也以淡雅为主。而麻里子大概每天都要去美容院报到吧。虽然还是早上，但麻里子的装束非常华丽，难以想象这就是她日常穿着的衣物。她大概已经换过一套衣服了吧。而且，麻里子身上还散发着一股不知道来源于什么香料的非常高级的香气。她应该比爱子大三四岁，乍一看，反而比爱子更显年轻。

麻里子轻轻吹出了香烟的烟雾："真心欢迎您大驾光临。我可是老师您的粉丝哟，您的作品真的写得很棒。您能想出那样的点子，实在是让我佩服不已。"

"您过奖了，谢谢。"村桥苦笑着说道。

从事作家这个职业，他总会遇到刚见面就自称是自己粉丝的人。而且，无论作品写得多无聊，哪怕是作家本人都不喜欢的作品，都会得到对方的夸赞。恰如抱着刚出生的婴儿的母亲一样，无论走到哪里，怀里的婴儿都会得到其他人的夸奖。

"您的作品逻辑严密、情节紧凑，写得太棒了，我可佩服您了。只是，我总觉得，您作品里登场的女人呀，还差了点。老师，看来您不擅长描写女性呀，似乎一点都不了解女性。"

"还真是毫不留情的批评啊。您说的是，我自己也觉得写得不像样。请问是哪个地方写得不好呢？"

"那我就在关公面前耍大刀了。要我来说，老师您描写的女人，都缺少现实感。每个角色都特别典型，这种人早就烂大街了，而且都是些过时的女大学生类型的人物。您为什么不写点更时髦的女性？哎呀，请您见谅，我说的话实在是太失礼了，您没生气吧？"

"不，当然没有生气啦。我总被人这么说。大多数评论家说的都跟您刚刚说的一样。"

"老师，您没有跟女性有过深入的交往吧？肯定是这个原因。"

说到这里，麻里子露出了微笑，她眯着眼睛看向村桥，像是对他发起挑战一般："我呀，在见到老师之前，以为您是那种留着长头发、皮肤苍白，类似画家的人呢。见到您之后，才发现您和我想象中的模样大不相同。"

"没想到我长得像只熊一样吧。哈哈哈哈。"

"也不是这样呢。富有男子气概不是挺好的吗？对了，您倒是有点像拳击手，看不出是个小说家呢。"

"毕竟我是个不会描写女性的小说家——不过，夫人，侦探小说可不能写成爱情小说那样。总之，很少会出现跟人谈恋爱的女性。以后就请夫人您多多指教了。"

"哎呀，老师，您就别'夫人''夫人'地称呼我了。您叫我麻里子就好了。"

"要这么说，我也不想被您称呼为'老师'了。嗯，您就叫我信太郎吧——信太郎这个称呼不太妥帖啊，但叫我小信也不合适。看来日本男人的名字不好称呼啊。"

"所以，我还是称呼您'老师'好了。您就叫我麻里子吧。"

与这类外向的女性交流，村桥感觉十分轻松。

"那我就称呼您为麻里子了。麻里子女士，虽然今天只是第一次见面，但与您的相处非常愉快，之后也请您多多关照。"

"好的，乐意之至——其实我很早之前就想认识老师您啦，所以才拜托吉见女士帮我介绍您呢。老师您今晚有空的话，要一起打麻将吗？我可喜欢打花牌① 了，而且打得可厉害了，还没输过

---

① 花牌，是麻将的特殊牌，抓到花牌后可以放到一边再抓一张牌，和牌后可增加收益。

呢。大家都说我出老千了，可我才不会做这种事呢。"

正当村桥要开口说些什么的时候，房间门开了。一位五十来岁的绅士走了进来。他眼尾上挑，鼻梁挺拔，身材高挑且身形瘦削。

不祥的蛤蟆

"呀，有客人在呀。"

说着，绅士慌忙地准备离开。

麻里子连忙开口挽留："没事的，没事的。我来介绍一下。这位是我的好朋友，村桥信太郎先生。他可是个侦探小说家，厉害吧？"

接着，她对村桥说道："这位是我丈夫，请您多多关照。"

"您好，初次见面，请多关照。"

村桥站了起来，礼貌地鞠了一躬。

熊丸摆了摆手："不用不用，别那么客气。"

说着，他看向麻里子："怎么都没给客人上茶？对了，您能喝酒吧，村桥先生——这么称呼您可以吧？您要来点威士忌吗？"

"我其实不怎么能喝——"

"别这么说，来点吧，年轻人怎么会不能喝酒呢？就来一杯。唉，最近真是倒了大霉，警察搞的那套审讯① 真是没意思透了。"

"是吗，您还去过警察署呀？"村桥故作惊讶地问道。

_____

① 审讯，日语中即讯问，指的是司法机关为了收集证据、查明案情，而对犯罪嫌疑人、被告人和诉讼当事人所进行的查问。

熊丸点了点头："您也在报纸上看到了吧。一个拿着我名片的男人，开着我的车，死在丸之内的工业俱乐部前，而且是头身分离的状态——真是愚蠢透顶的案件，明明跟我一点关系也没有！"

"这还真是件怪事。"

麻里子皱着眉，似乎并不怎么惊讶的样子。她对村桥说："这么离奇的案件，就连老师您写的小说中都没出现过吧？"

"我看到报纸的时候也吓了一大跳。"

村桥回答完麻里子后，又对熊丸说道："那个男人为什么会坐在您的汽车里？"

"这一点我完全搞不懂。"熊丸倒了半杯左右的威士忌，"咕咚"地喝了一口，"所以我才会被警察怀疑，问东问西的。但我什么也不知道。我也说了，当时汽车已经开进车库了，只可能是有人把它偷出来了。"

"车库没有上锁吗？"

"你呀，真的是，"熊丸不耐烦似的看了村桥一眼，"问的问题跟警察一模一样。"

"他毕竟是个侦探小说家呀，"麻里子开口道，"肯定会对这种案件很感兴趣嘛。老公，你就给他仔细说说嘛。"

"总想让我仔细说说，但我对这件事情毫不知情啊。车库的事情还是去问司机吧。"

"可是，老公，留冈也被警察带走了呀。"

"那就让他去警察局问吧。唉，净是些烦心事。"

"听说他身上携带的是您的名片和您的随身物品。名片还好说，他是怎么拿到您的随身物品的呢？"

村桥再次开口发问。

"这个问题我也想问!"熊丸狠狠地瞪了村桥一眼,"调查这种事情是警察的职责吧?为什么那具尸体上会有我的名片和我的随身物品,我还想拜托他们替我调查清楚呢。"

"我想,警察现在一定正在拼命调查呢。"

村桥不屈不挠地追问道:"正是为了把事情调查清楚,您的证言才至关重要——手表和烟盒,这些东西您一般是放在哪里的?"

"四五天前就被偷了。"说完,熊丸立刻补上,"别问了,我已经被警察的审讯折腾累了,回家还要再来一遍的话,我可受不了。先告辞了。"

说完,他就离开了房间。

"哈哈哈哈哈。"目送熊丸离开后,麻里子爽朗地笑出了声,"看来是受了警察不少折磨呀。"

看到麻里子淡定的态度,村桥有点摸不着头脑:"夫人——不,麻里子女士,您是怎么想的呢?关于昨天的那起案件——"

"我没什么值得一提的想法哦。"

"如您所说,这起案件的确非常离奇,不是吗?有个跟您丈夫长得一模一样的人,开着您丈夫的汽车,去了丸之内——"

"您怎么知道他要把车开到丸之内呢?"

"我是根据汽车穿过了涩谷这一点进行判断的。往丸之内方向走是我的推测。"

"然后呢?"

麻里子挑衅似的说道。

"不料,那辆汽车里有个跟您丈夫长得一模一样的人,以头身分离的状态——"

"您也说了,那个人不是我丈夫,对吧?"

"虽然是这样，"村桥感受到了夫人态度里流露出的淡淡的威压感，心脏剧烈地跳动着，"但要说您丈夫跟这起案件毫无关联，这也很说不过去，不是吗？"

"为什么？"

"为什么——如果和您丈夫一点关系也没有，有什么必要伪装成您丈夫的样子，还开走了您丈夫的汽车呢？"

"虽然我也不知道是怎么一回事，但这难道不是有人想将嫌疑栽赃到我丈夫身上吗？"

"我的确赞同您的想法。但是，要是跟您丈夫毫无关联，没人会想到要将嫌疑栽赃到您丈夫身上吧？"

"说的也是——但是有点不对劲呀。伪装成我丈夫样子的不是被杀的那个人吗？"

"没错，是这样的。"

"既然如此，就不能说是有人想将嫌疑栽赃到我丈夫身上了。接受伪装的是被害人呀。"

"是的，但是被害人已经在前一天夜里遇害了。到了早上，将尸体搬进车里，又开车离开的司机，可是跟您丈夫长得一模一样的——"

"那是伪装成我丈夫的样子了。"

"这么说来，凶手和被害人都伪装成了您丈夫的样子，不是吗？"

"是这么一回事呢。"

"这就奇怪了。"

"的确奇怪，但是也没办法呀，我丈夫对这件事情毫不知情呀。"

"就是这一点让我觉得很奇怪，"说到这里，村桥意识到再追究下去不太好，"这个话题就到此为止吧。不过，麻里子女士，您说的没错，我作为侦探小说家，对这起案件非常感兴趣。所以在这之后有什么新进展的话，能麻烦您告诉我吗？"

"乐意之至。"麻里子言之凿凿地承诺道，"毕竟是跟我丈夫有关的事情，我也并非没有兴趣，有消息的话一定会告诉您的。话说回来，老师，您对这起案件有什么想法呢？"

"暂时还没有头绪。因为现在还没有充足的线索，想不出什么结果来。"

"假如这是一本小说呢？"

"假如是写小说，现在也才是个开头呢。在这之后还会发生各种各样的案件——"

"您是说，往后还会有别的案件发生吗？"

"我说的是小说罢了。麻里子女士，您可别将小说和现实弄混了。"

"哈哈哈哈，您说的对。我呀，不小心把两者弄混啦。对不起呀。"

"您明明不需要道歉的。"

"是吗，您愿意接受我的道歉呀？我好开心。话说回来，老师，"麻里子摆出了撒娇似的态度，"难得能像这样跟您见上一面，今后我也想长久地跟您保持交流呢。拜托您啦。"

"我想说的也是请您以后一定要多多关照。"

"真的吗，老师？那能请您今晚来家里玩吗？"

"如果不会给您添麻烦的话。"

"一点都不麻烦哦。今晚啊，会有很多我的朋友来玩的。要是老师您肯赏脸大驾光临，大家一定都会很开心的。请您务必来呀，老师，说好了哦？"

"好的，我肯定会来拜访您的。"

说到这里，村桥觉得房间角落里摆着的那只诡异的大蛤蟆似乎动了一下。

"哇啊！"

村桥不禁叫出了声。

麻里子惊讶道："老师，您怎么了？"

"不，没什么。"村桥指着巨大的蛤蟆，"我还以为那个动了一下，所以——"

"啊啊，那个啊。"麻里子瞥了蛤蟆一眼，"看着很恶心是吧？把那种东西装饰在这儿，品味真是糟糕。不过啊，就只有这件事，无论我怎么说，丈夫都不肯听。"

"是装饰品吗？"

"我想应该是吧。据说啊，那是在南美的某处生擒的，是上个世纪的遗物了。要是往南美杳无人烟的地方去，听说就会碰见那种东西。"

"生擒的啊。啊，那是剥制的标本吗？"

"不，据说是保持了原样。"

"保持了原样？"

"对的。我也分不清它到底是活的还是死的。总之，据说不是剥制的标本，有可能是把它做成了木乃伊吧。"

"要说是木乃伊的话，它看起来身上还有肉，也有光泽，而且皮肤上似乎还有湿润的黏液呀。"

"所以才说这东西奇怪呢。那种爬虫类的东西——虽然蛤蟆算不算爬虫类我不清楚，总之，那一类的东西呀，怎么说呢，生命力可强了。只要有一点点空气和水，哪怕不吃东西，听说都能活好几年呢。就静静地、一动不动地——那只蛤蟆就是这样，所以呀，我也分不清它到底是活的还是死的。"

"为什么要将这种恶心的东西装饰在这里呢？"

"这是那个人的兴趣呢。品味糟糕极了。那个人可喜欢蛤蟆了，还在家里的庭院养了很多蛤蟆呢。有成百上千只蛤蟆在庭院里大摇大摆呢，数量多得数也数不清。所以啊，大家才把我家叫作蛤蟆屋。真是个奇怪的兴趣吧？了解丈夫有这种变态兴趣的人啊，还会带蛤蟆过来讨他欢心呢。对了，如果不是活的，他还不喜欢呢。人造品是不能讨他欢心的。大的蛤蟆也有人送来过，是两年前的事情了，据说是从南美回来的人带来的。这可真是太恶心了，对吧？女佣们都害怕极了，谁都不愿意靠近呢。不过，这也正好。毕竟，如果有谁碰了蛤蟆，我丈夫也会很不开心的。"

"那它偶尔会动吗？"

"不知道，这我就不清楚了。"

"真是个奇怪的东西。"

"就是说呀，真是奇怪极了。所以呀，有些客人非常厌恶这个房间呢。"

这时，房门打开了，一个女佣走了进来。

"夫人，老爷说请您跟他出去一趟。"

"请我吗？"麻里子似乎有些不满，"我现在有客人呀。这件事他不是知道的吗？"

"是的，但是，他说请您——"

女佣似乎十分为难地说道。

"真是任性。那么，老师，我就先告辞了。"

"啊啊，请便。不用在意我的。"

"真是不好意思啦。"

麻里子带着女佣匆匆离开了。

村桥被单独留在了房间里，他想再仔细观察一下，正要往房间角落的蛤蟆处走去。

这时，房门又一次打开了，这次进来的是爱子。

爱子的脸色十分苍白。

"啊啊，爱子小姐，你怎么了？"

村桥不禁喊道。他走到了爱子的身边。

爱子没有要回答他问题的意思："老师，老师，求求您了，您快点回去吧。"

"啊？为什么？"

"请您不要问为什么了，这是一幢不祥的房子。老师，您千万不要再进这幢房子的门了。今天之后，您千万不要再跟这幢房子里的任何人有所往来了。"

"你为什么要说这样的话？"

"请您不要问为什么了。不，没有任何原因，我就是有这种感觉。这幢房子很危险。所以，请您千万不要靠近这里。"

"但是，你不是在这里住了整整三年吗？"

"我是……我是实在没有办法了。但……但是老师，您没有不得不进入这幢房子的理由。"

"爱子小姐，你就告诉我吧。爱子小姐，别再隐瞒了，告诉我吧。是什么让你感到有危险？是什么让你如此担心？"

"我什么都没隐瞒。但是，我总觉得有些不安——"

"我不能眼睁睁地把你一个人抛在令你如此不安的地方。如果你的不安真的是有原因的，就由我来解决它。你如果感到不安，那我就更有过来的必要了。"

"老师，您——这是我的事情，老师您不必这么做的。我的事跟您无关。老师是千金之躯，万一为了这样微不足道的事情出了什么事，给您造成麻烦就不好了。求求您了，请您千万收手吧。求求您了。"

"难得你好言相劝，但在听到原因之前，我是不会收手的。到底是什么让你如此不安？是什么让你感到有危险？"

"就……就是那个。"

爱子拼命控制着自己晃晃悠悠即将昏倒的身躯，指向了房间角落里蹲着的青黑色的巨大蛤蟆。她的脸色比死灰还要苍白。

"什么，那只蛤蟆——"

"是……是的。自……自从那个东西被摆放在那儿以来，诡……诡异的事情就接连不断地发生了。真……真的很可怕。"

"是那只蛤蟆做了什么吗？"

"不，那只蛤蟆只是待在那儿，一动都不动。"

"你的意思是有什么东西在作祟吗？"

"我不知道。但是，总觉得有什么可……可怕的事情——"

"那你的意思是，因为有那只蛤蟆在，所以叫我别来这里？"

"不，不只是这个原因。"

"那是为了什么事情？"

"求求您了，真的求求您了，请您千万不要来这里。"

"难得你好言相劝，但我拒绝。"

"请……请您别这么说——"

"在弄清楚原因之前，我还会拜访这里。"

"……"

爱子沉默地注视着村桥的脸。最后，她重重地叹了一口气：
"我必须得走了。请您相信我刚刚说的话。今天之后，请您千万不
要再来这里了。"

她勉强着说完这些话后，以仿佛喝醉了酒一般的步伐，摇晃
着离开了房间。

"爱子小姐、爱子小姐。"

村桥想赶紧追上爱子，但他注意到，麻里子似乎要进来了。

第三章　女性的惨叫

纵火嫌疑

村桥和麻里子夫人进行了短暂的交谈，约好晚上会再次造访后，便离开了熊丸家。

他的脑海里全是有关爱子的事情。爱子究竟在害怕着什么？是那只不同寻常的蛤蟆吗？不，虽然那只蛤蟆的确令人心慌，但他觉得那不可能是活物，不过是个装饰品罢了。那么，令爱子感到恐惧的，一定不是蛤蟆，而是隐藏在蛤蟆背后的某个秘密。爱子既然已经如此害怕了，她为什么没有逃离那个家？

爱子与其说是担心她自己，不如说是更担心村桥。她在暗示村桥，或许会有某个可怕的灾难降临在他身上。这只是爱子在杞人忧天吗？还是说这种危机真的存在呢？（哪怕有再大的危险，我也决不会收手。不，我甚至要主动上前探明这个秘密。我一定要救出那个怯生生的宛如小鸽子一般的爱子。）

村桥下定了决心。

他没有回家，而是直接去了丸之内警察署。幸而高岛警部正在警察署的楼上工作，因此他很快就被放行了。

警部还是老样子，利落地说道："我从萱场君那儿听说了，老师，您似乎开始在现场从事侦探工作了呀？"

"也没有啦，真让人不好意思。"

村桥笑着将这个话题糊弄过去，没有告诉他自己去过了熊丸宅邸："怎么样了？知道犯人是谁了吗？"

"没呢。"警部使劲儿地摇着头，"别说是犯人了，现在就连被害人是谁都不知道呢。"

"调查过司机了吗？"

"什么司机？啊啊，您说熊丸家的司机吗？那家伙从案发前一天晚上的九点左右，到第二天的八点左右，一直在呼呼大睡呢。他什么都不知道。"

"管家栗井呢？"

"栗井先生看上去是一位诚实正直的老人，应该不会撒谎。他说，虽然他不清楚他家老爷在晚上九点过后回来了这件事，但他能确定晚上十点左右，熊丸的确是自己驾驶汽车离开的。"

"熊丸在晚上九点过后曾回来过的事，谁都不知道吗？"

"女佣小花知道。据说是她去迎接熊丸的。"

"这么说来，是熊丸撒谎了。"

"他坚持声称自己没有回过家。他说自己傍晚离开家，直到早上才回去。"

"但是，这么说不是很奇怪吗？"

"熊丸是个出名的实业家，不然我们早就把他关进拘留所了。"

"他不肯说自己一整晚都待在哪里吗？"

"他坚持不肯说。实在没办法了，现在正在调查熊丸当天晚上的行动轨迹。"

"但是啊，你们会不会太纵容他了？女佣知道他回来过，管家知道他出门的事。附近派出所的巡查也目睹了熊丸自己驾车离开的情景，但是熊丸本人坚决否认这些事。否认也可以，但他又不肯说自己那段时间究竟待在哪里。那么，他要我们如何相信他说的话？"

"您说的对。"警部冷静地说道。

"案件发生后，熊丸先生立即飞奔到了警察署，从他当时的态度来看，他应该是完全不知道发生的那起案件的。此外，还有一点，被害者不仅与熊丸的容貌十分相似，还带着熊丸先生的随身物品，彻底伪装成了熊丸先生。也就是说，除了真正的熊丸先生，还有另一位熊丸先生。"

有两位熊丸！

"那么，"村桥坐得靠近了一些，"九点过后回到家的那个人，是假的熊丸吗？"

"这就不清楚了，现阶段还不能断言这件事，但是——"

后续的话，警部含糊其词。

"原来是这样。"村桥点了点头，"出于这个原因，您还在踌躇是否要拘留熊丸，对吗？"

"对的。总之，出于这个原因——现阶段，我们在秘密地搜集尽可能多的有关熊丸先生的信息。"

"其实，我今天早上去了熊丸先生家里一趟，刚刚才从那儿回来——"

"啊，您去了熊丸先生那儿？您和熊丸先生之间是什么关系？你们之前就认识了吗？"

警部似乎十分惊讶地问道。

"不，我们素不相识。是我托人向他夫人介绍了我。"

接着，村桥详尽地告知了警部自己拜访麻里子的事情；以及他偶然地遇到熊丸，熊丸虽然彻底否定了自己与犯罪之间的关联，但表现出了非常不耐烦的态度，不愿回答村桥的问题的事情；还有他夫人似乎丝毫不觉得自己的丈夫与案件有关，反而对自己的丈夫被调查这件事有着浓厚兴趣的事情。

"此外，还有一件奇怪的事情——"

村桥向警部描述了自己在接待室里看到的那只诡异的大蛤蟆，还说了熊丸在宅邸内养蛤蟆的事情。但是，关于爱子的事情，他故意一句话都没有提到。

警部点了点头："他在庭院里养了蛤蟆，这件事我有所耳闻。但是接待室里摆放着蛤蟆我还是第一次听说。您刚刚说，那只蛤蟆在两三年前就摆在那了？"

"据说是两年前的时候摆在那儿的。"

"还真是古怪得很。"

"可不是吗，让人看了就不舒服。而且啊，高岛先生，"村桥再次向他提议道，"我准备和熊丸先生以及他夫人搞好关系，探探他们的消息。正好他们邀请我今晚去那儿，我准备过去看看。"

高岛警部一言不发地望着村桥的脸，过了一会儿，才说道："您是认真的吗？"

"当然了。我会注意不给您这里添麻烦的。您能替我联系一下吗？"

"我们求之不得。我还想着我们需要安排一个人去打探消息，正为找不到合适的人选而发愁呢。如果是老师您，就再合适不过了。请您务必协助我们。"

"我也对这次的案件很感兴趣，准备大干一场呢。"

高岛警部又沉默不语地思考了一会儿："那么老师，这么办吧，您把您发掘的事情毫无保留地告诉我们，我们也会将我们这里掌握的消息一五一十地告诉您。我先告诉老师一些可能对您和熊丸先生之间的交往有用的消息吧。先从熊丸先生的经历开始吧，我先告诉您我们的调查结果。我想，老师，您对熊丸先生应该还不太了解吧？"

"对的。我只知道他是一位资本家，同时也是事业家 ①，与许多公司有所关联。除此之外的事情一概不清楚。"

"可以，那我跟您讲讲吧。"

警部在书桌上的文件中寻找了一会儿，最后拿起一份两三页纸厚度、类似报告书的文件。

"是这样的，熊丸家族是世世代代居住在北泽一带的大地主。随着周围地皮的开发，地皮价格飞速上涨，到上一任家主熊丸乔接掌家族的时候，熊丸家族就已经拥有了非常可观的资产。现在的家主熊丸猛是上一任家主熊丸乔的独生子，年轻的时候曾在庆应大学就读。然而，父亲熊丸乔在他上学的时候过世了，因此他没有完成学业，选择中途退学。我们询问了他大学时期的朋友，对方说，他虽然有些奇怪之处，总的来说还是一个多愁善感的人，因此和朋友的关系也不错。由于他出生在一个财富无忧的家庭里，家人都很纵容他的任性，如果他闹了别扭，便会一意孤行，无论周围人怎么说他都不会听的。

"大学退学后，多少也有些年少气盛的因素在吧，熊丸猛一反他父亲拘泥于地主身份，不向事业界出手的作风，而是把地皮都换成了钱，大刀阔斧地进军事业界。这些尝试中有失败的，也有成功的，总之，经历了不少波折动荡，总算维持着从父亲那里继承的财产不增不减的状态，做到了现在。总而言之，从事业家的角度来说，熊丸猛并没有什么特别优秀的手腕。

"听说他的父亲熊丸乔，似乎并不在意住宅啊、衣服啊这类

---

① 事业家，指以生产营利等为目的经营组织、公司或商店的人。

东西。熊丸猛毕竟是呼吸了新时代空气的人，还是有些文化品位的，所以才在自己持有地的山丘上建了一幢西洋风格的住宅。他的母亲在二十年前就去世了，母亲去世后过了两年左右，大概在他三十二岁时，熊丸先生结了第一次婚。夫人是某位退役的海军或者陆军将军的女儿，据说是个五官端正的美人。大概在两人结婚的四五年后，他夫人的双亲就相继离世了。据说他们夫妻之间的感情很好，唯一不满意的可能只有两人之间没有孩子这一点了，他们的婚姻生活稳稳当当地持续了十五年。在这段时间里，熊丸仍然与不少公司保持着关联，行事风格一直大手大脚，比如跟艺伎有说不清的关系，或是和女明星闹出了绯闻之类的。但就实业家来说，也是司空见惯之事，似乎并没有影响到夫妻关系。

"大概是距今三年前的春天，位于山丘上的熊丸宅邸起了一场大火。就在那时——"

"啊，我想起来了。"村桥不禁喊道，打断了高桥警部的讲述，"那个有名的北泽百万富翁家失火案！原来那是熊丸先生的住宅啊。我记得是女佣还是夫人来着，被烧死了——"

"是夫人，烧死的是当时三十九岁的夫人。毕竟当时她似乎正在二楼睡觉，火势蔓延得又很快，烟雾滚滚，吞噬了她逃跑的生路。那时还上演了有些不同寻常的一幕。熊丸先生早一步下楼避难，当知道自己的夫人没来得及逃跑，还在火里的时候，他不管不顾地想要再次冲进火里，把夫人救出来。当然，周围人都纷纷阻拦他。但是，熊丸先生不听任何人的劝告，甩开其他人的阻拦，猛地冲进了火焰的巨浪中。"

"对，我也想起来了。只是，夫人最后还是没有得救。"

"岂止是夫人没有得救，就连熊丸先生也下落不明。正当所有人都以为熊丸先生为了救自己的夫人冲进火里，反而被大火烧死了的时候，就在第二天，熊丸家的人在后方的树林里找到了不省人事的熊丸先生。据说，熊丸先生似乎是不管不顾地冲了进去，最后逃进了后方的树林里，并在那里昏迷了。

"由于发生了火灾，熊丸宅邸被烧掉了一半。尽管火势非常猛烈，好在住宅中央建有防火墙，只烧掉了一半。虽然在被烧毁的房子里找到了夫人死状凄惨的尸体，但很快又出了新的问题。"

"对，是这样的。"村桥也回想起来了，重重地点了点头，"有段时间还被新闻大肆报道，说是保险诈骗。"

"是的。"警部点了点头，"当时住宅是买了十万日元的火灾保险的。这也就算了，在火灾发生前，他还给夫人买了五万日元的人寿保险——虽然，跟熊丸先生的资产比起来，五万日元的数额并没有高到惊人的程度，但是首先，买保险一事距离火灾没有多久，其次，火灾结束后他就立刻举行了夫人的葬礼，紧接着又娶了现在这位夫人，这两点引来了许多猜测：他是不是只是在表面上装作两人关系和谐，实际上夫人反而挡了他的路呢？他是不是准备在杀了夫人以后，顺便赚一笔保险金呢？可疑之处还不仅限于此，失火的原因也值得深究。虽然后来的结论是电气泄漏引发的，但火是从没有任何火焰影子、没有任何可以引起火花的二楼开始烧起来的。甚至有人怀疑，熊丸先生也许是故意让夫人服用助眠药，然后再点火的，又或者是装作要救夫人的样子，冲进了火里，杀害了当时困在火里团团转的夫人也说不定。毕竟熊丸先生的身份摆在那里，警方也本着尽可能慎重的态度进行了调查，直到最后也没有发现什么确凿的证据能指证他是凶手，这件事也就不了了之了。"

"熊丸先生之所以遭到怀疑，是因为他在夫人死后立刻就娶了现在这位新夫人吗？"

"对的，是这样的。也就是说，他明明拼了性命都要冲进火里去救自己心爱的夫人，但夫人被烧死后，他就轻易地把她忘得一干二净，立刻娶了个年轻的女人。您不觉得这里面有蹊跷吗？所以才会引起其他人的怀疑。"

"现在这位夫人是个什么样的人？"

"也是个谜团重重的人物。现夫人从前有过什么经历，我们也不太清楚。她的原生家庭家境应该挺好的，毕竟送她去了女子学校。但她刚从学校毕业，不知为何就离家出走了。在那之后，她似乎还当过电影演员，但因为和导演之类的人有了不清不楚的关系，风评日下，就告别了银幕，接着才在机缘巧合之下认识了熊丸先生。"

"他们是在火灾前认识的吗？"

"自然是在火灾前认识的了。而且两人之间已经有了关系，也就是俗话说的小三了。所以原配一死，她立刻就大摇大摆地上位了。"

"原来是这么一回事。"村桥一边回忆着麻里子，一边说道。

原来如此，那个时髦、明朗外向的女人，虽然不能说她没有不为人知的一面，但他实在无法想象她居然当了别人的小三，并且是那种在原配死后立刻上位的厚颜无耻的女人。在他的印象中，她更像是个亲切的、好相处的女人——

正当村桥在思考这些事情的时候，高岛警部一边翻动着之前的文件，一边说："还有一件事，我必须跟您说一声。火灾后没过多久，熊丸就从跟自己有关联的各个公司里抽身了。换句话说，就是他从这些事业中收手引退了。从那以后，他也不参与社交了，就连原来关系很好的那些朋友也不来往了，每天把自己关在家里，偶尔才会自己开车去外面逛逛。与此相反的是，他的夫人过着十分张扬的生活，交际圈也非常广阔，几乎每天都会招待客人来自己家里聚会。"

"我想，他还没到要引退的年纪吧？其中有什么原因吗？果然还是因为失去了自己的夫人吗，还是出于别的什么原因——"

"我们也不清楚他引退的原因，失去夫人想必也是原因之一吧。更何况夫人不是病死，而是被火灾残忍地烧死了，想来对他也是个很大的打击吧。但是，在那之后才过了两三天，熊丸就迎娶了一位新夫人进家门，怎么看都不像是因为失去了夫人太过悲伤，才做出这样的决定。其中实在过于矛盾，这才引起了人们的怀疑，猜测他是不是有计划地蓄意杀死了自己的夫人。"

"假设他是有计划地蓄意杀害了自己的夫人，他更应该装出一副痛苦的模样，谨慎行事才对，怎么会特意把小三立即娶进门，做这些会招人怀疑的事情呢？"

"就是说啊。总之，最后这个问题就不了了之了——"

"现在的房子是烧剩下的那一半吗？"

"不是，烧毁的那部分在与保险公司商量好后，很快就着手重建了。所以，现在的房子中有一半是原来残留下来的建筑，还有一半是重建的新房子。刚建好的时候，区别还是挺明显的，但已经过了两年，现在几乎看不出哪部分是重建的了。"

"那他养蛤蟆的事，是从很久以前开始的吗？"

"这个嘛，报告书上从来没有提及他养蛤蟆的事情，所以我也不知道。如果说这是熊丸先生的兴趣，估计很久以前就开始养了吧。"

"如果他是引退以后，以退休为契机才开始专注于这些事情的话，那么也有可能是近几年才开始养蛤蟆的吧。"

"这我就不清楚了。但是，养蛤蟆的事情和这次的案件之间有什么关联吗？"

"还不知道。"

"我总觉得啊，"警部露出了一个微笑，"两者之间可能没什么特别的关联呢。养蛤蟆的男人，对老师来说可能是个很好的小说题材，但对我们来说，就有点……哈哈哈哈哈。"

"总之，谢谢您告知我这些消息。除了这些，还有别的事情要跟我说吗？"

"我想想啊，"警部重新翻看了一遍报告书，"现阶段只有这些了。"

"那我就先告辞了。如果我有什么新发现，也会告诉您的。"

说完，村桥就告辞了。

他看了看手表，已经快到一点了。他这才意识到自己肚子饿了，于是在附近的餐厅吃了顿午饭。吃完后，他为之后该做什么而烦恼了一会儿，想着离晚上还有一段时间，就先回了趟家。毕竟晚上还要去熊丸宅邸，如果穿的衣服跟早上一样，估计会被别人觉得自己不会察言观色吧。抱着这种想法，他回家换了套衣服。

到家的时候，时针早已经过了三点，几乎快指向四点了。

他看向书桌，上面摆着一封加急信。

是哪家出版社发来的催稿通知吗？还是某个座谈会的紧急邀请？想着这些，他把信翻了个面。背面没有写寄信人的名字。

他拆开了信封，里面只有一张对折的信纸。他展开信纸，上面写道:"您今晚千万不能过来。请您绝对、绝对不要再靠近这里了。这关系到您的性命。"

信上是用铅笔匆忙写下的字迹。

虽然信纸上没有写寄信人的名字,但显而易见,寄信人一定是松岛爱子。她在村桥离开以后,立刻寄出了这封加急信。

村桥盯着信纸看了一会儿。

最后,他以周围都能听见的音量喃喃自语道:"这怎么拦得住我呢?我会去的,我会去的——"

悠闲的贵妇

村桥本打算于八点左右前往,不料五点左右接到了麻里子的电话,说是希望他六点到。于是,村桥在六点整的时候,到达了熊丸宅邸。

他很快就被带到了里面的一个房间。此时,房间里已经有三四位客人在了。这几位客人看上去都是悠闲的妇人,其中只有一位像是年轻的小姐。他还看到了吉见清子。村桥还在思索爱子会不会出来阻拦自己,不知为何一直没有见到爱子的身影,这又让村桥担心起来。

房间是宽阔的洋室 ①,里面摆着一些女性风格的装饰品,似乎是麻里子的专用客房。这里自然就没有那个诡异的蛤蟆装饰品了。

"欢迎您大驾光临,老师。"

---

① 洋室,即铺着地板的房间,与铺着榻榻米的和室相对。

麻里子依旧摆出那副热情妩媚的神态："我来介绍一下。各位，这位可是有名的侦探小说家，村桥老师哦。老师，您跟吉见女士应该很熟悉了吧？这位是兼田增美女士，这位是今井泷子女士，这两位都是实业家的夫人。这位是神并纪美子小姐，她还是未婚的姑娘呢。"

头发剪到齐耳的长度，烫了个大波浪的夫人是兼田增美，她体形高大，脸部平板。头发利落地剪到耳朵上方，梳着娃娃头的夫人是今井泷子，她是个圆脸，面色红润。她的女儿纪美子看起来大概二十四五岁，笑的时候露出了雪白的虎牙，是个很可爱的姑娘。清子不愧是外交官夫人，尽管来到了这样的场合，她温文尔雅的风度也不会令人不快，反而给人一种可靠的安心感。她似乎并不愿意参加这类聚会，而是被麻里子强行拉来的。大概是由于村桥前来赴约了，她又是村桥的介绍人，不来说不过去。这就是外交官夫人的厉害之处了，她没有流露出不耐烦的神色，而是巧妙地选择了一个座位。

"家里没什么好东西能招待大家的，不如大家共进晚餐，然后一起打会儿麻将吧？"

麻里子话音刚落，就响起了敲门声。紧接着，一个用人模样的女性进来了："打扰了，夫人，晚餐已经准备好了。"

"啊啊，好的。"

村桥在心中猜测，这就是那位叫小花的女佣吧，于是往她的方向瞥了一眼。

众人在小花的带领下，相互谦让着走进了餐厅。在决定座位的顺序前，又彼此谦让了一阵子。

"老师，"麻里子撒娇似的呼唤村桥，"今天的菜品是家里自己做的，就请您别抱太大期望哦。"

"家里自己做的菜我就知足了。"

"呀，老师，您可真会说客套话。"

正当众人准备开始用餐时，一位优雅体面的老人弯着腰，毕恭毕敬地走了进来。村桥看了一眼，意识到他就是管家栗井。

管家走到麻里子身边，低声说了什么。麻里子听完露出了不快的表情，回了一两句话，最后露出无可奈何的表情，看向在座的众人。

"各位，我有一个请求。"

大家不约而同地看向了麻里子。年长的兼田夫人开口道："是什么请求呢？"

"是这样的，这件事情我也有些为难，"麻里子皱起了眉，"我丈夫说，他想跟大家共进晚餐。今晚是他第一次提这种要求。"

"没关系的，没关系的。"兼田夫人说道。

"但是呀，对我来说，朋友是朋友，丈夫是丈夫，一直是分开对待的。他要来到我们中间，这可太让我为难了。"

"这不是挺好的吗？大家一起用餐，反而热闹着呢——"吉见夫人说道。

"是的呀，我们就一起用餐吧。"今井夫人说道。

"好吧，要是大家都没意见的话。"麻里子勉强地点了点头，最后又摆出更为难的表情，"只是，听说不只是我丈夫，我丈夫的朋友也要来。"

"这不是挺好的吗？"今井夫人说道。

"是哪一位？让他和我们会合吧。"

"是我不认识的人。听栗井说，是个年轻人，好像是什么旅行家。"

"那真好呀，"兼田夫人说道，"一定能听到很有意思的故事呢。"

"我问问老师的意见吧。"说着，麻里子看向村桥，"老师，不会给您添麻烦吧？"

"没事。"村桥重重地点了点头，"没什么麻烦的。请他们一起吧。"

麻里子把头转向栗井："大家都说没事，那就请他们过来吧。"

栗井离开后没多久，熊丸和一个年轻男人就一起进了房间。年轻男人穿着的似乎是全新的西服，看上去像个机敏的时髦青年，但有一种随时保持警惕的感觉。

"各位好呀。"熊丸亲切地环视了众人一圈。

"我为大家介绍一下吧。这位是今井女士，那边是兼田女士和吉见女士，以及神並小姐。各位，这位是我丈夫。"

麻里子为初次见面的双方做了介绍。

"我是熊丸，请各位多多关照。这位是新山敏介先生，是一位旅行家。"

"初次见面，请多关照。"麻里子彬彬有礼地低下了头，"我是熊丸的夫人。这位是侦探小说家村桥先生。"

"呀。"村桥也低下了头，但新山似乎想到了什么，立刻静静地盯着村桥的脸看了一会儿，很快便笑着说道："我听说过您的名字，请多关照。"

"好了，各位，我们坐下来说吧。"

听到麻里子的催促，在场的众人才在椅子上坐了下来。

小花和另一个女佣一起将菜品端上了餐桌。

"您经常出去旅游吗？"兼田夫人正巧坐在新山的正对面，迫不及待地开口道，"我真羡慕您呀。"

"经常有人这么说。"

新山谦虚地回答道。

"那您是不是经常在杂志上撰写游记呀？"

"不是的。"新山简单地回答道。

"呀，那您是出过书吧？"

"不，我还没有到那种程度。我现在还只是处在刚入门的阶段呢。"

"您出本书吧，请您一定要出本书呀。"

"好的，我以后会的——"

"新山先生是个行胜于言的人呢。哈哈哈哈。"熊丸插嘴道。

"不过，"今井夫人应声说道，"难得您去了那么多地方，这些乐趣可不能让您一个人独享呢。您就把乐趣分我们一点吧。"

"就是说呀。"兼田夫人似乎觉得今井夫人这话说得正中下怀，"我想这就是旅行家的责任吧。为了我们这些想去又不能去的人，请您一定要写点东西呀。"

"我以后会写的。"新山说道。

"新山君。"熊丸喊了新山一声，"看来，这里的各位都认为，没写出点什么的人就不厉害呀。"

"老公，"麻里子的语气里带了点责备的意思，"话可不能这么说。我们可不会就凭一个人写了什么或是没写什么，来评判一个人的价值。"

"哈哈哈哈。"或许是嫌麻烦，熊丸试图用笑声糊弄过去，"也不用讲这些道理嘛，哈哈哈哈。"

自从这位叫新山的人物进来后，气氛的确冷淡了不少。这之后几乎没有人再开口说话，众人用完了晚餐。

晚餐结束后，麻里子像是松了一口气："来，接下来大家一起玩点什么吧。新山先生，您会打麻将吗？"

"不，我完全不会。"新山依旧谦虚地回答道。

"别这么说嘛，其实没这回事吧？"

"不是，我是真的不会打。就让我旁观吧。"

接着，众人被带去了那个摆放着巨大蛤蟆的接待室。

"正好是八个人，能分两组打。"

麻里子话音刚落，新山就开口道："夫人，我是真的不会打麻将。"

"也让我旁观吧。"熊丸也开口道。

麻里子只好说："那就不好办了，其中一组只剩一半的人了。"

最后，几人以抽签来决定。结果是吉见夫人和村桥退出，而熊丸和新山从一开始就没有参加抽签。

"呀，老师退出了的话，多没意思呀。"

麻里子非常失望似的嚷道，最后不情不愿地接受了这个事实，抽中的四个人坐在桌子旁，开始洗牌。

过了一会儿，熊丸和新山就离开了房间。村桥和吉见夫人一边聊天，一边看着其他人打麻将。最后，村桥也悄悄地离开了房间。

新山的视线

村桥是因为上厕所才出来的，但他不知道位置，所以在走廊里茫然寻找着。这时，他碰见了女佣小花。

小花开口问道："您是要去解手吗？"说着，立刻带他去了厕所。

村桥从厕所出来后，发现小花还守在门口，似乎是准备带他前往接待室。

"您这边请。"

村桥跟在小花后面，突然想到了什么似的："你是小花小姐吗？"

"是的。"小花的脸上带着亲切的笑容，回答道。

"小花小姐，你上报纸了，你知道吗？"

"我知道。"小花点了点头。

"听说，那天晚上，老爷是在九点过后回来的？"

"是的。我记得是这个时间。"

村桥停下了脚步。小花向前走了几步，也停下了脚步。或许是因为知道自己是个小说家，他觉得，小花似乎对自己抱有一种莫名的亲近感。

"那时候，熊丸也跟往常一样，脸上笑嘻嘻的？"

"这个嘛，"小花像是微微地瞪了村桥一眼，"老爷从来没有笑嘻嘻的时候。他总是板着一张脸。"

"那么，那时候他也板着一张脸？"

"是的。他的脸色比平常还要差，一句话都不说，像是瞪了我一眼，就'噔噔噔'地往里面走去了。"

"听说你当时去门口迎接他了呀。"

"是的，是这样的。"

"只有你一个人吗？别人呢？"

"只有我一个人。"

"他是开车回来的，还是走路回来的？"

"汽车已经提前开回来了，我想老爷应该是打车回来的。"

"会不会是走路回来的？"

"不，他很少会走路回来。而且，我听到了汽车的声音，门口的门铃响起来的时候，我还以为是有客人来了呢。打开门，才发现老爷站在门外，把我吓了一大跳。我急忙对他说'欢迎回家'，没想到他像是狠狠地瞪了我一眼，就'噔噔噔'地往里面走去了。"

"那时候，你有没有觉得哪里不对劲儿？"

"啊？"小花像是吃了一惊，看向村桥，"您说的不对劲儿是指？"

"比如说，产生了一种他或许不是这家的老爷之类的感觉？"

"这么说来——但是，我……"

小花的表情里露出了慌张，脸色也逐渐变得惨白："但是，难道真的是——"

村桥也跟着紧张起来："有什么不对劲儿的地方吗？"

"不，没有的。"小花匆忙说道，但很快又说，"这么说来，老爷的西装——"

"西装有什么异样吗？"

"是的。我刚刚想起来，那时老爷身上穿的西装，和出门时穿的西装，颜色似乎有些不一样。"

"哪里不一样呢？"

"似乎颜色变深了一点。但是，我也不确定。"

"熊丸先生曾经在其他地方换过衣服吗？"

"目前为止没有发生过这种情况。"

"小花小姐，您在这里工作多久了？"

"大概有半年了。"

"已经工作了半年的话，应该不会认错你家老爷吧？"

"是的。所以，回来的应该是老爷，这一点是不会有错的。但是老爷的表情似乎比平常凶得多，一句话都不说，'噔噔噔'地就往里面走——"

"平常会跟你说些什么吗？"

"不，大部分时候都不会说些什么的。"

"夫人不出门迎接他吗？"

"是的，夫人不会出门迎接老爷。"

"对那件事，你家老爷没有说过什么吗？"

"您说的那件事是指？"小花似乎有些惊讶，"您指的是那天晚上老爷回到宅邸的事吗？"

"对的。"

"那么您是问，老爷有没有说过他不会再回来了？"

"我不清楚事情的经过，但我觉得他应该对你说过类似的话。"

"那可怎么办呀？我该怎么办呀？难道回来的那个人不是老爷吗？"

"不清楚。"

村桥有些困惑自己该怎么回答。小花似乎并不知道熊丸已经否定了自己当晚回过家这件事。如果她知道熊丸已经否认了这件事，她一定会说回来的或许不是老爷。这是一种诱导性的询问。警方没有将这件事告诉小花，大概也是出于这个原因。因此村桥有些困惑，不知道现在是否应该将这件事告诉小花。

"啊啊，我该怎么办呀？我还信誓旦旦地跟警察说，回来的一定是老爷。"

"这个嘛，但是——"

村桥正准备说下去，就看到迎面走来的栗井老人，他立刻装出一副什么都不知道的样子："谢谢你带路了。接待室在那儿，对吧？"

"是的，是这样的。"

小花领会了他的意思，非常配合。两人迈出了脚步。

他们与栗井老人之间的距离拉近后，栗井老人停下了脚步，礼貌地朝村桥低下了头。

村桥也低下了头，正越过老人向前走时，老人迟疑地开口挽留他："老师，是这样的，那个——"

"您说。有什么事吗？"

村桥停下了脚步。老人看着小花，似乎有些难以启齿的样子："你去那里可以吗？我来引导老师去接待室。"

小花走远后，栗井老人才转向了村桥，表情严肃。

"老师，我不知道问您这个问题是否合适。"老人有些不好意思地开口，"您是一位知名的小说家，应该知道很多事情。所以我想请问您，一个人有可能在同一段时间里出现在不同的地方吗？"

村桥盯着老人的脸看了一会儿，似乎想从他的脸上读出点什么。接着，他一边思考，一边开口道："古代的文献或者小说里，倒是会有这样的记载。但现代的科学否定了这种可能性。即使出现了这种现象，也会被称为幻觉或是幻视，只能说明当事人的精神状态不佳——您为何这么问？"

"我的神志是清醒的。"老人像是听到了什么难以置信的事情，拼命地摆着双手，"虽然明年我就七十岁了，但我的脑子还没糊涂。我的神志是清醒的，绝对不是您说的幻觉或是幻视的情况。我的确是亲眼看见了。"

"您看见了什么？"

"我看见了老爷。对，我看见的是老爷没错。事情就发生在前段时间的晚上。十点左右，老爷开着汽车离开了。对的，我看见了老爷的身影。"

"这么说来，应该不会有错吧。"

"但是，那天晚上老爷没有回家。既然老爷没有回家，我们也就不需要为他做出门的准备。事实上，那天晚上，我也以为老爷一直在外面。但是，十点左右，我听到车库那里传来轰隆隆的引擎声，十分惊愕，毕竟老爷不在家，司机留冈也还在房间里呼呼大睡。想到这里，我就悄悄去车库看了一眼。没想到，当时老爷就坐在驾驶位上！我还在惊愕老爷是什么时候回来的，他就已经'嘭'的一声关上了车门，汽车越开越远了。"

"车库附近光线明亮吗？"

"不，没有那么明亮，但也没有暗到看不清东西的地步。那的确就是老爷。"

"您来这里很久了吗？"

"是的，是的。上一任家主的时候，我就在这里了。自打老爷刚出生，我就认识他了，确实很久了。"

"那您应该不会认错吧?"

"是的，我也是这么想的。我绝不可能认错老爷。"

"您当时跟他之间的距离有多远?"

"我想大概是四五间 ① 的距离。"

"那就奇怪了。按理说，那应该不是您家老爷吧?"

"是的。老爷也说了，他绝对没有回过家。"

"那这么说，是因为您家老爷说了自己没有回过家，所以您有些混乱了? 如果您家老爷没有说过这句话，您能一口咬定驾车离开的那位就是您家老爷吗?"

"是的，是的，当然是了。"

"汽车里面呢? 是空的吗? 什么东西都没有装吗?"

"我的注意力都在老爷身上，所以——不过，应该没有其他人乘坐。"

"没有人同行? 也就是说，里面可能还有些其他东西?"

说着，村桥若无其事地用目光扫过走廊的角落。他注意到有人躲藏在角落的阴影里，正偷偷地窥视着他们两人。

那个人应该是旅行家新山。

察觉到新山的视线，村桥便结束了与栗井老人的对话。

"这还真是件怪事——有时间我再与您细细交谈吧。"

说完，村桥回到了接待室。清子正坐在房间的角落里读书。

麻将似乎刚进入西风战 ②。增美看上去输得很惨，脸涨得通红，不甘心地咬着嘴唇。一看到村桥，她就立刻喊道:"老师、老

---

① 一间约等于 1.8 米，四五间为 7.2 米至 9 米的距离。

② 西风战，即牌局中南场结束后进入西场。

师，麻里子女士的运气可太好了。"

村桥看了一眼麻里子的筹码①，原来如此，她的筹码多得惊人。

"麻里子女士赢了不少呀。"村桥说道。

"有六千点哦！"增美补充道。

村桥坐在麻里子身后，观察起麻将局来。

麻里子的麻将技术没有他想象的那么高超。或许是因为村桥在背后观察，她有些缩手缩脚也说不定，用的是极为常见的打法。而且，她的牌组搭配并不好，渐渐就维持不住上风了，牌也被压住了。增美渐渐占据了上风。

"打得不错呀。"增美似乎非常开心地说道，"麻里子女士开始跟不上啦。我呀，还担心老师在她身后看着，势头更好了可怎么办呢。看来是白担心了。"

"可不是吗？"泷子附和道，"我刚刚也在担心呢——看来，肯定是老师把运气抢走啦。"

"老师，我可为难啦。"麻里子撒娇似的说道，"您把我宝贵的运气抢走啦，请您去看增美女士的牌吧。"

"不用啦，不用啦。"增美慌忙地说道，"您可别看我的牌，请您在麻里子女士背后待着吧。"

"哈哈哈哈，我成了你们眼里的穷神②啦。"村桥笑着说道。

正在此时，宅邸的某处突然响起了一声女性的惨叫。

"怎么了？"

惨叫声中透着一股无法言喻的悲痛。

---

① 日本麻将以点棒作为筹码来计算得分。
② 穷神，使人家道中落、导致贫穷的神祇。

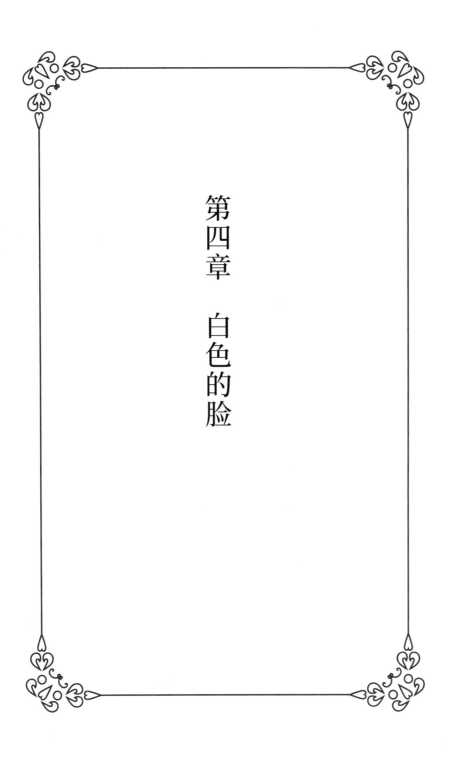

第四章　白色的脸

匪夷所思的盗窃

惨叫只响了一声。

大约是声音的主人已经失去意识了吧。

麻里子站了起来。纪美子也吓了一跳。增美和泷子面面相觑，屏住了呼吸。清子则在房间的角落，像变成了化石似的一动不动。

没有一个人开口说话。惨叫声消失后，房间里安静得似乎能听到自己嗡嗡的耳鸣声。

最先开口的是村桥。

"那……那声惨叫是从哪里传出来的?"

麻里子回答道:"好……好像是从我的客厅里。"

"啊? 夫人的客厅?"村桥甚至忘记了称呼她为麻里子,"那……那是谁? 是小花小姐吗?"

"不,不是小花的声音。"

麻里子脸色苍白，露出了恐惧的表情。

（啊啊，是爱子!）

村桥飞快地冲出了房间。

以麻里子为首的五位女性惊惶不安地跟在后面。

麻里子的客厅也是她的接待室，也就是众人前往餐厅之前待过的地方，所以村桥大致清楚客厅的位置。

客厅的房门半开着。

村桥站在门口望去，看到一位年轻女性趴倒在地上，已经失去了意识。他只能看到女性的一小部分侧脸，但这对于村桥来说已经足够了。他一瞬间就反应过来，这个人就是爱子。

村桥冲进房间，把爱子抱了起来。

"爱子小姐、爱子小姐，你振作一点，你振作一点。"

爱子微微睁开眼，但是还没彻底恢复意识。她突然推开村桥，用怯弱的声音喊道："白色的脸、白色的脸！"

恰好就在这时，以麻里子为首的五位女性也胆怯地移动到了房门前。

麻里子十分惊讶的样子："哎呀，原来是松岛小姐啊？"

或许是因为听到了麻里子的声音，爱子突然回过神来，惊恐地张望着四周："哎呀，我刚刚是怎么了？"

"你似乎看到了什么可怕的东西，失去了意识。"村桥说道，"你喊着'白色的脸、白色的脸'呢。"

"啊？"爱子十分惊恐似的，看了一眼村桥的脸。

"我不记得了。"爱子咬着自己的嘴唇说道。她的脸色越发惨白起来。

"那么，你刚刚看到了什么？"

村桥觉得爱子的否认过于果断，因此心生疑惑，再次询问道。

"我什么都没看到。"

爱子顶着惨白的脸色，再次果断地否认道。

就在这时，增美夫人突然喊道："哎呀，出大事了。"

泷子被增美的声音吓了一大跳："怎……怎么了？"

"我的手提包不见了。我记得是放在这张桌子上的。"

说着，增美开始张望起四周来。

"呀，这么说的话，我的化妆包也不见了。到，到底是怎么回事？"

纪美子胆怯地发声道。

"哎呀!"泷子大声说道,"我的戒指不见了。刚刚我在这里把它摘下来,就放在这张桌子上来着。"

清子似乎也丢了什么东西,但她一句话都没说。

麻里子惊讶地瞪大了眼睛:"什么? 大家放在这里的随身物品不见了?"

"对的。"

"对的。"

增美和泷子不约而同地重重点头。

"呀,这就麻烦了,这就麻烦了。这可怎么办呀?"

说着,麻里子求救似的看向了村桥。

村桥急忙看了一眼爱子的手。她手上什么东西都没拿,口袋或袖口处似乎也没有藏着东西。他松了一口气,"松岛小姐,"在其他人面前,他故意用姓称呼她,"你进房间的时候,桌上的东西还在吗?"

还没等爱子开口回答,麻里子的尖叫声就响彻了整个房间。

"松岛小姐,你来这里干什么?"

"我,我是——"

爱子露出了非常为难的表情,闭上了嘴。

"啊啊,是有什么事情要来找我,对吧?"

村桥为了替爱子解围,故意这么说。不料,爱子很快摇了摇头。

"不,我不是来找老师的,我是为了自己的事情——"

"为了自己的事情?"麻里子似乎也惊呆了,"你是说,你为了自己的事情,进了我的房间?"

麻里子立刻按下了呼叫铃，想要呼叫用人过来。就在她雪白纤细的手指将要碰到按钮时，有一个身影蓦地进了房间。这个身影不是别人，正是熊丸猛。

熊丸目光锐利地扫视了一圈屋里的人："发出声音的是谁？"

"是——"爱子心惊胆战地开口道，"是我。"

"什么？是你？"熊丸似乎有些惊讶地说道。

紧接着麻里子开口道："老公，可不是谈这个的时候，出大事了！"

"出什么大事了？"熊丸似乎十分惊讶地问道。

"大家放在这个房间里的随身物品不见了。有小偷进来了。"麻里子回答道。

"什么？有小偷——"

"对的，不会有错的。"

"只有客人的东西不见了吗？还是说——"

"哎呀，我都忘记了。"

麻里子急忙扫视起房间来，接着开始翻箱倒柜，一会儿拉开抽屉，一会儿打开柜门。

然后她说道："呀，也不知道是怎么回事，我的东西一点儿都没丢。只偷走了客人的东西。"

"这么短的时间内，小偷应该不是从外面进来的。"熊丸环视了一圈房间，盯着窗户说道，"而且窗户也关得好好的，他应该是从走廊的房门进来的。"

说到这里，他似乎想起了什么，看着爱子："你来这里干什么？"

"我……"

在这段时间里，爱子也彻底冷静下来。她似乎已经提前想好了怎么辩解，流畅地回答道："我路过这个房间的时候，发现房门半开着，觉得情况有些不对劲。"

"所以是为了调查才进来的吗？"

"是的。"

"然后呢？"

"然后，我看见庭院处似乎有个黑色的人影，因此才惊讶地发出了尖叫。"

村桥非常清楚爱子在撒谎。只因为庭院里有黑色人影的话，她或许会大声尖叫，但绝不会昏迷过去。而且，意识还没完全清醒的时候，爱子不是一个劲儿地喊着"白色的脸、白色的脸"吗？但是村桥什么都没说，保持着沉默。

"那家伙就是小偷了！"熊丸懊恼地喊道，"但他是怎么进到房子里来的？"

"栗井和女佣们都在干什么？"麻里子似乎十分恼火地说道。

这时，增美像是突然发现了什么，喊道："新山先生究竟去了哪里？"

听到增美的话，大家这才反应过来。麻里子倒吸了一口冷气，像是想到了什么，脸色立刻变了，立即把脸转向熊丸，露出了责怪的表情。

"老公，新山先生去了哪里？"

"新山君他，"熊丸似乎有些狼狈的样子，"他来到我的房间里，我们聊了一会儿以后他就出去了。我还以为他回到了接待室。"

麻里子看向村桥："老师，我们几个人的注意力一直在麻将上，新山先生去了那个房间吗？"

村桥摇了摇头："我没在房间里看到他。"

麻里子看向清子："清子女士，您看到他了吗？"

"没有。"清子也摇头道，"我没看到他。"

"那他去哪里了呢？"

麻里子责怪似的看着熊丸的脸。

熊丸转过头，避开了麻里子的视线。

"老公，"麻里子呼唤熊丸，"新山先生真的是个旅行家吗？"

"我……我听他是这么说的。"

"呀，那你跟他的关系其实并没有那么好啰？"

"嗯，我跟他的关系并没有那么好。其……其实今晚是我们第一次见面。"

"啊？"麻里子吓得几乎要跳起来，"呀，你把今晚第一次见面的人，称作你的朋友，还把他介绍给我们？"

"但是，他是个值得信赖的男人。"

"我可不知道他是不是呢。你还真是带了一个不得了的人进来啊。"

"你说话注意点儿！"熊丸像是斥责麻里子似的说道，"新山君是发现了小偷，去追他了！"

"可是，"麻里子并不接受，"小偷又不是从外面进来的。再说了，新山先生又没有一直跟我们待在一起。"

"新山君不是在我的房间吗？"

"可是，他不是很快就出去了吗？"

"那我问你，除了新山君，难道没有别的人离开过你的视线吗？"

"我离开过房间。"村桥回答道。

熊丸露出了一个意味深长的微笑："看来，有嫌疑的可不只是新山君一个人呀。"

"你在说什么?"麻里子露出了不悦的表情,"你在怀疑老师吗?"

村桥也板起了脸:"我去上了个厕所。"

"第一次来别人家,就抓着别人家里的女佣和管家,对别人家的事情问东问西,这可不是什么有礼貌的事情。"熊丸瞪着村桥,开口道。

"你这个人!"麻里子像是气急了,开口道,"你这话也太失礼了吧?老师他——"

"还有你。"熊丸看向爱子,"你也是,不要随意告诉人家里的事情。"

"我什么都没说。"爱子果断地回答道。

熊丸朝前迈了一步,走到爱子身边,静静地盯着她的脸:"你是说了还是没说,我都掌握得清清楚楚。我让你别说的时候,你只要回答'好的'就可以了。"

"但是,我——"

"我让你回答'好的'的时候,你应该说什么?"

"好的。"爱子心不甘情不愿地回答道。

熊丸再次静静地盯着爱子的脸:"你仔细记好了,那里可是有蛤蟆的。那只蛤蟆的诅咒可是很恐怖的。"

接着,他看向村桥:"请您还有其他各位都听好了。在接待室角落里蹲着的那只蛤蟆,它的诅咒可是很恐怖的。要是说了什么多余的话,就请你们自己小心点儿蛤蟆的诅咒吧。"

麻里子沉默了。

村桥也没有再开口说话。以增美为首的四位女性,从熊丸的态度中读出了某种不祥的东西,因此也保持着沉默。

"丢的东西，我一定会找到的。我会承担起帮各位找回失物的责任，请放心吧。"

说完，熊丸再次扫视了众人一圈，准备离开房间。

这时，有个人打开房门，走了进来。

这个人居然是新山，他的表情非常恐慌。

停　电

"哦哦，新山君。"熊丸像是松了一口气，招呼道，"你怎么了？大家等你好久了。"

"我去庭院散了个步。"

"您为什么要去庭院散步呀？"麻里子责备似的说道。

"有点想调查的事情。"

"调查？"麻里子意有所指地说道，"来别人家里做客时，可以擅自调查别人家的庭院吗？"

"不是擅自。"熊丸说道，"我知道这件事的。"

"你说什么？"麻里子似乎非常愤怒，"老公你刚刚不是也说了吗，让客人不要打听别人家的事情。虽然不能打听，但是可以调查，你是这个意思吗？"

"只要先跟我打声招呼就行了。"熊丸像是想让麻里子就此闭嘴，接着对新山说，"然后呢，你在庭院里看到什么可疑的人物了吗？"

"不，并没有——"

"但是他们说，客人们放在这个房间桌子上的随身物品不见了——"

"啊?"新山似乎也很惊讶,"不见了吗? 那应该是在我去庭院的时候发生的事。"

"拿了这些东西的家伙一定是逃到庭院里去了。"麻里子开口道,"你应该看见了才对。"

"我什么都没看见。拿走了什么东西?"

"拿走了我重要的手提包,还有,"增美说道,"泷子女士的戒指,纪美子小姐的——"

"我丢的是化妆包。"纪美子开口道。

"对,是化妆包。然后,清子女士似乎也有什么东西——"

"我丢的不是什么重要的东西。"清子说道。

"是什么东西呢?"

"我的手套找不到了。"

"手套!"新山似乎很惊讶,问道,"上面是有宝石什么的吗?"

"不,是夏天用的薄丝绸手套。不是什么重要的东西。"

"您确定当时把它放在这里了吗?"

"是的,我可以确定。"

"那么,太太您呢?"新山看向了麻里子。

"我什么都没丢。"

"这么说来,丢的都是客人的东西——"

"是的,是这样的。"麻里子冷漠地回答道。

"那就奇怪了,丢的都是客人的东西,就连手套都——"

"我的手提包里装着很重要的东西。"

"真是奇怪呀。"新山像是没听见增美的话,自言自语似的说道。

"没有能进来的地方，也没有能出去的地方，所以才没有人看见小偷的身影吧?"

"对。"麻里子点了点头，但很快又说，"只有松岛小姐说她看到了庭院里黑色的人影。"

"什么? 黑色的人影——"新山有些惊讶地看了一眼爱子，但很快就苦笑，"你看到的那个人影，可能就是我。我再去庭院一趟。"

说完，新山离开了房间。

麻里子向熊丸问道:"老公，真的没事吗?"

"不用担心。那是个可以信赖的男人。"

"但是，要是，大家的随身物品找不到——"

"不用担心。那个男人一定会找出来的。"

"真的不用跟警察说一声吗?"

"跟警察?"熊丸使劲儿地摆着手，"不行，不行。要是跟警察说了，把警察招过来的话，可还得了? 搞的什么审讯啊，传唤啊，都是些麻烦事，一点效果都没有，只会给各位添麻烦。"

"但是，各位丢了重要的东西——"

"没事的，不会丢。让各位再稍微等一会儿就行了。"

说完，熊丸离开了房间。

"我感到很困扰，真是让人伤脑筋啊。"增美像个向大人讨要糖果的孩子一样，不管不顾地说着。

"但是也没有别的办法了。"泷子安慰她道，"说了让我们等一会儿，我们就等着吧。在这段时间里，我们继续刚刚的麻将怎么样?"

增美这才同意了。以麻里子为首，四位女性朋友又排成一队离开了房间。爱子还留在房间里，因此村桥故意拖延着时间。

等到房间里只剩下他们两人时，村桥走到了爱子的身边。他用低沉但充满力量的声音说道："爱子小姐，究竟发生了什么事？"

爱子低着头，没有回答。

"跟我说说吧，跟我说说可以吗？只跟我一个人说说。你是看见什么了，对吧？看见了什么很恐怖的东西？"

"您不要再问了，您不要再问了。"

爱子的身体颤抖着。

"让我问问吧，让我问问吧。没有什么好怕的了，我在你旁边呢，你放心吧。告诉我，你看见什么了？白色的脸是什么？告诉我，你看见什么了？"

爱子摇摇晃晃地倒进了村桥的怀里。村桥紧紧地抱住了她："请你振作一点，请你振作一点。没有什么好怕的。只跟我说，只跟我一个人说说吧。"

爱子一言不发地颤抖着。村桥抱着她的肩膀，像是为她打气似的摇晃着她的身体。

就在这时，电灯"啪"的一声熄灭了。

停电？

正值黑夜，宅邸内的电灯似乎全部熄灭了，四下一片漆黑，漆黑到字面意义上的"伸手不见五指"的程度。

"啊！"

在电灯熄灭的那一瞬间，爱子也小声地惊叫了一声。她跟村桥贴得更紧了。

村桥不知如何是好。他在别人家里，更何况还是初次造访，还不习惯在这里自作主张，因此也不好采取什么行动。只能等着谁给他们送蜡烛过来。

"哦?"

村桥突然下意识地绷紧了身体。

他感觉到黑暗中有别的人在!

爱子似乎毫无感觉,只是沉浸在恐惧之中,不住地颤抖着。村桥通过身体感受到了爱子的颤抖。

村桥在不让爱子察觉的前提下,竖起了耳朵潜心倾听。他没有听到任何声音,但是他能感觉到对方接近了他们。

是自己的错觉吗?

以防万一,村桥抱着爱子,用脚尖试探着一点点地往角落的方向后退。他感到背后是墙壁后,才停下来,静静地等候着对方采取行动。

四下寂静,似乎再也没有什么东西靠近了。

可能是自己的错觉吧。

村桥松了一口气。接着,他在爱子耳边小声说道:

"不会有什么事的。估计很快就会恢复亮光的。"

爱子仍然止不住颤抖,微微地点了点头。村桥通过两人紧贴的皮肤感受到了爱子点头的动作。

他觉得仿佛过了一个小时,实际上只过去了两三分钟。电灯"啪"的一声亮了起来。

爱子得救了似的松了一口气。她悄悄地松开了村桥的手。

"早……早点回到大家身边去吧。"爱子的声音还透着微微的颤抖,"要是引起大家的怀疑就麻烦了。"

"好的。"村桥点了点头,"但是刚刚停电了嘛,也没办法。"

"是呀,不过已经重新来电了。您早点过去吧。"

说着，爱子的视线掠过了桌子。这时，她十分惊讶似的喊道："哎呀！"

听到爱子的声音，村桥追随着爱子的视线往桌上看去。他不禁揉了揉自己的眼睛。

桌子上，好端端地放着刚刚不见了的手提包、化妆包、手套和戒指这些东西。

"发，发生了什么？"爱子喘着气，说道。

村桥急忙打量了一圈房间。

窗户关得好好的，门也关着。

是谁，在什么时候，出于什么理由，在桌子上放了这些东西？

"匪夷所思，简直匪夷所思。"村桥惊呆了。

爱子的脸色苍白，她看向村桥："这下麻烦了。"

"啊？你说什么？"

"会被怀疑的。"

"会被怀疑？"

听到爱子的话，村桥这才反应过来。没错，现在村桥和爱子两人被推到了一个非常麻烦的位置上。非但如此，熊丸刚说过那样的话，这些丢失的东西就突然出现在了两人的面前。现在他们该怎么说明这件事？就算实话实说，也不会有人相信的！

这时，爱子的视线又无意间掠过了窗户，她再次"呀"地尖叫出声。

"怎，怎么了？"

村桥被吓到了，看向窗户，但那儿什么都没有。

"白色的脸、白色的脸！"

爱子喃喃道，又摇摇晃晃地倒在了村桥的怀里。

"啊?"村桥抱住了爱子，又一次看向窗户。但是那儿依旧没有什么异常之处。

"爱子小姐，那是错觉。那里什么都没有。"

爱子拼命振作精神，摇摇晃晃地站了起来。

"对不起。"

"说什么'对不起'啊?"村桥很意外，"你没做过什么对不起我的事情。"

"但是，我总是尖叫，给您添了不少麻烦——"

"爱子小姐、爱子小姐，你为什么要说这么见外的话? 为了你，我什么事情都愿意做。我甚至做好了为你牺牲性命的准备。你可以对我，只对我，倾诉任何事情的。"

"谢谢您，谢谢您。老……老师。"

爱子用力地握住了村桥的手。

这时，走廊里传来杂乱的脚步声。

爱子急忙离开了村桥的身边。

房门打开了。首先进来的是麻里子。

"呀，老师，您在这里呀。尖叫的又是松岛小姐吗? 到底发生了什么?"说着，她无意间看向了桌子上面，"呀，这……这究竟是怎么回事?"

听到麻里子的话，增美跟着看向了桌子。

她像是见到了重逢的恋人一般，冲到桌旁，拿起了手提包："啊啊，我的手提包，我的手提包——"

"我本来想跟着你们一起离开房间的，没想到停电了——"

"实在是对不起。"麻里子像是想起了什么，道歉道，"我们也很担心老师——"

"停电的时间有点长啊。"

"是的，这种事情本来很少发生的。"

"电灯亮了以后，不知道怎么回事，桌子上又出现了这些东西。爱子——不，松岛小姐看到这些以后被吓到了，所以又尖叫了一声。"

"呀，"麻里子睁大了眼睛，"是谁拿过来的呢？"

"关于这一点，我毫无头绪。毕竟当时一片漆黑。"

"不过，东西出现了就好。"

麻里子的第一反应不是好奇，而是喜悦："各位，你们丢失的东西就是这些，没错吧？"

"对的。这的确是我的化妆包。"

"这是我的戒指。"

"手套也在。"

纪美子、泷子、清子三人回答道。

就在这时，熊丸突然进了房间。他看见桌上的东西：

"哟，这是怎么一回事啊？"

"不知道是谁趁停电的时候拿过来的。"

麻里子解释道。

"什么？我听说村桥先生和松岛君刚刚在这个房间里啊！"

熊丸露出了显而易见的怀疑表情，静静地盯着两人。

村桥不知道该怎么解释，暂时沉默着。

看到村桥沉默的样子，熊丸挑衅似的说道："希望您能详细地叙述一下，在电灯熄灭的短短三分钟里，是谁，从哪里，用什么方式进来的呢？"

村桥做好了心理准备，说道："关于这一点，我毫无头绪。"

熊丸静静地看着村桥的脸，故意刁难他道："您的意思是，在这短短的三分钟里，有人从外面潜入这个家，趁着一片漆黑的时候进入这个房间，然后又照着原路逃到外面去了？"

"我觉得这应该很难办到。"

"那您的意思是犯人就在这个家里吗？"

"只能这么想了。"

"那么范围一下子小了不少。犯人不会是在场的几位女士吧？"

"绝对不会。"村桥语气强硬地回答道。

"那你觉得是我吗？"

"我不这样认为。"

"那你觉得，犯人在用人当中？"

"我不知道。"

"是吗？"熊丸脸上浮现出令人不悦的微笑，"要是您不知道，我就谈谈我的想法吧。"

"您请。"

"在这短短的三分钟里，犯人是不可能进出这个房间的。而且您也说了，您没有听到犯人的脚步声，不是吗？"

"是的。"

"那么推理就很简单了。也就是说，犯人还在这个房间里。"

"原来如此，真是个精彩的推理呢。"村桥尽量保持着冷静，开口道，"那么，最开始犯人偷窃的目的是什么？他是出于什么原因，才会偷窃各位的随身物品？偷窃的还都是客人的东西，连手套这种东西都要偷，夫人的东西却一样都没碰。这又是怎么一回事呢？"

"我不清楚这是怎么回事。我能断言的只有一点，犯人绝对不是从外面进来的，并且也没有离开，现在正在这个家里！"

"老……老公，"麻里子像是终于忍不住了，走到丈夫身边，"你……你别总是怀疑老师了，新山先生怎……怎么说？"

正当熊丸想开口说些什么的时候，突然，管家栗井进来了。他面如土色，颤抖着说道："不……不好了。新山先生出事了。"

一刀切下

"啊？"熊丸吓了一跳，"新……新山他，怎……怎么了？"

"他被杀……杀害了。就……就在庭院里，头……头被切了下来，被杀……杀害了。"

"呀！"

增美发出一声异样的尖叫，倒退了两三步。那声音怎么想都不像是人能发出来的声音。

泷子被增美的尖叫声吓到，紧紧地依偎着纪美子。清子则茫然地看着栗井。爱子勉强忍着才没有再次尖叫出来，她用手捂着自己的嘴巴，大口大口地喘着气。

尽管麻里子也吓了一跳，但不愧是麻里子，她没有太过惊慌失措："栗井，你不要胡言乱语吓唬大家了。"

"我没有胡言乱语。谁会在这种事情上撒谎，编出这么荒……荒唐至极的谎话？我是想着新山先生去了庭院好一阵子都没回来，有些担心，就去庭院找他。没想到——"

"可以，我们去看看吧。"

熊丸脸色惨白地说道。

女性全部在原来的接待室里等着，只有熊丸和村桥两人跟着栗井去了庭院。

目的地与麻里子的房间相隔大约五六间 ① 的距离。在漫长的坡道旁，立着四五棵杉树。在昏暗的夜晚，他们也能大致看清有个东西蹲坐在地上。借着栗井打开的手电筒发出的光亮，可以看到那确实是新山。诚如栗井所言，他的脖子处似乎被人一刀砍下，开了很大的一个口子，只有一层皮勉强地连接着。大量的血液从伤口处流出，浸湿了他的西装。

"嗯。"熊丸低声呻吟道。

"是小偷干的吧?"村桥朝着熊丸说道，似乎在说"你不是怀疑我吗? 看你现在怎么说"。

"可能是吧，也有可能不是。但是，新山一定是看到了什么可疑的人物，然后被那家伙杀害的。"

"不过，新山先生到底在庭院里做了什么? 他本人好像说过，要调查什么来着。"

"就像他本人说的那样。是我委托新山君调查庭院的。"

"啊? 是您委托的吗?"

"嗯，新山君其实是个私人侦探。"

"啊? 私人侦探?"

"嗯，是长濑侦探事务所的年轻战将。我想调查一下宅邸里的事情，所以把他叫过来了。正好你们也在，他说想跟你们见个面。只是他总不能说自己是私人侦探吧? 所以我才跟你们介绍说他是旅行家。"

---

① 五六间约为 9 米至 10.8 米的距离。

"您是出于什么原因，才想到要叫新山过来的？"村桥问道。

熊丸没有回答，而是猛地弯下腰，盯着村桥。他沉默了一会儿，最后才用充满憎恨的眼神死死地盯着村桥，说道："每个人都有不想被别人知道的事情吧，也没有把自己的事情一一向他人说明的义务。差不多就得了，别总是对别人家里的事情刨根问底。要是过于刨根问底，马上就会遇上让你后悔的事情的。"

接到报告说熊丸宅邸发生了诡异案件后，辖区的世田谷警察署立刻让当值的司法主任带着部下赶往熊丸宅邸。此外，由于消息很快就传到了警视厅，搜查课的一行人也跟着赶到了。巧合的是，主任就是萱场警部。

根据警方推测，新山正沿着长着杉树的坡道往下走的时候，犯人突然从旁边冲了出来，从他斜后方对着他的脖子砍了一刀，他几乎没有来得及发出声音就当场死亡了。犯人的手法很高超，凶器也很锋利，因此，最后的结果就如同村桥看到的样子，只有一层皮勉强地连接着他的头颅和身躯。

众多刑警分组对广阔的熊丸宅邸进行了仔细的搜查，但最后就连犯人的影子也没找到。就连犯人有可能潜伏的，又或者是犯人有可能逃走的地方都没有看到犯人的身影。足迹调查也只找到了几处可以明确判定是被害者新山本人的足迹，而那些有可能是犯人的足迹处已经被新山自己的足迹以及栗井、熊丸、村桥等人的足迹所覆盖，几乎无法辨认。此外，警方也没有找到犯人遗弃的凶器，在案发现场以外的地方也没有发现类似血迹的痕迹。换言之，就连犯人是从哪里进来的、从哪里逃离的都无从得知。

调查的结果是，增美、泷子、清子、纪美子四个人与案件没有丝毫联系，也无法成为案件的参考人，因此警方允许她们先行回家。此外，在熊丸宅邸的内部人员中，夫人麻里子、女佣小花以及在厨房工作的两名女佣，这四个人先被排除了嫌疑。

首先接受警方调查的是栗井老人，对于他的调查也是最为严格的。结果如同老人所言，由于新山在庭院里待了太长时间，他出于担心去寻找新山，然后发现了尸体。老人的证言与事实相符，因此栗井参与作案的嫌疑也被排除了。

下一个接受调查的是熊丸猛。

在接受警官的问询时，在为何委托新山过来的问题上，他给出的答复与他给村桥的答复一致，没有做出明确的回答，只说是家里的私事，不愿意讲述具体的内容。再加上他与丸之内工业俱乐部前的诡异杀人案件有关，因此警方将熊丸列为最值得怀疑的人物。此外，由于他的回答过于含混不清，受到了警方毫不留情的审讯。最后，他发怒似的说道："其他的事情我一概不清楚！"说完这句话后，他就拒绝回答任何问题了。

而松岛爱子因为最开始在麻里子的房间里发出惨叫，之后又昏迷过去这一点，也颇受警方怀疑。但她坚持声称自己完全是因为发现桌子上的东西消失了，出于惊讶才尖叫的。只是，仅仅因为桌子上的东西消失不见就昏迷过去的说法，实在是有些牵强，因此警方对她进行了详细的盘问，但除此之外的事情她无论如何也不肯说。而且在新山遇害这一案件上，她也没有任何参与作案的可能性。

最后只剩下村桥了。按理说，他应该是最有嫌疑的人物：他第一次来这幢宅邸，就做了相当可疑的举动。他与松岛爱子两人留在麻里子的房间里独处，停电期间不知是谁将盗窃的东西又还了回来，这样的说法很难让人轻易接受。事实上，如果不是因为他是位知名的侦探小说家，又与派遣到现场的警员主任萱场警部相熟，他一定会因为具有重大嫌疑而受到警方的严格审讯。所以，对他来说，萱场警部的到来是一件非常幸运的事情。

等警方大致调查完一遍后，天已经彻底亮了。

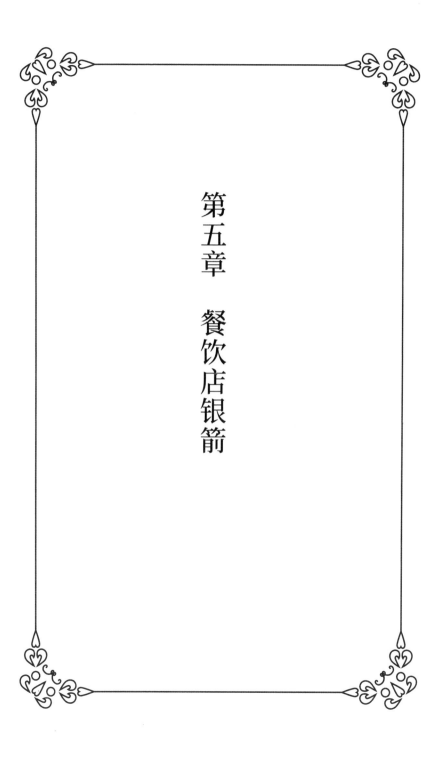

第五章　餐饮店银箭

爱子的失踪

第二天早上，萱场警部站在接待室的蛤蟆前，再三打量着它：
"呀，实在是太精巧了，像是真的一样。"

"听说碰了就会被诅咒哦。"村桥笑着说道。

萱场警部一脸严肃："看着就像是会下诅咒的样子。"

"熊丸是这么吓唬用人们的。不只如此，他对我们也这么说过。"

"熊丸说，"萱场警部换了个话题，"当天傍晚，他去了筑地 ①
的一家叫水月的待合 ②。至于他从水月出来后的行踪，已经让能干
的刑警去拼命调查了，估计很快就会有结果的。他雇用新山的理
由，一定也能调查出来。从今往后，我和丸之内警察署的高岛警
部共同负责这起案件。"

"啊，那么犯人是——"

"推测是同一个人。毕竟都是被一刀'唰'的一下切下头颅
的，作案的手法几乎完全相同。现在这年代，会用日本刀切下头
颅的人估计没多少。"

"听你这么说，他的手法很高超啊。"

"对的。犯人的手法相当高超。不过，作案手法也算是一种类
似指纹的东西吧。哪怕是再巧妙的犯罪，哪怕凶手没留下任何证
据，也能通过作案手法看出不少东西。说来，老师的那个女人是

---

① 筑地，位于东京都中央区，隔田川北侧，离银座很近。
② 待合，即待合茶屋，是专供男女游乐的酒馆。

叫松岛爱子吧？你怎么看她？"

　　萱场警部似乎是随口一问，但村桥为此捏了一把冷汗。他含混地回答道："不清楚，我可没什么——"

　　听到这话，萱场警部露出了微笑："老师，藏着掖着可不好啊。老师在这之前就认识松岛了，不是吗？"

　　"啊？"村桥有些狼狈，"谁跟你说的？是松岛小姐吗？"

　　"哈哈哈哈，老师，你也是的，说到你自己的事情就迷糊了。你不是说，在离开熊丸夫人的房间之前，和松岛小姐两人单独待过一阵子吗？要是你们不认识，不可能这么做呀。"

　　"但是，你——"

　　"可不能再藏着掖着了啊。听好了，如果松岛不认识老师，她肯定会跟着夫人以及其他人一起出去的。老师你也是，要是对方是不认识的女人，你肯定也早就出去了吧？"

　　"看来，"村桥苦笑道，"想藏也藏不住了。我跟她之间的交情倒也不深，只是相识而已。"

　　"你以前就知道松岛在这里工作吗？"

　　"不，我是来了才发现的。"

　　"所以才想着问她点事情的，是吧？"

　　"嗯，是这样的。"

　　"接着就遇上了意料之外的停电吗？"

　　"对，你说的对。"

　　"那个时候，松岛有什么可疑的举动吗？"

　　"啊？松岛吗？不，她没有什么可疑的举动——为什么这么问？"

　　"其实啊，我们跟电力公司确认过了，他们说昨晚没有停电。"

"那就是这幢房子内部的故障了。是保险丝之类的东西烧断了吗？"

"但是，你不是也说了吗？过了三分钟左右，电灯就自己亮起来了。"

"原来如此，的确是这样。"

"老师，你的状态不对劲啊。这种难度的推理，就连刚入门的刑警都能办到。"

"你说的对。我刚才是在想别的事情。"

"总而言之，那时是有人切断了开关，而且切断的不是某个房间的电源开关，而是整幢宅邸的电源开关。所以——"说到这里，警部停了下来，看着村桥的脸，"也就是说，是犯人故意切断了电源。可以得出这样的推断吧？"

"是的。不过，宅邸的总电源开关在厨房。如果犯人是在那里切断了电源开关，再前往那个房间，这个工作量不是两三分钟能完成的，所以——"

"原来如此，也就是说他有帮手，对吧？"

"是这样的。对好暗号以后，一个人去切断电源开关，另一个人趁机将偷窃的东西放到桌子上。"

"原来如此，也就是说，犯人从一开始就在那个房间里吗？"

"对的。"

"这个推理挺有意思的，但是不成立。那个房间里没有能藏下一个人的地方。"

"犯人不就藏在那里吗？"

"你说的话怎么跟熊丸一样？犯人没有藏在那里，那时候房间里可只有我和松岛两个人啊。"

"这就是问题所在了，老师！"萱场警部像是有些焦躁地说道，"你听好了。最开始桌子上的东西消失的时候，松岛是孤身一人进入房间的。松岛出于某个原因进入了夫人的房间，这个解释就很暧昧。而她的尖叫也好、昏迷也好，我觉得更像是一种转移注意力的手段——"

"不可能，不可能，是你想错了。"

村桥慌忙地摆着手。

看到村桥的强烈否定，萱场警部有些惊讶："你有什么证据能证明吗？"

"不，我没什么证据，但是——"村桥结结巴巴地说道。

"那你为什么要否定？"

"松岛不是那样的人。"

"但是啊，人这种东西是捉摸不透的——更何况，老师你也说了，你和她之间的交情并不深，不是吗？"

"但……但是，那个女人是不会没有目的地偷窃客人的东西的。"

"说不定有原因呢？"

"但最后什么都没偷，都送回了原来的位置，不是吗？"

"或许只是因为没时间拿走里面的东西，又或者是因为想要的东西不在包里。"

"你要这么说，就说不清了。"

"但是，还挺少见的，老师你这么认真地为松岛辩护——"

"说什么呢？我可没认真。"村桥感觉自己的脸"腾"的一下涨红了，他拼命地掩饰着自己的心情，"只是，对那个女人，我稍微有点儿了解，知道她不是会做那种事的女人罢了。比起这件事，你不如去查查到底是谁在厨房切断了电源开关。"

"不用你提醒，我早就让刑警去查了。只是，到现在还没有消息。"

"总之，是宅邸内部的人吧？"

"是的，我们是这么推测的。"

说完，萱场警部似乎是想到了什么，叫来了角落里的刑警。

等刑警到了他身边，他吩咐道："把栗井叫过来。"

接着，栗井老人被刑警带过来了。萱场警部开口道："总之，先请你坐下吧。"接着说道，"我想请教一下有关这个家里的用人的事情。先是你，你应该在这里工作很久了吧？"

"回您的话。"栗井老人似乎很惶恐，低下了头，"我在这里已经做了五十多年，在上一任家主的时候我就在了。"

"司机是什么时候来的？"

"回您的话，留冈大概来这里一年了——但他是个极为正直的男人，绝对不是会犯错误的人。求求您，尽快放他回来吧——"

"你不用说多余的话。"萱场警部带着一丝斥责的语气说道，紧接着又换上温柔的口吻，"女佣小花呢？"

"她也有一年多一点了。"

"那么，以小花为首的女佣，包括其他两个人，她们身上有没有发生过什么可疑的事情？"

"您说的可疑是指？"栗井老人的表情似乎有些惊讶，反问道。

"比如说有情夫啊，有偷东西的癖好啊，爱撒谎啊——"

"不，不，绝不会的。"老人慌忙摆着手，"三个人都是品行正直的人，有情夫啊，或是有偷东西的癖好啊，绝不会有这类事情。"

"那么，还有秘书松岛——"

从萱场警部的嘴里听到松岛的名字，村桥不由得屏住了呼吸。他在暗暗担忧着，祈祷栗井不会说出某些多余的事情，但表面还是装出一无所知的态度。

不知道萱场警部是否知道村桥与爱子的关系，但他丝毫没有留意村桥的态度，继续询问道："那个女人在这里工作了很久吗？"

"是的。那位比女佣们来得要早很多——大约是前年，不，是大前年来的。前后加起来应该有三年了。"

"三年前的话，是指发生火灾的那一年吗？"

"不，火灾已经过去整整三年了。松岛小姐是在火灾发生的下一年过来的。"

"在她以前，还有过别的女秘书吗？"

"不，没有了。"

"那男秘书呢？"

"不，无论男女，在这之前没有过秘书。"

"这么说来，他是怎么想到要雇用女秘书的？"

"在这之前，老爷参与了不少事业，也经常去外面处理事务。自从发生了火灾以后，他就彻底收手不干了，因此外出的次数也少了很多，待在家里的时间就长了。只是，还有许多工作没有处理好，所以才在家里设立了秘书这一职位。"

"原来如此，是这么一回事啊。那么，秘书的工作是什么？你大略描述一下就行。"

"主要是整理文件的工作。有时候也会代替老爷写信，但是这类事务不多。此外，还有接待访客的任务，但是她只接待老爷的访客，这一类客人也很少出现。"

"松岛小姐又是怎么来你们这里的？"

"是因为在报纸上刊登了招聘启事。有许多应聘者报了名，是老爷亲自从中挑选的。"

"来了以后表现如何？工作认真吗？"

"是的。她的态度非常认真——并且具有坚忍的品格，这在近年来的年轻女性中很少见了。老爷也为招到一个好秘书而高兴了很久。"

安静地听到这里，村桥不由得松了一口气。他想到，这样一来，萱场警部就再也没有理由怀疑爱子了吧？

"工资呢？大概是多少？"

萱场警部依旧没有放缓攻势，继续追问道。

"回您的话，我记得应该是每个月五十日元。"

"每个月五十日元啊。"萱场警部似乎有些感慨，"算是很高的工资了。当然还包吃，对吧？"

"是的。因为住在宅邸里，因此提供房间和一日三餐。"

萱场警部的脸上浮现出显而易见的失望神色："这么说来，五十日元可以全部留下来咯？"

"是的，您说的是。只是，那位的生活似乎并不宽裕。"

"不宽裕是什么原因呢？"

"因为她还要抚养母亲和弟弟。她实在是一个值得敬佩的人，对自己的要求很高，高到就连周围人都觉得心疼，不必要的钱一分都不花，每个月的工资虽然能全部存下来，但她弟弟应该还在上中学，所以生活似乎非常艰苦——"

"原来如此，她还要给家里寄生活费啊。"

"是的，实在是个值得敬佩的人。"

萱场警部的眼睛再次亮了起来："最近，有没有发生什么特别需要钱的事情？"警部加重了语气。

"回您的话，"栗井老人想说点儿什么，似乎又踌躇了一会儿该不该说，最后还是开口道，"我想，对您还是不要隐瞒比较好，因此我就照实说了。事实上，松岛小姐最近似乎在为钱发愁。"

"是哪里需要钱？仔细说说看。"

"回您的话，似乎是因为她弟弟参加了学校的暑假游泳课程，要去房州①之类的地方，所以需要一笔费用。学校方面也表示希望学生们尽量参加这次活动，她猜弟弟如果不参加，处境会比较难堪，因此非常希望能让弟弟参加。为此，她消沉了很久。"

听到是去参加游泳课程的费用，警部似有些失望："她需要的钱大概是多少？"

"大概是二十日元或是三十日元吧。由于生活十分拮据，听说就连这些钱都拿不出来。"

"没有奖金之类的东西吗？"

"回您的话，中元节的时候，女佣们似乎拿到了布匹一类的奖赏，我和松岛小姐是拿到了奖金的。"

"我还想再问些私人的问题，奖金大概是多少钱？不，你拿到了多少并不要紧，我想知道的是松岛小姐大概能拿到多少钱？"

"回您的话，大概是一个月的工资。"

"这么说来，游泳课程的钱应该是付得起的吧？"

"只是，怎么说呢，她的奖金还有别的用途。毕竟每个月财政

---

① 房州，即安房国的别名，位于千叶县南部。

都是赤字，这些欠款加起来——不过，一月还有别的奖金，所以她还能松口气。松岛小姐经常跟我说这些事。所以，游泳课程的费用实在是——"

"原来如此。"警部点了点头，突然换了个话题，"说来，这里经常发生丢了东西，或是丢了钱之类的事情吗？"

"啊？您说什么？"老人愣愣地看着警部，"绝不可能发生这种事，家里主人也在，女佣们的来历都很可靠，家里没有这种品行不正的人，绝不会出现丢东西这类事情。"

"迄今为止一次都没有吗？"

"是的，绝对没有。"

"女佣们也都是值得信赖的人吗？"

"是的。"

"包括松岛小姐吗？"

"您说'松岛小姐'。"老人像是听到了什么难以置信的问题一样，"那位是绝不会被金钱所诱惑、犯下错误的人。"

这是多么令人暗暗愉悦的证词啊。村桥甚至想给栗井老人一个拥抱。

萱场警部又换了个话题。

"昨晚停电的时候，你在哪里？"

"我在自己的房间里。"

"好的，谢谢你的配合。"警部停止了询问，"还有件事要麻烦你，能请你把松岛小姐带到这里来吗？"

栗井老人鞠了一躬，离开了房间。

村桥努力保持着淡然的表情，但萱场警部并没有想与村桥搭话的意思。

不知为何，过了好长时间松岛也没有出现。他们等了又等，却一直没有等到她。正当村桥按捺不住，想要开口时，房门打开了，栗井老人一个人进来了。他的脸色惨白。

"我到处都问了，没找到松岛小姐。"

松岛爱子失踪了！

根据栗井老人的汇报，萱场警部很快就展开了调查。爱子于今天早上七点左右换上了外出的服装，堂而皇之地从正门离开了。

虽然正门门口有刑警守着，但她沉着地走到了刑警身边："我收到消息，说我母亲突发急病——"

说着，她展示了外出许可证。

虽然说是许可证，但只是一份有萱场警部签名的简单文件，上面用铅笔写着"允许这个人外出"。看对方是一位年轻女性，刑警也大意了，没有仔细确认许可证的真伪，便信以为真。

自然，这份许可证是彻头彻尾的伪造品。

萱场警部愤愤地跺了跺脚，立刻让部下的刑警去调查她的行踪。只是，毕竟距离爱子出门已经过了两三个小时，因此警方只得到了爱子似乎从小田急的下北泽车站乘坐了前往新宿方向的电车这一消息。

萱场警部恼恨地对村桥说道："怎么样，老师？就在老师说什么'松岛不是那样的人'的时候，她就逃走了。"

"嗯，"村桥苦笑道，"估计是有什么原因吧。"

"肯定是有原因的啊。毕竟，清白的人怎么可能会做这种事呢？"

"只是我想，如果是内心有愧的人才不敢逃走呢。逃走就等于认罪了。"

"所以，她认罪了啊。我应该看得再严一点。是我疏忽大意了。"

"她说的'母亲突发急病'是指?"

"当然是撒谎了。她根本就没回家。为了以防万一，我还是让人守在了中野的家里，但一时半会儿她应该不会回去吧。"

"她马上会回来的。"

虽然村桥这么为松岛辩解道，实际上，他自己的内心也充满了不安。要是松岛真的逃走了，肯定不会是因为偷了手提包或是戒指这类东西，怕自己的偷窃行为被曝光这种天真的理由。如果只是发愁自己弟弟的游泳课程费用，爱子是不可能放弃自己虽然工作不满三年，但一直脚踏实地工作的岗位，选择向家里客人的东西出手的。退一百步来说，假设爱子对客人的东西出了手，现在也没有证据证明这一点，她没必要逃跑。既然她选择了逃跑，那么在这背后，一定有着更为重要的理由！包括现在，萱场警部表现得这么恼火，也不是因为他将爱子视为一名单纯的窃贼，更像是因为一个重要的犯人从他眼皮子底下逃跑了。

村桥一刻也没法安静地待下去了。他急切地希望做些什么找出爱子，这次一定要从她口中问出她所隐瞒的事情，将她从恐惧中拯救出来。

"萱场君，能给我一张真的外出许可证吗?"

村桥装出笑容，说道："我知道了。"

没想到萱场警部轻易地应了下来，在政府专用的公文纸上亲自签名后，盖了个章。

"这样就没问题了吧? 哈哈哈。"

村桥道了个谢，接过许可证，离开了房间。

直到看不见村桥的背影后，萱场警部才露出了忧虑的表情，呼唤身旁的刑警道："你去跟着那个男人。"

　　村桥在正门处展示了自己的许可证，笑着说道："仔细看好了，这可是真货。"

　　刑警也跟着笑了起来，礼貌地说道："好的，可以的。您请。"

　　尽管村桥离开了熊丸宅邸，但就自己接下来该做些什么，他还没有明确的想法。

　　他暂时漫无目的地散了一会儿步，这才决定"总之，先回趟家吧"，于是踏上了回家的路。仅仅在外面过了一个晚上，他却有一种久违了的回家的感觉。

　　他先坐在书桌前，一边思考着昨晚发生的事情，一边抽着烟。正在这时，电话铃声响了起来。

　　村桥吓了一跳，但还是很快拿起了话筒："您好。"

　　"您好。"是女人的声音，"请问是村桥先生吗？"

　　"对，我是村桥。"

　　"啊，老师！我——"

　　村桥没有听清对方在说什么，于是问道："您好，您好，您是哪位？"

　　"我是爱子，我是松岛爱子。"

　　"啊，爱子小姐！"村桥吓得几乎要跳起来，"你……你在哪里？"

　　"请您不要问我这个问题了。老师、老师，求求您了，求求您了。求求您收手吧。"

　　"啊？收手指的是什么？"

　　"这次的案件非常复杂——不，我现在已经没有时间说这些话了。老师，总之，请您不要接近熊丸先生。"

"你在哪里？为什么要逃跑？"

"请您不要问我这个问题了。老师，这可能会威胁到您的性命。请您什么都不要问了，按我说的做吧。"

"告诉我你在哪里吧。请跟我见见面，然后把一切都告诉我吧。我不怕，我什么都不怕。只要是为了你——"

"不可以，不可以。您不能这么说。您不能再管我了。我这种女人不值得您这么做。求求您，老师，求求您了，请您收手吧。"

"我不愿意，我不愿意。"

"啊啊。"他听到了爱子的叹气声，"怎么办呀？我该怎么办呀？"

"爱子小姐、爱子小姐，告诉我你在哪儿吧。"村桥喊道，但是没有听到爱子的回答。

"有人在吗？"村桥拼命地喊道。

"非常抱歉。"是接线员的声音，"之前的电话已经挂断了。"

"我的电话才打到一半呢！"村桥怒吼道。

"对方的电话号码是？"

"我不知道！"村桥又怒吼了一声，但他很快就反应过来，温柔地说道，"您好，请问您知道刚刚跟我通话的号码吗？"

"非常抱歉，我们这里也不知道。"

"对方的电话属于哪个电话局也不知道吗？是从哪个电话局打来的——"

"也不知道。"

接着，接线员的声音也消失了。

村桥"咔嗒"一声放下话筒，看了一眼手表。现在是上午十点半。

"为什么要瞒着我?"

村桥扔掉了手中的香烟,吐出这句话。他一下子消沉起来,垂下了头。

爱子到底在害怕什么?为什么与熊丸的案件扯上关系,就会危及性命?

"怎么可能?她肯定是为了把我推远,才说的这些胡话。"

但是,有些地方并不像是胡话。

熊丸这个人,并不是个遵循常理的人,而且他还把那些威胁自己的话直接说出口了。

"难道是熊丸出于某些原因,害怕我参与到案件中,所以才利用爱子来让我收手吗?说不定,爱子自己也在遭受着熊丸的胁迫。"

爱子作为熊丸的秘书,已经工作两年多了。而且她住在熊丸家,一直待在熊丸身边,要是熊丸有什么秘密,爱子多少应该也会有所察觉。如果这些秘密不小心被爱子知道了,熊丸又会采取什么态度呢?想必他会选择威胁爱子。

"这次的事情,爱子哪怕不知道详情,也肯定察觉到了什么。她不愿意说出自己的行踪,应该也是这个原因。"

村桥得出了这样的结论。

假设爱子的失踪原因如他所料是与熊丸有关,与其毫无头绪地寻找爱子的行踪,不如先打探熊丸的情况。只要把熊丸咬住不放,迟早也能知道爱子的行踪。

村桥开始为自己离开了熊丸宅邸而感到后悔,他应该在那里多待一段时间的。而且有萱场警部在,他本可以在那里多住几天观察情况的。要是到了明天还好说，今天他刚出来，实在没道理大摇大摆地再回到那里去。

这时，村桥突然想起了另一件事：在周一，也就是案发的那天晚上，熊丸隐瞒了自己的行踪。他六点左右去了筑地的叫水月或是叫什么的待合，在那里待了一两个小时就离开了。在那之后，他又做了些什么呢？熊丸对此闭口不谈，尽管刑警也开展了调查行动，但是现阶段还没有明确的结果。

"好嘞，那就调查一下熊丸当天晚上的行踪吧。"

京滨国道

正值正午，这一天是梅雨季节中少见的晴天，阳光毫无保留地倾洒在地面上，天气非常闷热。

村桥以调查熊丸的行踪为目的，首先寻访了位于筑地的一间挂着"水月"的门牌的房子。

看到白天登门的客人，水月的女老板露出了警惕的表情。直到村桥问起熊丸的事情，女老板似乎跟熊丸很熟，亲切地说道："呀，原来您是熊丸先生的朋友呀。"

女老板轻易地相信了他的说辞，因此，村桥没怎么费功夫就打听到了消息。只是，从女老板那儿也没得到什么新的信息。她说，八点左右，熊丸说汽车已经开回去了，自己再找辆出租车就行，然后就离开了。至于熊丸去了哪里，她全然不知。

村桥道过谢后，离开了水月。但他对自己的下一步行动毫无头绪。

他觉得有些饿，于是前往银座，走进了一家叫银箭的西式餐饮店。这里说是餐饮店，风格更像是咖啡馆，服务员也都是少女，提供一些非常简单的餐饮。

店内有几名服务员认识他，看到村桥进来后，其中一名少女露出了亲切的微笑。村桥终于安下心来，开始用餐。

当他用完餐，正在啜饮咖啡时，一个陌生的女人走到他的身边。女人的年龄在三十岁左右，穿着打扮得体大方，给人的感觉不像是个普通人。

她走到村桥身边后，弯下了腰，像贴在村桥耳边似的说道："不好意思打扰您了，请问您是村桥老师吗？"

从陌生人口中听到自己的名字也好，被陌生人叫住也罢，对村桥来说并不罕见。因此，他回答说："对，我是村桥。"

看到他点头承认，女人露出庆幸的表情："其实，是有人拜托我。"

"啊？拜托你什么？是谁拜托你的？"

"隔墙有耳。"

女人低声说完这句话后，转而大声说道："老师，真是好久不见呀。"

"的确很久没见了。"村桥配合道。

女人撒娇似的说道："老师，那就请我吃点什么吧。"

村桥对女人的这副态度有些存疑，但还是不着痕迹地配合道："好的，当然没问题。你想吃什么都行。"

"好的，那我就不客气啦。"

说着，女人在村桥身旁坐了下来。

"您好，能帮我把那边的菜单拿过来吗？"女人对路过的少女喊道。

"好的。"少女拿起附近桌子上的菜单，交给了女人，接着站在一边，等着她的吩咐。

"我要什果宾治①好了。"

"好的，我知道了。"

少女离开后，女人拿着菜单把玩了一阵子，不知何时拿出了铅笔，在菜单的空白处不停地写着些什么。

村桥本以为她是在信手涂鸦，所以只是心不在焉地看着她用铅笔写下的字迹。没过多久，他"啊"的一声，大吃一惊。

她在菜单上写下的文字如下：

爱子出大事了。请您帮帮她。

村桥倒吸了一口冷气："你怎么会——"

认识爱子的？他刚想说出这句话，女人就拿手肘顶了他一下。接着，她又在菜单的空白处笔走龙蛇起来。

爱子现在被关在某个地方。

村桥看向女人的脸。她的表情原本非常紧张，但眨眼间就换上了亲切的笑容。原来是少女拿着她点的什果宾治过来了。

女人将吸管放在嘴里，开口道："哪，可以吧？"

村桥很快就反应过来："好的，当然可以了。"

---

① 什果宾治，即Fruit Punch，把几种饮料混合在一起，再加上各种水果的饮品。

"那就请您一起，好吗？"

"好的。"村桥点了点头，"但是，要去哪里，你知道吗？"

"当然，我知道的。"

在那之后，两人便再也没有说过话。女人专心吃着水果。

女人刚吃完，村桥就站了起来："我们走吧。"

"好的。"女人站了起来，还谨慎地撕碎了菜单。

在收银台结完账，离开了店里后，村桥这才焦急地问道："我们要去哪里？爱子小姐的——"

女人又轻轻拿手肘顶了一下村桥的腰，示意他安静。

"我们乘一日元出租车①去吧。"

女人朝停车场走去。

刚刚还是万里无云的晴空，不知道什么时候阴沉下来，黑色的云朵低低地垂挂在天空上。或许是他的错觉吧，村桥甚至觉得银座的人流量都变少了。

在一日元出租车的停车场，女人跟司机说了些什么。司机点头后，女人朝着村桥喊道：

"您请吧。"

村桥坐进车里，女人也跟着坐了进来。汽车发动了，笔直地朝着品川方向驶去。村桥和女人都一言不发。

很快，汽车就上了京滨国道②。

到了应该是大井町③的附近，女人开口道："可以了，麻烦您

① 一日元出租车，1924年日本出现的一种出租车模式。只要目的地是市内，去哪里都是一日元，因此被称为一日元出租车。

② 京滨国道：从日本东京都中央区日本桥，经神奈川县川崎市至横滨市神奈川区青木通交叉点的一般国道，是东京至横滨间的主要公路之一。

③ 大井町，位于神奈川县西南部。

就在这里停下吧。"

汽车停下来的地方在国道中间，前方有几家小商店沿路而立。

等汽车开远了，女人才对一脸迷惑不解的村桥说道："要换乘哦。说不定有人在尾随我们呢，必须谨慎行事。"

说完，女人留心着周围的情况，朝前走去。大概走了半町①的距离，女人终于走进了小巷子里。那儿停着一辆似乎是家用的大型汽车。

上了年纪的司机看到女人的脸，便立刻打开车门。

女人向村桥说道："来，请您上车吧。"

等汽车开始行驶了，女人才像是松了一口气："现在可以放心了。到这里就安全了。"

"我们到底要去哪里？"村桥有些不安地问道。

"很快就会到的。"

汽车一直没有停下，无止境地沿着京滨国道疾行着。

或许是昨晚积累的疲惫涌了上来，村桥抵挡不住困意了。他想到自己身边正坐着一个不明身份的女人，不能大意，因此拼命想让自己振奋起来，最终还是无法抵挡袭来的睡魔，被它拖入了深深的梦乡。

---

① 町，日本长度单位，半町大约为 55 米。

啊啊，活埋

虽然村桥奋力抵抗，但还是被拖进了梦乡。麻里子雪白、蜿蜒的手臂圈住了他。当他推开时，才发现对方不知何时变成了爱子。他吃了一惊，追过去时，爱子却跑远了。这时，一个不明身份的黑色身影出现在他的背后，牢牢抱住了他。他越挣扎就越痛苦。他想要大喊呼救，却不知为何发不出声音。此时，他耳边响起了女人尖锐的笑声"哈哈哈哈"——接着，村桥就什么都不知道了。

村桥突然睁开了眼。他十分口渴，脑袋嗡嗡作痛。四下一片漆黑。他惊慌地想要起身，却发现身体发麻，动不了。

他渐渐地回想起来了。他在银座遇到了一个奇怪的女人，女人告诉他爱子被关起来了，他为了救爱子，跟着女人乘上了一辆车——在京滨国道中途，换乘了家用车——但接下来的事情，无论他怎么回想都记不起来了。

在餐厅一起吃饭的时候，她已经动作敏捷地在饭菜里下了什么助眠药吗？不，也有可能是在汽车里，正当他因为前一天晚上的疲倦而昏昏沉沉时，那个女人给他闻了麻醉剂也说不定。总之，对方一定使用了某种特殊的药品。尽管他的脑子可以思考，但身体丝毫不能动弹。

而且，周围一片漆黑，无法分辨现在是白天还是黑夜。他被安置在什么地方？就连这一点，他也不清楚。

渐渐地，村桥觉得有些难以呼吸。

他的眼睛终于习惯了黑暗，四下打量后才发现，自己似乎被放在了一个木箱子里，而且是个狭长的、像棺材一样的——

村桥回过了神，因为他听到了外面传来的窸窸窣窣的说话声。

"真可怜啊。"是女人的声音。

紧接着响起的是男人嘶哑粗犷的声音："凡是和那个女人扯上关系的，全部都是这个结果。"

那个女人！那个女人指的是谁？是指爱子吗？

"这可是个相当有名的小说家呢，这么轻易消失的话，会引起社会上的轰动吧？"

"现在他们正为砍头案件议论纷纷呢，再加上侦探小说家的离奇失踪，报社应该会开心得不得了。但是他的头可不能切下来。他要像这样被好好地装进棺材，然后埋葬。"

村桥想要出声呼喊。但是，他发不出一点声音。他拼命挣扎着想要起身，但他的手脚纹丝不动。

他要被活埋了！不，也有可能是要被活活烧死了。

但他发不出声音，也动不了身体。他将在棺材永恒的黑暗里沉睡！

"真脆弱啊。"女人的声音响起，"人的生命还真是说不准。就在刚刚，他明明还活蹦乱跳的呢。"

只有他的头脑还在切实地运转着。他现在已经被逼到了死亡的悬崖上，不，他已经被当成一个死人，装在厚厚的棺材里，接下来迎接他的只有绝望的末路，也许是被活活烧死，也许是被活活埋葬。不可思议的是，直到现在，村桥依旧有多余的精力思考这个问题。

把村桥带到这里来的女人是谁？

"葬礼公司的人估计要来了吧——"

"是的，我跟他们约的是九点——"

九点？是晚上九点还是早上九点？

"不过，晚上的葬礼，实在是让人高兴不起来。"

啊啊，原来是晚上了啊。晚上九点的葬礼，这是多么诡异啊。

"真的是这样。不过，这是命令，我们也只能照做。"说到这里，女人突然打了个冷战，"真讨厌，突然感觉有点冷了。按理说，守夜应该来几十个人，热热闹闹的才好。真可怜啊，只有我跟你两个人——"

"我们也没办法啊。谁让他跟那个女人扯上关系了呢，这就是报应。哦，他们好像来了。"

沉重的脚步声响起，是葬礼公司的人来了。

（这下完了！）

村桥做了最后的挣扎，但是，他甚至不能微微地挪动一下自己的手脚。他拼命地想要大声喊叫，但是，怎么都发不出声音来。

接着，棺材似乎被葬礼公司的人抬了起来。他麻木的身体也感受到了一种奇妙的、浮在空中的感觉。最后，棺材似乎被搬到了车里，他听到了车轮碾轧土地的声音和马蹄奔跑的声音。

啊，这是多么古旧的场景啊。明明已经是晚上九点了，马车依旧载着棺材朝着墓地驶去。

驾驶马车的人大概穿着黑色的丧服吧。假若天空无云，应该会有青白色的月光照亮棺材马车吧。

道路似乎是凹凸不平的坡路。

这里应该不会与东京相距太远。话虽如此，应该也不会离得很近。

在一片寂静中，伴随着马车碾轧土地的声音与马蹄奔跑的声音，车渐渐向前驶去。

最后，马车突然停了下来。

大概是到墓地了吧。

庆幸的是，似乎不是火葬，而是土葬。

想到这里，村桥有种暂时得以从虎口脱身的庆幸感。仔细一想，两者似乎并无区别。人在厚厚的木板棺材里，要是被埋进距离地面数尺之深的土地里，他还能有什么办法？那好，假设他的手脚还可以动，但他又能做些什么呢？说到底，他都会被活活地送往冥界去！

棺材似乎被人从车上搬了下来。他再一次感觉到身体仿佛飘在了空中。

接着，他感觉身体毫无阻碍地下沉着，就像乘上了垂直电梯一样。应该是棺材被放进了墓穴中。

他还听到了微弱的，仿佛是和尚念经的声音。没有人性的犯人也会生出恻隐之心，请和尚来超度他吗？

过了一会儿，他听到了"扑撒扑撒"的声音。他们开始往棺材上撒土了。

第六章　船员打扮的男人

难缠的女人

位于世田谷警察署的搜查本部气氛紧张极了。晚上九点，楼上楼下的电灯还没有熄灭，亮堂堂的。搜查本部负责熊丸宅邸发生的新山遇害案件，萱场警部是其中的主要负责人。以防万一，他与丸之内警察署的高岛警部也保持着联络。

但是，案件依然处于迷宫中打转的状态。

离奇失踪的松岛爱子依旧杳然无踪。不仅如此，就连侦探小说家村桥信太郎都行踪不明了。

"说不定，村桥被对方巧妙地诱骗出去了。如果是这样，那就更要严查松岛爱子的行踪了。"

话虽如此，但萱场警部从下午就开始将刑警派往四面八方，做了他们能做的最大限度的努力，然而努力都打了水漂儿。

唯一的成功是略微调查出周一晚上熊丸离开水月待合后的部分行踪。

其中一位刑警非常有毅力，将周一晚上在银座停留过的汽车和从筑地方向过来的汽车都调查了一遍，终于发现了一辆据说是有类似熊丸的人物乘坐过的汽车。

看到他展示的熊丸照片后，司机说道："肯定是这个人。是的，是在晚上八点左右。我在海军医院附近打转，被这个人拦下了。他让我朝着横滨开，随我怎么开，车费他都会付的。我一边开车，一边想着自己遇上了一个不错的客人呢。"

当被问到"这个男人去了横滨的哪里"时，司机回答道："关于这一点啊，他一开始说是让我去横滨的港口，但快到横滨的时候，他看了一眼手表，说'看来已经迟了一会儿了'，接着便让我往镰仓开。那时我也有点不悦，于是说'如果您要去镰仓，那就请您乘别的出租车去吧'，还跟他说'这附近有很多车'，接着我就让他在横滨站附近下车了。"

尽管不知道在那之后熊丸采取了什么行动，但至少把握到他去了横滨这一事实。

这也是在那之后发现的唯一一个新的事实。

假设熊丸去了横滨这件事是事实，那么晚上九点左右回到位于北泽的熊丸宅邸的，必定另有其人。与此同时，熊丸被移出了杀人犯罪嫌疑人的名单。

但是，熊丸究竟是为了什么，才要秘密地前往横滨的港口？又是出于什么原因，中止了这一行动，转而准备前往镰仓？此外，他又是出于什么原因，隐瞒了这件事？哪怕冒着承受杀人嫌疑的风险，都不愿意说出这件事，这究竟是为何？

对熊丸的疑问越来越多。

尽管如此，萱场警部依旧在踌躇是否要拘留熊丸。

毕竟，对方是有一定社会地位的人，不能凭借这些薄弱的推理而贸然拘留他。

萱场警部推测，熊丸与新山遇害案件有着一定的关联。

在这起案件中，熊丸依旧采取了不合常理的行动：他不愿说出自己为何邀请新山过来。熊丸特意让私人侦探来自己家里调查，其中肯定有极为重大的理由，但他选择了隐瞒。他为什么不愿说出来呢？萱场警部怀疑，其中的原因一定与犯罪有关。如果与犯罪无关，熊丸没必要隐瞒这件事。

"那个宅邸里一定藏着很大的秘密。"

这就是萱场警部的结论。

从早上开始，他们的努力就没得到过有价值的回报，而且因为村桥的失踪，案件的复杂程度大幅度增加了。但萱场警部没有屈服，在搜查本部工作到深夜，收集着各方面的信息。晚上九点过后，突然接到一个意料之外的电话。

"您好，啊啊，是萱场警部吗？这里是熊丸宅邸——"

是负责在熊丸宅邸进行监视的刑警打来的电话。

"刚刚，松岛爱子回来了——"

"啊？松岛吗？"就连警部都吓了一跳，反问道。

"对的，没错。"

警部犹豫了一会儿，是自己过去呢，还是怎么办？最后，他终于下定了决心："你马上把她带过来。"

过了十分钟左右，松岛爱子就被带了过来。

萱场警部立刻开始了调查。

"你去了哪里？"

爱子的脸上没有任何血色。她紧紧地咬着嘴唇："我不能回答您。"

"什么？不能说？"

"是的。"

"这可不行啊。你不说你去了哪里的话，不知道会引来多大的嫌疑呢。"

"我不得不这么做。"

"嗯。"这是个比自己想象中还要大胆且难缠的女人啊，萱场警部想到，"你伪造许可证离开的这个举动，实在是令人怀疑啊。

你为什么要做出那种事？"

"因为我想，就算求您说'放我离开吧'，您应该也不会同意——"

"这么说来，你出去的理由就更值得怀疑了。别隐瞒了，说吧。"

"我不能回答您。"

他估量着对方是个女人，一定会坦白的，因此从一开始就采取了高压式的态度。现在萱场警部开始后悔了，但后悔已经来不及了。

"可以，那我来说吧。"不得已，警部只能说出了自己的推测，"你和村桥先生见过面了吧？"

"不。"她的回答很简单。

"这不可能，你应该知道村桥先生在哪儿才对。"

"啊？您是说，那位村桥老师去了什么地方吗？"

爱子很惊讶似的喊道。

看到爱子喊出声时的惊讶表情，萱场警部也很吃惊。这是个多么擅长演戏的女人啊，警部不禁为此惊叹。但他故意装出了平静的表情："松岛小姐，适可而止吧，可以告诉我村桥先生在哪里了吗？"

"我不知道，我什么都不知道。但是，要……要是不快点去找他，他可能就没命了。"

"你说自己什么都不知道，偏又知道'村桥先生现在危在旦夕'，是这个意思吗？"

"是的，是的。"爱子微微地点了点头。

"你以为听你说了这些胡话，我们就会应下来然后照做吗？"

"……"

"你不告诉我原因，只说什么'村桥先生危在旦夕''你们快去找他'之类的话，我们是无法立刻采取行动的。你还是快点说出原因吧。"

"没……没有什么原因。"

"那么，我无法安排人手寻找村桥先生的行踪。"

"啊啊，"爱子深深地叹了一口气，"您是不愿意相信我呀。"

"我确实无法相信你。"警部回答道，"你不仅伪造了许可证，欺骗警官离开后，还绝口不提去了哪里，不是吗？你要我怎么相信这种人呢？"

爱子突然垂下了头。接着，她宛如石像一般纹丝不动，最后才一抖一抖地抽泣起来。她喃喃着"我该怎么办，该怎么办才好"，身体微微地颤抖着。

萱场警部表情严肃地说道："松岛小姐，现在可不是哭的时候。你也知道，丸之内发现了诡异的尸体，接着，在熊丸宅邸，新山侦探遇害了。你觉得村桥先生也有生命危险，却不愿意坦白你所掌握的消息，又是怎么一回事呢？你还是快告诉我你去了哪里吧。你去了哪里，做了些什么？"

爱子猛地抬起头。尽管她的脸颊上还残存着泪痕，但是她的眼睛已经不再流泪了。冰冷清澈的眼底反而闪耀着一种异样的光芒。在这双令人恐惧的眼睛中，迸发出一种非同寻常的决心。

"我收到消息，说我母亲突发急病——"

"然后呢？你去了哪里？"

"我回家了。"

"你闭嘴！"萱场警部终于爆发了，"你以为警察都是瞎的吗？你是回家了还是没回家，这件事我们早就调查清楚了。"

"既然这样，"爱子越发冷静了，"那就请您不要问我了，直接开始调查就好了。"

"无论如何你都不愿意开口，是吧？"

"是的，我不能回答。"

警部觉得，就算再问下去也是徒劳，最后又确认了一遍："如果你无论如何都不愿意开口，就在这儿关到肯开口为止吧。"

但爱子的决心没有因为警部的威胁而有所改变："我别无选择。"

没办法，警部只能将爱子拘留起来。

爱子被刑警带走后，警部暂时先一动不动地沉思了一阵子。

再没有比这次案件更为离奇的案件了。先是发现了被遗弃在丸之内的头颅和身体贴合在一起的尸体，紧接着在熊丸宅邸又发生了诡异案件，再接下来是新山被杀害以及村桥的失踪。尽管每一起案件都透着诡异，但本次案件与普通案件的不同之处在于，与案件相关的人员仿佛提前约好了一般不愿意坦白。熊丸哪怕冒着被怀疑是杀人凶手的危险，也不愿意坦白自己周一晚上的行踪，同时也不肯透露自己邀请私人侦探新山过来的原因。担任熊丸秘书的松岛爱子也不愿意坦白自己为何离开熊丸宅邸，并且她似乎还隐瞒了其他一些事情。村桥似乎也知道一些什么，却不愿意泄露任何消息，还隐藏了自己的行踪。

"那好，"过了一会儿，警部才出声喃喃道，"你们要瞒就瞒吧。我会查个水落石出的。"

但是，该怎么查出来呢？

萱场警部叫来了手底下几个能干的刑警。

"森川君，你去调查一下村桥的行踪。虽然藤木君在中途跟丢了，但是跟丢以前的事情他非常清楚，你去跟他交流一下情报。然后，石井君去调查一下松岛爱子今天去了哪里、干了什么。富永君，你去长濑侦探事务所一趟，问问新山被雇用的原因是什么。要是长濑那里不愿意说，或是不知道，你就去调查一下，无论如何都要查出来。这些任务都很难，但请你们务必查出个结果来。拜托了。"

刑警们答应后便纷纷离开了。警部看了看手表。

现在是十二点。

"好，从明天开始，我就去查查熊丸当天晚上的行动。"

周一晚上（一）

第二天，周五早上，是个与梅雨季节不符的晴天，因而气温节节攀升，从早上开始就已经微微出汗了。尽管如此，萱场警部如同公司职员一般，勇敢地朝着横滨出发了。这是由于周一晚上八点左右，熊丸在筑地找了一辆一日元出租车，前往了横滨。而警部的目的就是挖出其中的秘密。

上午九点，警部出现在了港口。

被遗弃在丸之内工业俱乐部前的诡异尸体的右上臂上，有个外国船员风的刺青。此外，案发前后熊丸也曾试图前往横滨的港口，但在中途改变了主意。出于这两个原因，警部才将这里定为最初的目的地。

警部首先去了港务部 ①，调查了周一入港的船舶及乘客名单。邮船 ② 只有一艘，是从美国出发的，没有什么可疑之处。此外，还有一艘外国的汽船和两艘货船。外国汽船的乘客名单上，也没有什么值得怀疑的人。两艘货船都是外国的船舶。

　　调查完这些后，警部去了岩壁旁仓库林立的地方散了会儿步。

　　正好到了一艘运送货物的邮船，苦力们正忙着卸货，负责货物部门的船员们跑来跑去，频繁地指挥着。不负责货物的操纵部门船员和航海部门的船员们则叼着烟卷，似乎正无所事事地眺望着工作的人们。这时，出现了一个似乎是专做船员们生意的年轻女人，她像是刚起床一般衣着不整，船员们一齐站了起来，纷纷说道：

　　"哟，阿花姑娘，港口女王来了！"

　　"你别这么说啦。"

　　被叫"阿花姑娘"后，这个女人似乎有些害羞，皱着脸说道："我还早呢。"

　　这时，其中一个船员说道："你不是可受老头子们欢迎了吗？"

　　"怎么可能呢？我怎么不知道有这回事？"

　　"据说你从他们那里得到了不少呢。这段时间，他们的手脚可大方了，不是吗？请我们吃一顿吧。"

　　"当然请了。不过，我凭什么要请你们呀？"

　　"哎呀，你可别藏了。周一晚上，你不是有了个好客人吗？"

　　周一晚上？警部竖起了耳朵。

　　阿花故意装傻："什么周一晚上？"

---

① 港务部，即港口的管理机构。

② 邮船，即运输邮件货物的船舶。

"你还在装傻啊。"船员们咋了咋舌，"别藏了，别藏了，早就传开了。我们刚到这里就听说了，南美过来的货船上那个上了年纪的水手长，给了你一颗鸡蛋大小的钻石吧?"

"别开玩笑了，怎么可能有鸡蛋那么大的钻石啊? 最多只有跳蚤卵大小。"

"不，我可听说挺大的呢。"

"还不知道是真是假呢。"

"肯定是真的。就用了一个晚上，在那么短的时间里就把他给俘获了，你很有本事嘛。"

"别挖苦我了。我可没跟他讨要，是他自己给我的。"

说完，阿花愤愤地离开了。

萱场警部若无其事地跟在阿花身后。

从南美回来的货船上下来的水手长，而且听说他已经不年轻了。警部心中有个猜想，因此紧紧地跟在了阿花后面。

阿花沿着海岸散了一会儿步，接着消失在一个像是暗娼店的小餐馆的后门口。

萱场警部绕到了前门，掀开写着"朝日屋"的门帘。

年轻的女服务员似乎已经习惯了早上就有客人来访，喊了一声"欢迎光临"。接着，身穿和服的阿花也现身了。

"哎呀，老爷，您刚刚在港口对吧?"

"嗯。"警部点点头，"我想看看他们说的钻石，所以过来了。"

"哎呀，原来您听见了呀。"

"听得一清二楚。"

"真是败给那群人了。是他们夸大了啦。您要铫子^①吗？"

"来瓶啤酒吧。听说有跟鸡蛋一样大的钻石，所以才想着来开开眼。"

"真讨厌，就连老爷您都来打趣我了。很小一颗的，都不一定看得清呢。"

"就算再小，那也是钻石呀。钻石就很奢侈了，看来你们关系很好呀。"

"其实，我们是初次见面呢。"

"一见钟情吗？"

"才不是那么纯情的故事呢。"

"别瞒着我啦。像你这样的万人迷，谁能不爱呢！"

"真讨厌，老爷，对方可是个五十多岁的老男人了。"

"现在都说老男人好呢。"

"还不知道您是哪位呢，就别打趣我了。来，喝酒吧。"

"你别扯开话题嘛。我是不太清楚，外国船里经常会有日本人吗？"

"是的，有的呢。"

"那个人乘的是哪儿的船？"

"不太清楚呢。船是叫布宜诺斯艾利斯^②。"

"啊啊，那就是周一傍晚到的船了。"

"对的。老爷您很懂呀。"

"什么时候离开的？"

"周二晚上。"

---

① 铫子，原指酒杯，这里指装在酒杯里的日本酒。
② 布宜诺斯艾利斯，阿根廷首都。

"那还真是一晚上的交情啊，像是牛郎织女七夕相见了。"

"那是玩笑话啦。老爷，可没有一晚上，那人甚至没在我这里过夜。"

"没过夜？那还真是薄情啊。然后他乘上了第二天晚上发的船？"

"只是啊，老爷，听说那个人第二天晚上没有回到船上。"

"什么？没有回到船上？"

"对的。您看，总归我也是得到了点儿东西的吧？而且也知道了船的名字，想着第二天晚上目送他离开的，结果听说他没回来。"

"奇了怪了。没回来的意思是他逃了吗？还是说他从一开始就准备这么离开？"

"具体的事情我就不知道了，但好像是逃了。"

"是吗？那，船那儿怎么办？"

"好像是挺发愁的，不过也不是什么重要职位，船就这么出发了。"

"他到底在你这里待了多久？"

"我想想，来的时候是六点左右吧，好像是船刚到港，他就过来了。接着，到了七点左右，他说有个人要见，就离开了。过了一个小时左右，他回来了，说本该过来的人没有来，接下来他要去找对方，马上就结账走人了。"

"那，他是八点左右离开的？"

"是这样的呢。"说完，她立刻补充道，"呀，老爷，感觉您问得挺仔细的呀。"

"没什么。"警部轻笑着糊弄道，"这事跟我没什么关系，就是只玩了一小时，就给人钻石，还真是出手大方。看来你的服务很到位呀。说来啊——"

说着，警部从口袋里取出了提前准备好的熊丸的照片："莫非，你说的那个人，是这个人吗？"

阿花接过照片，只看了一眼就立刻喊道：

"哎呀，就是这个人。呀，穿得这么气派！"

接着，她似乎又仔细盯着照片看了一会儿，渐渐皱起眉来，开始摇头：

"我想应该是这个人，但也有可能不是呢。长得虽然一模一样，但是总觉得有哪里不一样。真奇怪。是因为穿的衣服不一样吗？毕竟，那个人的穿着打扮是船员的风格，但这个人的打扮看起来像个绅士呢。"

"年龄怎么样？"

"年龄刚好对得上。但是总觉得这个人要富态一点。那个人可能还要再瘦一点。毕竟，他一直摆着一副忧愁的表情。"

"不是同一个人吗？"

"真奇怪。明明从眼睛到鼻子，无论哪里都长得一模一样呢。"

"那么，是同一个人？"

"我不知道呢。"阿花叹了一口气，从照片上移开了视线。突然，她又像是想到了什么："对了，让我家老板娘看看就行了。老板娘也见过他，你把这张照片拿去给她看看吧。"

"不用了，不用了。"警部接过照片，将它放进了口袋里，"托你的福，我终于有头绪了。他应该就是我要见的那个人。"

"那么，那个人叫什么名字呀？"

"这个问题你就饶过我吧。"

"原来他只是打扮得像个船员，其实是一位有钱的绅士呀。"阿花叹气道。

"不，没什么，这其实是以前拍的照片。"

"骗人，骗人。这张照片看着可没那么老呀。"

阿花突然站了起来。她似乎开始对照片的主人抱有兴趣了。

警部有些不知道该怎么办："现在还不好说就是他呢。"

萱场警部费了好大力气才安抚了阿花，结完账后离开了小餐馆。

周一傍晚停在横滨港口的外国货船，布宜诺斯艾利斯号。从船上下来的是一个从年龄到长相都与熊丸十分相似的日本船员。那天晚上七点到八点左右的这段时间里，他在港口等着某个人，但由于对方迟迟没有过来，于是他在八点左右主动去找了对方。

而熊丸则是八点左右在筑地拦下了一日元出租车，朝着横滨港口赶去。等他到达港口附近的时候，应该是八点半或者九点左右了吧。因此，熊丸先是朝着港口赶去，在快到横滨的时候看了一眼手表，说是已经迟到了，所以中止前往港口，转而要司机前往镰仓。这么说来，当天晚上八点左右，熊丸很有可能是与谁约好了在港口见面。那么，那个与熊丸长得一模一样的船员，他在等的人很有可能就是熊丸。如果这一假设成立，那个船员打扮的男人准备前往的地方，肯定就是熊丸家了。

假如船员打扮的男人就是被遗弃在丸之内的工业俱乐部前的汽车里的尸体，他应该是在晚上十点左右被切下了头。但是，那个时间点，熊丸正在前往镰仓的路上。

"等等。"萱场警部一边走着，一边喃喃道，"又或者是船员打扮的男人和熊丸两人约好了八点在港口会合，如果赶不及，就在镰仓的某处见面?"

警部下定决心，总之先去镰仓看看。

在这之前，警部先去了趟神奈川县的警察部，从那儿打电话给警视厅，给部下安排了两个任务。第一个任务是，查找布宜诺斯艾利斯号的所在地，发送电报要求对方尽快回信告知，周一从横滨港口离开后再也没有回到船上的日本船员的姓名及其来历。第二个任务是，调查周一晚上九点前后，在位于北泽的熊丸宅邸附近，是否有船员打扮的男人询问熊丸宅邸的位置。

解决完要事后，警部直接前往了横滨站。时间已经接近正午了。

周一晚上（二）

到了横滨站后，萱场警部首先拜访了车站的站长，向他询问周一晚上是否有船员打扮的男人或是熊丸乘坐电车。

"不清楚。"站长歪头道，"毕竟上车下车的人这么多，而且，距离周一已经过去四五天了。"

说完，他叫来了负责检票的车站工作人员配合调查，但其中也没有对此有头绪的人。

"谢谢你了。"

警部道过谢后，离开了站长室，朝着一日元出租车司机们的聚集处走去。尽管他也知道希望渺茫，但还是准备问问这几位司机中是否有谁接待过熊丸或是船员打扮的男人。

聚集处有四五位司机。听到警部的问题，他们像是提前约好似的纷纷摇头。这时，其中一个人像是突然想起来似的："田沼好像说过自己遇见了一个奇怪的家伙。老爷，是个叫田沼源作的男人，他在伊势佐木町的巴车库工作，你去那儿问问看吧。"

"谢谢你了。"

警部道过谢后，前往了伊势佐木町。这个巴车库是个很小的车库，只停着两三辆一日元出租车。

"您找田沼啊。他刚刚出去了，我想一点过后他应该会回来的。"在场的一位助手打扮的男性说道，一边说一边目不转睛地打量着警部。

警部利用这段等待的时间去解决了午饭。一点过后，当他再次回到巴车库时，田沼源作刚好已经回来了。

警部递过印有自己职位的名片，说自己想了解一下周一晚上的事情。

田沼的表情似乎有些困惑："您还真是听到了一件了不得的事情。"说到这里，他话锋一转，"既然您已经知道了，那就没办法了。我会跟您说的，但不是什么大事。总之，虽然椅子有点脏，您先将就着坐下吧。"

萱场警部在接近报废的椅子上坐下后，田沼"啪"的一声点燃了火，开口道："那是周一的晚上。小雨一会儿下一会儿停，是个潮湿得令人厌恶的晚上。我在港口附近行驶的时候，突然有人拦下我的车。那时候雨正啪嗒啪嗒地下着，而且您也知道，那地方冷清得很，晚上几乎不会有人过去。所以我当时吓了一跳。仔细看去，那是个看起来年过五十的船员打扮的男人。"

"不好意思打断一下，那时大概是几点？"

"我想想啊。"田沼稍微思考了一会儿，"大概是晚上八点刚过

130 | 蛤蟆屋杀人事件

的时候吧。"

"谢谢。然后呢?"

"他说要我把他送到横滨站。毕竟是位客人,所以我就让他上车了。这倒没什么,只是他在那种地方拦下了我,再加上我总觉得他有些诡异、阴森森的,所以我有些害怕,甚至觉得,说不定他不是人类吧?老爷,您可别笑我。"田沼司机不好意思似的看着警部的脸,"我不是个迷信的人,也不是个胆小的人,只是他给人的感觉真的很诡异。他会不会在我开车的过程中不知不觉地消失,等到车站的时候才发现汽车里已经是空荡荡的了?我甚至有这种猜想。等开到明亮的街道时,我总算松了一口气。"

"到车站的时候他没有消失,对吧?"

"您可别取笑我了,当然好好地在呢,给我的硬币也没有变成树叶。"

"你知道他去了哪里吗?"

"去了东京。他还问我,如果要去世田谷的北泽该怎么走。"

"什么?要去北泽?"

"对的,不过我不太清楚北泽这地方,所以对他说,要去世田谷的话,就乘坐省线① 到品川换乘,在涩谷或是新宿下车,乘电车或巴士去就行了。我让他去问问电车的列车长。"

"他还问了别的事情吗?"

"他一直问我,能不能直接开到世田谷去。我跟他说:'这样反而更花时间,你乘坐省线过去吧。要是有火车或从横须贺过来的电车,中间几站是不停的,去品川只需要花不到二十五分钟的

---

① 省线,即省线电车,由日本铁道省运营的电车。

时间。然后在涩谷或新宿下车，叫一辆一日元出租车，这是最快的方法。'"

"然后，他接受了你的提议，去乘坐省线了吧？"

"对的，似乎正好有从横须贺过来的电车，我想他大概乘上那班车了吧。"

"原来如此。"警部点了点头，很快又接着问道："那这应该只是件寻常的事情，没什么奇怪的吧？"

"可是，"田沼大幅度地摇了摇头，"重点在后面呢。实在是奇怪极了。这位客人下车后，我朝着伊势佐木町的方向开去，在中途又被拦下了。这个人啊，老爷，"说到这里，他似乎是想起了那天晚上发生的事情，缩着脖子，身体颤抖着，"我看到他的第一眼就吓了一大跳。您猜怎么着？他不就是刚刚在车站下车的那个人吗？"

"啊？你说什么？"

萱场警部心中已经有所猜测，不由得向田沼靠近了几分。田沼以为警部是真的被吓到了："怎么样，几乎要吓破胆了吧？刚刚在车站放下客人，接着往前开的时候，又被人拦下了。拦下我的人居然是刚刚下车的那位客人，谁听了都会觉得毛骨悚然吧？"

"还真是件怪事啊。"

"挺怪的吧？我差点也要喊出声了。不过啊，我仔细一看，发现他们穿的衣服不一样。"

"那应该不是同一个人吧？"

"但是他们的脸一模一样。一定要比较的话，跟第一位客人相比，第二位客人的脸上多了些血色，更像一位绅士。或许是因为他穿着高级西装，还挂着闪闪发光的金链子，所以看起来像一位绅士。”

“但是，也有可能是刚刚在车站下车的那个男人换了套衣服，赶到了你前面也说不定。”

“所以才说是怪事啊。老爷，您现在只是这么听我讲，所以能保持冷静，但我可是吓破了胆。再怎么说，是顶着同样的脸的人又冒出来了啊。他的衣服啊、金链子啊，这些事情都是我之后才注意到的。”

“你被吓到也在情理之中。我理解。”

“我一心觉得是惹上幽灵了呢。”

“然后呢？那个男人说了什么呢？”

“他说，‘开去镰仓’。”

“什么？镰仓？”萱场警部又吃了一惊，连忙问道，“这……这之后呢？”

田沼咽了一口唾沫：“我拒绝了。虽然他说话的样子没什么奇怪的，不像是妖怪变的，但毕竟他跟刚刚下车的男人一模一样啊。而且他的目的地是镰仓，中途户塚① 到大船② 那段路可冷清了。再加上外面啪嗒啪嗒下着雨，我实在提不起劲儿去那儿。”

“你拒绝了以后，他怎么说？”

“他是个挺难缠的家伙，说‘多少钱我都能付，去吧’。”

“是因为没有别的车吗？”

“也不是没有，毕竟外面下着雨，而且要去镰仓的话，想想就知道吧，他估计已经被两三辆出租车拒绝了，所以，一直坚持跟我商量。”

---

① 户塚，即神奈川县横滨市户塚区。
② 大船，位于神奈川县镰仓市。

"然后你怎么办了？"

"虽然我跟他说'你从横滨坐电车过去怎么样'，但他一直不肯答应。不过啊，人这种东西也是奇怪得很，之前还因为突然被拦下，看到刚刚下车的那张脸又冒出来而吓破了胆，但在这么跟他商量的过程中，胆子又渐渐大了起来，就开始想着对方怎么可能会是幽灵呢，载他一程又能怎么样？"

"那么，你让他上车了吧？"

"对的。不过只有我一个人的话实在害怕，所以我说'那我去加个汽油'，顺道去了车库，悄悄地把事情跟正巧待在那儿的助手说了，让他也上了车。"

"这还真是个不错的策略啊。那么，你就载着助手去了镰仓？"

"对的。"

"去了镰仓的哪里？"

"扇谷的一个叫'实相寺'的寺庙，把人送到了寺庙的前面。"

"什么？寺庙的前面？"

"对的。听到他说寺庙前面的时候，我又吓破了胆。要不是助手也在，我恐怕要夺门而逃了。让人在寺庙前停下，简直就是在搞恶作剧嘛。"

"但是，他是有事要去寺庙吧？"

"只是啊，那人根本没进寺庙，沿着寺庙的墙就这么'噔噔噔'地走远了。"

"那是因为车不能开进去吧？"

"什么呀？车是能开进去的，所以我才说他是在搞恶作剧呢。"

"然后事情就这么结束了吧？"

"对的，结束了。现在说起来，虽然听着没什么意思，但那时是真的吓坏了。"

"想来也是。刚下车的男人又抢先赶到车前冒了出来，无论是谁遇上这种事，估计都会被吓破胆吧。再加上，要你去的地方还是镰仓的寺庙前面。不过啊——"警部从口袋里拿出熊丸的照片，"你说的那个人，是这个人吗？"

田沼接过照片，眨眼间脸色就变了："就……就是这个人。肯……肯定不会有错。老……老爷，您也认识他吗？喂，喂，你！"田沼叫来了助手，"你看看，这就是前几天晚上的那个人。"

助手也吃了一惊："对，肯定就是这个人。这么把照片给人看，总感觉心里有点毛毛的。"

"你是不知道之前发生了什么。"田沼还在颤抖着，"真是的，把照片摆在眼前，感觉更可怕了。老爷，这个人不会已经死了吧？"

"哈哈哈哈，没事的，这个人还活蹦乱跳着呢。"

警部向田沼道谢后，就离开了巴车库。

田沼的话里应该没有撒谎的成分，似乎是可以信赖的。如果相信田沼的证言，那么在港口等得不耐烦的船员打扮的男人拦下了田沼的出租车，前往横滨站。而为了与某人见面而前往横滨的熊丸，在被第一位司机拒绝了前往镰仓的要求后，又接连被两三辆出租车拒绝，最后才拦到了田沼的车，前往位于扇谷的实相寺。

如果是这样，那么熊丸九点回家这件事就不成立了。这个时间点，熊丸正乘着田沼的汽车，在前往镰仓的途中。九点回到熊丸宅邸的熊丸是其他人假扮的！

假如，从布宜诺斯艾利斯号上离开的男人，就是被切下头颅的被害人，那么当晚九点到十点的这段时间内，他应该在前往熊丸宅邸的路上。而根据警方的推测，他被切下头颅的时间是在晚上十点左右，而这时熊丸正位于十五里开外的镰仓。熊丸不可能是凶手。

萱场警部失望了。熊丸有完美的不在场证明。迄今为止他对熊丸的怀疑和调查都变成了水中的泡影。他甚至想离开横滨站，回东京去了。

但是，他又转念想到——

熊丸知道自己背负着杀人嫌疑，尽管如此，依旧坚持不愿坦白自己当晚的行动。假如他能证明自己在警方推定的犯罪时刻，正位于遥远的十五里开外的地方，他的杀人嫌疑就可以全部洗清了。他为何宁可背负杀人嫌疑，也不愿意拿出如此完美的不在场证明呢？其中肯定还有些什么！

被害人十有八九就是这个船员打扮的男人，但现在还不能完全确定。这个船员打扮的男人，也有可能只是装作去世田谷的样子，其实是在横滨站坐上了去镰仓的电车。这起杀人案也有可能是在镰仓完成的。又或者如同侦探小说中描写的那样，由于船员打扮的男人和熊丸的相似程度令人吃惊，他们在某处对好了暗号，交换了身上的衣物后，熊丸扮作船员打扮的男人，回到了东京也说不定。

现在就排除熊丸的嫌疑，还是太草率了。

萱场警部收回了放弃的想法，他从前往东京的电车月台上走了下来，乘上了前往横须贺的电车。

下午三点，还没到上班族回家的时间，电车并不拥挤。警部脑子里装着许许多多的事情，因此完全没有将注意力放在周围的乘客身上，只是找了一个明显空着的位子坐了下去。电车启动后，他不经意间抬起头，这才发现正对面坐着一个三十岁左右、穿着和服的女人。对方正目光锐利地盯着警部的脸。

（奇怪了，总感觉我应该认识这个女人。）

警部这么想着，依旧没能想起对方的身份。

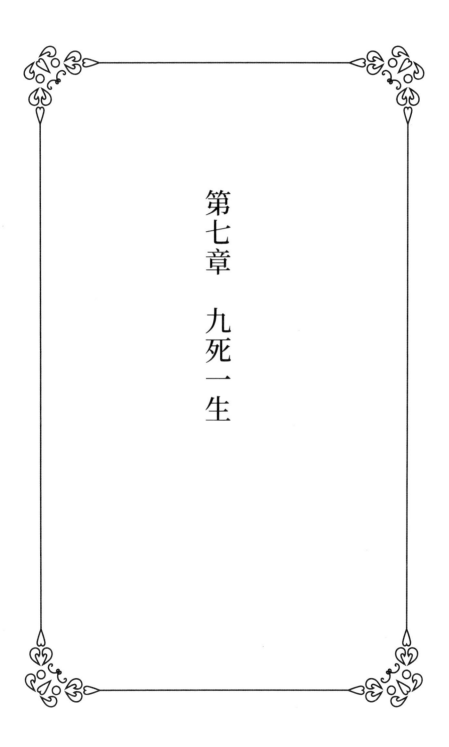

第七章　九死一生

墓地之怪

到了镰仓站后，萱场警部首先造访了当地的警察署。

署长亲切地迎接了警部："是吗，是因为丸之内发生的杀人案件啊？原来如此，你想要调查嫌疑人当天晚上的行动啊。辛苦你千里迢迢地过来了。说来，杀人案件是周一发生的吧？其实啊——"

接着，署长开始讲述起周一晚上十点左右，镰仓邮局的接线员接到的那个来自东京的电话，其中传出了"我说不定会被杀的，我的头会被切下"的话语。

"估计，是因为电话串扰了……"

"知道是从哪里打过来的吗？"萱场警部靠近了些，"既然是长途电话，应该有显示吧？"

"但是，奇怪得很呢。接线员提了请求，所以我们很快就进行了调查。结果，电话是从扇谷的空房子里打来的。那里明明没有人住。"

"扇谷的？"警部不由得大声说道，"你是第二天查到的吗？"

"不，这件事传到我们这里的时候，已经过了两三天。我们是在昨天进行的调查。"

警部急忙借了警察署的电话，吩咐在搜查本部的部下道："啊啊，你好，我是萱场。有一件事想拜托你们。周一晚上十点左右，有个打给镰仓十五号的电话。对的，是从东京打过去的。电话局应该是有记录的，你能去查一下吗？嗯，只有这件事。什么，有汇报？啊，是周一晚上几点左右的事情？九点左右，是吗？一个船员打扮的男人在熊丸宅邸附近的烟草店，打听了熊丸宅邸是吧？他的长相和打扮呢？是吗？因为外面很暗，没有看清啊。行，谢谢了。我还想起一件事情，你刚刚说的那个男人，应该长得和熊丸一模一样。只是他的衣服是船员的样式，有些憔悴。那个男人应该是周一晚上八点左右从横滨出发，乘坐横须贺线的电车前往了品川。那个男人不熟悉路，所以应该会在电车里问列车长，要去北泽的话应该是在涩谷下车，还是在新宿下车。既然已经知道他上车的时间了，应该很快就能查到那天晚上的列车长是谁。你去确认一下这件事是真是假。那就回头见了。"

打完电话后，警部向署长认真地道了谢，这才离开了警察署。

时间已经接近下午五点了。梅雨季节的天空阴晴不定，出门时万里无云的天空不知何时已经挂上了鼠灰色的云层，似乎是即将要下雨的样子。天色也暗沉下来，仿佛已经到了傍晚。

位于扇谷的实相寺是一座非常冷清的寺庙，周围只有田地和房子，几乎没有人会路过那里。

尽管占地面积不大，但实相寺前面还有山门①，越过山门后是白色的石子路，一直连接到本堂。

"这里安静得如同建在深山里的寺庙啊。"

正当警部这么想着的时候，看到墙角处有一块红色的衣角一闪而过。警部特意没有进入山门，而是沿着墙向前走去。根据田沼司机所言，周一晚上，熊丸就是在这里下了车，接着步行离开了。

---

① 山门，即三门，指寺庙本堂前面的门，为一个大门和旁边建造的两个小门。本堂指代涅槃，三门则指代空、无相、无愿这三个解脱之门。

沿着墙向前走时，萱场警部还敏锐地关注着自己左右两侧的动静。他先是走了一会儿，这才停下脚步。附近多是出租的房子，现在这个季节，这些房子估计都还空着。有人住着的房子外面都好好地挂着门牌，似乎没有什么可疑的房子，看上去似乎也没有哪个房子是熊丸会拜访的。

　　警部绕了一圈后，又回到了寺庙前面。

　　这时，迎面有一位老僧朝着山门走了过来，看样子像是这里的住持①。

　　警部下定了决心，跨入山门。

　　看到警部跨入山门，老僧似乎认为他来这里是有要事，因此静静地站住了。

　　警部走近后，白胡子的住持才开口道："您有什么事吗？"

　　"冒昧请教您一个问题。"警部礼貌地说道，"这附近有叫熊丸先生的人住着的房子吗？"

　　"什么，熊丸？"住持思考了一会儿，才回答道，"我不清楚。"接着，他扫了一眼警部，"您是警察吧？"

　　没想到住持居然一语中的，就连警部也有些慌乱。

　　"不，我——"

　　"不不，"老僧摇了摇头，"您肯定是警察，就别隐瞒了。"

　　"实在是打扰您了。"警部没办法，只好露出一个微笑，"您说的对。"

　　"是吧？因为我想啊，差不多该到警察出现的时候了。"

　　"啊，这又是怎么一回事？"

---

① 住持，即寺主、方丈，是佛教寺院的管理者和领导者。

"总之，先进来吧。我慢慢跟您说。"

老僧引着萱场警部进入寺内。

"我叫山口德惠，这间寺庙暂时由我看管。以后就请您照拂一二了。"

"抱歉没有尽早自报家门。我是警视厅的警部，姓萱场，请您多多指教。"

"那我就开门见山了。其实，这附近有一幢叫作矢岛的人居住的房子。"

根据德惠和尚的讲述，矢岛是个独居的女人，而熊丸似乎经常私下造访矢岛家，故而和尚早有怀疑。

"这个叫矢岛的，她家在哪里？"

老僧看到对方对自己的话有所反应，脸上浮现出满意的神色，仔细地说明起来："从寺庙前面往右走，接着——"

解释完后，老僧又跱踌了一会儿，这才说道："其实，警部先生，我还有件事。"

"什么事？您尽管说，不用客气。"

"实在是件不足挂齿的事情，我也没放在心上，只是家里人一直放心不下。而且，现在也没凭没据的，只是个传闻罢了。"

"是什么事情？您说吧，我不介意的。"

警部有些不耐烦，故而催促道。老僧似乎依旧有些耻于开口："真的是件无聊的小事。其实啊，警部先生，传闻说墓场里有幽灵出现。"

警部失望了。有幽灵出现的这类传闻大概率无法成为线索，而且，哪怕是在别的地方出现都好，在墓地里出现幽灵一点都不稀奇。

看到警部沉默不语，老僧越发不好意思起来："真是个无聊的传闻吧？我们这里是寺庙，所以出现一两个幽灵也不足为奇。但真的出现了，总会让人心里不舒服。家里人也不情不愿的，对檀家①来说，幽灵的事也是个问题。所以我才想着，要是您方便，能帮我们查一下这个传闻的源头吗？"

萱场警部似乎有些明白这位老僧明明看出他是一名警察，还专门邀请他进入寺庙的原因了。对于老僧来说，矢岛的事情只能排第二，他更希望自己能帮忙调查幽灵的传闻。

"究竟是怎样的传闻？"

"其实也没个定形。有人说深夜里看到墓地有火星晃晃悠悠地飘着，有人说看到有个头发乱糟糟的女人站在那里，有人说明明没看到人影，却听到了人的说话声。就是这类传闻在传来传去。"

"那您没有亲眼看见吗？"

"您说什么呢？"老僧用力地单手挥舞着，仿佛是要抹去他写在空中的东西一样，"这可不是我看到的东西。"

"您家里人呢？"

"我家里人也从没看见过。"

"那传闻大概是什么时候传开的？"

"我想想，大概是两个月前吧。"

"这个叫矢岛的人，她很早以前就搬到这附近了吗？"

"不不，"老僧摇头道，"是最近才搬过来的。"说着，他的脸色立刻变了，"大概，是在三个月前搬过来的。"

萱场警部刻意拒绝了老僧的带路，孤身前往寺院后面的墓地。

---

① 檀家，指属于特定的寺庙，并为寺庙提供经济援助的家庭。

这时，时间已经过了下午六点。如果天空放晴，现在这个时间应该还能看清周围的样子，但现在小雨如同米糠皮一样，窸窸窣窣地飘下，所以四下已经暗了下来，似乎只有墓碑在散发着矇眬的白光。

墓地比想象中要宽敞，有爬着青苔的陈年旧碑，也有新建的墓碑，大大小小地林立在墓场中。但似乎经常有人来打扫，石板路也干干净净的。

墓场四周围着树篱。一面似乎是不高的悬崖，一面是空地。空地的对面是茂密的树林，树林里似乎散落着几间房子。再往前的景象就被雨雾缭绕，模糊不清了。

矢岛搬到这里是在三个月前，而这个墓地里出现幽灵的传闻是在两个月前传开的。似乎，幽灵的传闻与矢岛搬来之间有一定的关系。

警部一边想着这些事情，一边沿着墓地走了一圈。他在靠近悬崖那一面的角落里突然站住了。

"奇怪了。"

这座坟墓前面竖着已经长出了青苔的墓碑，但下面似乎是最近才埋上的，土堆还是隆起的。

如果这是一座新墓，也就不足为奇了，问题在于这是一座旧墓，这点吸引了警部的注意。

"是新搬过来的吗？"

寺庙经常会将一些过了供奉时间的墓搬迁到角落里。

警部目光锐利地扫视了周围一圈。周围没有其他墓碑，也没有新的挖掘痕迹。看来，只有这处是新挖的。

这件事只需问和尚一声就能搞清楚。

警部这么喃喃自语着，正准备折返回寺庙。就在这时，他突然蹲了下来。他感觉到背后有其他人的气息。换作普通人，估计察觉不到空气中这些微小变化，但他在警察署工作多年，经历过命悬一线的危机，而且有着多年的训练经验，因此，警部在第一时间就察觉到了不对劲儿。

警部蹲了下来，将自己的身体掩藏在墓碑之间，一点一点地转过身。

四周比之前暗得多。

转过身后，警部小心着不把头抬起来，他的视线穿过墓碑丛，静静地看向前方。

这时，前方距离他两三座坟碑的地方，似乎有什么东西动了一下。

是住持吗？还是纳所①的小和尚？

不，对方看起来似乎是个女人。

天色即将暗沉下来，而且下着淅淅沥沥的小雨，这个女人居然还在墓地里徘徊。

女人也一直没有抬头。她似乎和警部一样蹲着，将身体躲藏在墓碑之间，静静地观察着警部的动静。

警部想起，自己最开始在这个寺庙前站着的时候，有个女人从墙的另一侧逃走了。

是同一个女人吗？

无论是与不是，一定有人在监视着警部的行动！

警部突然有了一个想法，他猛地站了起来，气势十足地朝着

―――――――――――――

① 纳所，指的是在禅宗寺院中负责收银的僧人。现在也指在寺庙中负责打杂的人。

女人躲藏的地方跑去。

女人惊慌失措，急忙逃跑了。

从发型和穿着来看，她和之前那个女人有着很大区别。之前的那个女人年轻得多。这个女人应该已经有四十多岁了。

太阳早就下山了，雨势也大了起来。

萱场警部最终放弃了与和尚再次见面的想法，离开山门，踏上了前往车站的路。

这时，他背后突然响起了一声呼唤。

"您好。"

警部惊讶地回过头，这才发现自己背后站着一个五十多岁的男人，从他简陋的着装来看，他似乎是一名寺男①。

"你有什么事吗？"

听到警部的询问，男人恭敬地低下了头："回您的话，叫住您实在不好意思。我是这个寺院打杂的，我有些事情想跟警部大人说。"

"什么？你怎么知道我是警部？"

"回您的话，是和尚大人跟我说的。我听和尚大人说，他已经麻烦警部大人您去调查有关幽灵的传闻了。我说，那我做了一件错事，必须跟您说一声。于是，和尚大人就说，让我跑一趟，自己来告诉您。"

"是什么事？"

"回您的话，是有关墓场的事情。悬崖角落的坟墓是新挖的。"

"什么？新挖的？"

---

① 寺男，指给寺院打杂的僧人。

"回您的话，是这样的。"

"是你挖的吗？"

"是的。"

"瞒着和尚吗？"

"回您的话，正是如此。实在是很抱歉，我被欲望糊了心，背着和尚干了这事。"

"是有人让你挖的吧？"

"警部大人，我有件事想请求您，如果我向您坦白，您能饶恕我背着和尚挖了墓穴这件事吗？"

"要看道理上是否说得通。如果你没有协助别人犯罪，只是受人委托挖了墓穴，没什么饶恕不饶恕的。"

"那就求您大发慈悲吧。回您的话，我只是挖了墓穴而已。"

"是有人让你这么做的吧？"

"是这附近的一个叫矢岛的人拜托我的。"

"矢岛？"警部惊讶道。

警部的表情十分激动，寺男冲到了警部的身边："回您的话，她还让我今晚再挖一个墓穴。"

"什么？再挖一个？"

"是的。"

"你说，再挖一个？"说到这里，警部靠近了寺男。正在此时，他的后脑勺"砰"的一声被人来了一下。接着，警部两眼发黑，失去了意识。

追　踪

前一天晚上的深夜时分，森川刑警收到萱场警部的命令，去调查村桥的行踪。第二天，也就是周五的一大早，他就前往搜查警部，找到了之前跟丢了村桥的藤木刑警，向他询问道："你说的村桥在银座的银箭里见到的那个女人，到底是个什么样的女人？"

"我想想，她气质高雅，像是从事过艺伎之类的职业的人吧。年龄在三十岁上下。"

"他们两人乘坐同一辆一日元出租车，到了大井町吧？"

"嗯，沿着京滨国道一路向前去的。应该是在距离大井町站还有一些距离的地方下车的，然后换乘了一辆提前准备好的汽车。他们打了我一个措手不及，气得我直跺脚。"

"是什么车？"

"是辆大型车，我猜应该是克莱斯勒汽车。"

森川刑警又仔细询问了女性的长相等信息后，这才离开了搜查本部。时间是上午九点，正好是萱场警部出现在横滨的港口的时候。

森川刑警先乘坐省线去了大井町，到了京滨国道，开始寻找藤木刑警说的那条停有大型克莱斯勒汽车的小巷子。

在与藤木刑警描述相符的小巷子的角落里，恰巧有一家麻将馆。刑警"嘎啦嘎啦"地拉开了玻璃门。

看到女老板惊讶的表情，森川刑警向她展示了自己的名片："我是干这行的。想问问你关于昨晚停在这条小巷子里的汽车的事情。"

女老板接过森川刑警的名片，只看了一眼，她的神色突然变得惊慌起来，颤抖着说道："对……对不起。"

原来是因为老板娘收了司机的封口费，担心警察因此抓捕她，所以才开始颤抖的。

从颤抖不已的老板娘那儿好不容易打听出来的消息只有一条，那就是司机是个二十四五岁的年轻男性。

"他有没有说自己要去哪里？"

"这件事我没有问，但车应该是朝着大森方向开的。"

森川刑警又追问了一阵子，但女老板似乎并不清楚其他事情。于是森川刑警再次详细询问了司机的长相后，离开了麻将馆。

汽车开去了哪里？现阶段最紧迫的是这个问题。如果这里是乡间小道，要是有一辆大型的克莱斯勒车经过，估计附近的人都会记得。但这事发生在有数十辆汽车飞驰而过的京滨国道，向路人打听应该是没希望了。

但森川刑警非常有毅力，他从大井问到了大森、蒲田以及鹤见区域。蒲田区域里有人回答说看到过类似的车，鹤见区域也有人回答说似乎看到过他描述的车。获得动力的刑警朝着更西边的横滨打听消息，但到了横滨之后，关于诡异汽车的消息突然消失了。

是潜入了横滨市内吗？如果是这样，那么追踪就会变得非常棘手了。尽管森川刑警失望了一会儿，但很快又重整旗鼓。以防万一，他向着横滨的更西边走去。幸运的是，在户塚附近，他又获得了有关诡异汽车的目击情报。诡异汽车穿过户塚以后，朝着大船方向开去了，并在户塚转入了汽车专用车道。这条汽车专用车道是付费路段，必须在收费口支付过路费。所以，收费口的女员工认出了这辆诡异汽车。

"是的，在四点左右，这辆大型的克莱斯勒汽车从这里通过了。上面乘坐着一男一女，男性似乎睡得很香。"

森川刑警喜出望外。原来诡异汽车是从专用车道开往了镰仓方向。

刑警接着在各个道路附近打听消息，得知汽车的确开入了镰仓。只是，汽车似乎并没有继续朝着逗子方向开去。

诡异汽车消失在了镰仓市内，这一点是可以确定的。

只是，在那之后再怎么打听，都没有其他消息了。接近傍晚时分，森川刑警还在镰仓的街头徘徊。他不知道的是，这时萱场警部也来到了镰仓。最后，森川刑警拖着疲惫的身体回到了东京。

等他到达位于世田谷的搜查本部时，萱场警部还没有回来，只有负责调查松岛爱子行踪的石井刑警似乎很无聊地等着。

"萱场警部呢？"他问道。

石井刑警露出了奇怪的表情："他还没回来呢。"

正当石井刑警说着的时候，富永刑警冲了进来："系长 ① 呢？系长在吗？"

"不在。"森川和石井两人同时回答道。

"这就麻烦了。他去哪儿了？"

"我听说是去了横滨还是哪里——怎么了？是有什么话要问吗？"石井刑警问道。

"嗯。"富永刑警点了点头，"我去了长濑侦探事务所，但总是

---

① 系长，相当于主任。

不得要领，跑了不少地方呢。对了，说到蛤蟆屋，我有点事想问你一下。"

"蛤蟆屋？那是哪里？"森川刑警问道。

"真是出人意料，你连蛤蟆屋都不知道吗？就是熊丸家呀。你想，熊丸家宽阔的庭院里，不是养了无数只蛤蟆吗？"

"对，对，我想起来了。"

"还不只这些呢。"富永刑警像是惊呆了，说道，"我告诉你，这些蛤蟆诡异着呢。周围还有关于这些蛤蟆的传闻呢。"

"什么传闻？"

"说是蛤蟆屋里有幽灵出没呢。"

"幽灵？"

"对。而且不是普通的幽灵，是能驱使蛤蟆的幽灵。"

"驱使蛤蟆的？"这次轮到石井刑警惊呆了，"这是怎么回事？"

"他们说熊丸宅邸里有个能驱使蛤蟆的家伙。你想，歌舞伎里不是也出现过吗？那个叫天竺德兵卫 ① 的，不就是使用妖术操纵蛤蟆 ② 的吗？"

"现实中怎么可能会有这种人。真是无聊透顶。"

"我也觉得这话无聊透顶，但既然有了这种传闻，其中一定是有理由的。仔细听来，出现在传闻里的不止一两个人。好像熊丸宅邸里经常有不明身份的人出没。"

"是吗？"森川刑警喃喃道，"这就有意思了。"

"听说大多是在有月亮的晚上出现的。我想啊，大概是因为月

---

① 天竺德兵卫，江户时代前期的商人、探险家。
② 指歌舞伎剧目《天竺德兵卫韩噺》，讲的是天竺德兵卫从国外回来后，用妖术驱使大蛤蟆征服了日本的故事。

夜人们的视野更好一些。总之，在有月亮的晚上路过熊丸宅邸附近的话，有时候会看到人形的东西在四处徘徊。"

"人形的东西？不就是人吗？"

"这就是问题所在了。他们说，外形虽然是人的样子，但脸不是人的脸。"

"哦，那就是怪物咯？"

"差不多吧。总之，外形虽然是人的样子，但脸不是人脸的家伙，在四处徘徊。它们一旦发现自己被人看见了，就立刻消失了。"

"越说越像怪物了。这么说，熊丸宅邸里的人注意到了吗？"

"就是这个问题，所以我才想调查一下，结果系长人不在。他在干什么呢，太慢了吧？"

"我想啊，"石井刑警开口道，"我觉得熊丸宅邸里的人应该没有注意到。如果他们注意到了，总该有人将消息传到我们耳朵里吧？"

"这一点啊，"富永刑警咽了一口口水，"我是这么想的。最近这个传闻应该传到熊丸耳朵里了。与其说是传闻，不如说是熊丸他自己目睹了那种东西，所以才让新山过去调查的。"

"原来如此。"森川刑警点了点头，"说不定就是这么回事。如果是这样，熊丸不愿意坦白自己让新山过去的理由，也就说得通了。不过，那个怪物是什么呢？富永君，你觉得世上真的会有怪物存在吗？"

"嗯，我觉得应该会有存在的可能吧。"

"哈哈哈哈。"石井刑警笑道，"你说的是昭和的天竺德兵卫吗？还真是稀奇得很。"

"我是不相信有驱使蛤蟆的妖术啦。"富永刑警有些生气了，"但是，我觉得说不定世上真的有这种不可思议的东西。"

"为什么？"

"什么'为什么'？你想，新山的死状都那么诡异了，除此之外，还发生了许多不可思议的事情，不是吗？"

"那么，你的证据呢？"

"嗯，所以，我想明天从头到尾将熊丸家的庭院调查一遍。因此我才想尽早见到系长呢。他去哪里了啊？"

这时，又有一位刑警进来了："系长在吗？"

"不在呢。"富永刑警说道，"你也不知道吗？"

"今天中午前一个，傍晚一个，他总共打了两个电话过来。中午前是从横滨打来的，傍晚是从镰仓打来的。"

"什么？镰仓？"森川刑警问道。

"对的。他让我调查一下周一晚上，是否有人在电车里问该怎么去世田谷的北泽。"

"然后呢？"森川刑警继续问道，"你调查到了吗？"

"是的。"这位刑警点了点头，"跟系长说的一样，一个船员打扮的男人在电车里问，要去北泽的话，应该在新宿下车比较好，还是在涩谷下车比较好。然后列车长回答他，在新宿下车会比较好吧。"

"那个时候，系长说自己准备去哪里了吗？"

"不，他什么都没说。"

"有点不对劲儿。"森川刑警说道。

紧跟着，石井刑警也说道："的确不对劲儿。他应该会给我们打个电话的。系长之前都是这么做的。"

刑警们各自思考着，等待着萱场警部回来。天色逐渐暗沉下来，时钟的指针指向了八点，然后又指向了九点，萱场警部依旧没有回来。不仅是没有回来，甚至连个电话都没有打回来。

"怎么想都不对劲儿。打个电话给镰仓警察署问问吧。"

森川刑警叫道。

系长在哪里？

不知昏迷了多久，萱场警部似乎听到远方传来的微弱的人声。他一下子恢复了意识。他的后脑勺正嗡嗡作痛。尽管睁大了眼睛，但不知为何，周围一片漆黑，什么都看不清。他试图起身，却不知为何，身体纹丝不动。

"真是讨厌啊。"

声音虽然很小，但他听得一清二楚。对方应该是在距离警部非常近的地方说的，但他看不见对方的样子。听声音，应该是一位中年女性。

"嗯。"是个嘶哑的老人的声音，"没想到他会这么重，真讨厌。加上这次还是个警部。"

萱场警部意识到对方或许是在讨论自己。但是他的脑子似乎比平常迟钝得多，总觉得他们讨论的是别人的事情。

"勘三先生估计也不情愿干吧？"

"嗯。勘三那家伙，说什么自己不愿意挖坑，所以我就把他扔进了地下室。托他的福，这事现在得我一个人干。倒霉透了。"

"你呢，能做这种事吗？"

"什么叫'能做这种事吗'？"

"我是说，能对警部先生做这种事吗？"

"哪怕不能做，现在也已经没别的办法了。事已至此，你要跟我说'我不愿意'的话，我也只能给你一针，然后把你埋了。"

"好吓人哦。"

"没办法了呀。我们现在就是被蛇盯上的青蛙，束手无策。好了，差不多该干活了。"

"你得小心不被和尚先生发现啊。"

"不止和尚，无论被谁发现了，我都是死路一条。幸好，他们都被幽灵的传闻吓到了，谁都不愿意靠近墓场，可算是帮了我的大忙了。"

"夫人说，那药不会真的要了人的命，是真的吗？"

"毕竟是假死的药。虽然大部分医生都看不出来他没死，其实他还活着，注射后过一个昼夜就会醒过来。你想，自己醒过来的地方是在一片漆黑的洞穴里，想想就觉得吓人吧？还不如给人一刀来得痛快点呢。"

"真是吓人极了。我还必须帮人做这种工作，真讨厌。"

"现在说这些也没用了。那我先去一趟了。"

"路上小心。"

萱场警部迷迷糊糊的脑子渐渐清晰起来。看来，自己似乎要被活埋了。

萱场警部拼命地想要出声呼救，但不知为何发不出声音。

（难道我是在做梦吗？）

他这么想着。渐渐地，他的记忆开始恢复，想起自己离开了实相寺的山门，与寺男交谈的时候，在背后被人"砰"的一声砸了脑袋。

（我被他们干倒了。我要在意识尚存的情况下被埋到洞穴里去了。）

他不甘心地拼命挣扎了起来，但身体似乎已经麻木了，没有任何感觉，也不听使唤。啊啊，这是多么悲惨的事情啊。

在那之后又不知过了多久，萱场警部的意识有时清醒，有时昏迷。这时，有道惊慌的声音突然传入了他的耳朵。

"不好！喂，我们暴露了。"

"啊，暴露了？"

"对，实相寺周围已经被彻底包围了。我们得快点儿逃。"

"夫人呢？夫人没事吧？"

"这种时候还有闲心管别人的事吗？快逃吧，快点走。"

接着，周围又恢复了寂静。萱场警部的意识又开始模糊起来。

这时，突然传来了喧闹的脚步声和人声。

"这里，在这里！"

"富永君，仓库那边就交给你了。"

"好嘞。"

"其他人快找系长！"

萱场警部想要大声呼喊"我就在这里"，但他依旧发不出声音。

"什么？仓库里一个人都没有？混账！这群家伙跑得真快。是提前听到风声了吗？算了，比起这个，系长怎么样？"

接着响起了纷乱的脚步声，众人开始寻找起来。最后，响起了"咔嗒"一声，似乎是门被打开的声音。

啊啊，萱场警部就这么被视作死人，要在这里被活埋了吗？

警部拼命地运转着迟钝的大脑，压榨出身体里最后的力气试图挣扎，却无能为力。

"喂，寺男抓到了。"

似乎是某个刑警的声音。

"什么？寺男？"

说着，以森川刑警为首的三四名刑警围住了这名寺男。

"你……你这家伙是实相寺的寺男，对吧？"

"是的，是的，我就是实相寺打杂的。我……我叫勘三。"

"怎么回事，你怎么会被关进仓库里？"

"回您的话，请……请您饶恕我。"

勘三簌簌地颤抖着。

众人抓住寺男勘三后，趁热打铁开始了审讯。

"我……我虽然昨天挖了洞，但我今天拒绝了。请……请饶恕我吧。"

他悲鸣似的喊叫道。

不屈不挠

自那之后又过了两天，在搜查本部，恢复了精神的萱场警部向村桥搭话道："老师，你要是不愿意告诉我真相，一直隐瞒，我就为难了。毕竟我们两个不是都差点没命了吗？你既然会跟着不认识的女人走，我想其中一定是有原因的吧？你就别隐瞒了，跟我说真话吧。"

"你这么说，我都抬不起头了——其实啊，"村桥终于不得不将真相告知了警部，"她说松岛爱子被监禁了，所以我就一不小心……"

"什么叫松岛爱子被——哈哈哈。"警部看着村桥的脸，露出了嘲讽的微笑，很快又摆出了认真的态度："是这样啊。那我就彻底清楚了。老师，你听说松岛爱子被监禁了以后，首先想到的却不是告诉我，这让我很为难啊。光凭你一个人的力量应该救不出她吧？"

"你说的是。被你这么一说，我实在没话反驳了。"

"最开始我们不就约好了，要分享彼此得到的消息吗？"

"对不起。看在我已经受到了惩罚，不仅差点儿没命，还经受了人类历史上罕见的精神折磨的分儿上，就饶过我吧。"

说完，村桥惭愧地离开了。

萱场警部陷入了沉思。他依旧不清楚，这个叫矢岛的女人为何要诱骗村桥离开并杀害他呢？比起这个，更重要的问题是熊丸。长得与熊丸相似的船员打扮的男人确实前往了北泽，因此犯人不可能是熊丸。熊丸与丸之内离奇的死亡案件之间没有直接联系，但他为何要在那天晚上前往镰仓，又为何隐瞒了这件事？就在这时，桌子上的电话响了。

"您好。"

萱场警部将话筒放在耳边，下一秒，他不禁喊出了声："你……你说什么？"

电话那头是森川刑警："系长，松岛爱子得到豁免了。"

这个叫松岛爱子的女人，是熊丸的秘书，还掌握着一些不为人知的秘密。本来，她在熊丸宅邸的行动就已经很可疑了，此外，她还伪造了许可证，骗过刑警后离开了宅邸，并且不愿意向警方坦白自己外出的地点，难缠得很。村桥被诱骗离开的这起案件，也有可能是她在背后操纵的。出于这些原因，警部才暂时将她留在了警察署，但还没有经过详细的审讯就把她给放了，这是搜查层面的重大问题。

"为……为什么？"

警部敏锐地问道。

"我也不是特别清楚，是检事①的命令。应该是熊丸在背后做了手脚。"

"搜查课课长怎么说？"

"他说这也是迫不得已。我们没有切实的证据，所以检事的命令一出，我们就不得不释放她了。"

"但我们还有一些必须调查的事情——"

"听说在释放之前，课长已经调查过了。但是据说没得到什么有价值的消息。"

"没办法了。谁让我们只有怀疑，没有切实的证据呢？但是，只因为没有切实的证据，就让我们把有嫌疑的人一个接一个地放走，这还让我们怎么调查啊？"

"您说的对——"

森川刑警似乎与警部有着相同的看法，声音中透着失落。

"然后呢，是谁接她出去的？"

"是熊丸。"

"啊？熊丸？熊丸亲自来的吗？"

"对的。"

---

① 检事，相当于检察官。

"那么，是带她去了熊丸家吗？"

"对的，好像是这样的。"

"是吗？"警部思考了一会儿，"你立刻安排一下，去盯着村桥。"

"啊？村桥？您说的村桥，是指那个小说家吗？"

"嗯。松岛恢复自由之后，肯定会跟那个小说家进行联络的。接着，那个小说家肯定又会在不跟我们报备的情况下擅自采取行动。你尽快安排去盯着村桥家。如果他要出门，就跟着他。懂了吗？"

"好的，懂了。"

"然后，熊丸宅邸附近也给我盯牢了。可能的话，我想在不引起宅邸里的人注意的情况下盯梢，不行的话也没办法了。要是能安排一个人在熊丸家就好了——算了，这些事情跟你说也没用。我想点办法。总之，你给我死死地盯着，有谁进出了熊丸家。记得谨慎一点。"

"好的。那熊丸出门的话该怎么办？"

"跟着熊丸。与此同时，记得不要放松对熊丸家的监视。也就是兵分两路，懂了吗？"

"好的，懂了。"

"接下来我要去调查被害人的身份，准备先去轮船公司看看。那就拜托你了。"

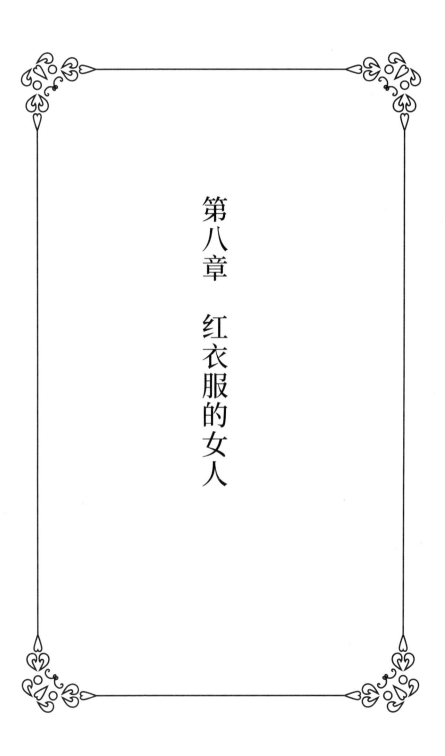

第八章　红衣服的女人

可怕的忠告

到家后，村桥回想起那天晚上发生的事情，依旧觉得寒毛倒立。正在这时，电话铃声突然响了。

"您好。"

"您好，请问是村桥先生吗？"

是女性的声音。村桥一边思索着对方的身份，一边回答道："是的，我就是村桥。"

"原来是老师呀。我是麻里子。"

麻里子！是熊丸年轻貌美的夫人。

"是麻里子女士啊。之前真是——"

"老师，真是遭了不少罪吧？我可担心老师了。不过，看到您没事——"

"谢谢。的确遭了不少罪。但是，托您的福——"

"您的身体彻底恢复了吗？"

"嗯，我现在精神着呢。"

"那么，老师，之后再来呀。"

"去哪里？"

"来我家呀。"

"您的宅邸吗？"

"您不愿意吗？您应该不会不愿意吧？毕竟，老师，松岛小姐都已经回来了呀。"

"啊？松岛小姐吗——"

"您看，一提到松岛小姐，您连讲话的语气都变了。老师，好不好嘛，来我家嘛。"

"松岛小姐已经被释放了吗？"

"呵呵呵呵，您这么在意她呀？是的呢，她被释放出来了呢。听说熊丸出了不少力。您来吗？"

"好的。去您那里也无妨。"

"那就是来的咯？我想听老师遭遇危险的故事呢。"

"熊丸先生也在吗？"

"对的，他在的。不过一点都不影响的。那个人是那个人，我是我。那我就恭候老师大驾光临了。"

"现在就去吗？"

说着，村桥看了一眼手表。现在是晚上八点。

"对的，请您现在就来吧。"

"那么，我就登门拜访了。"

经过周六周日两天的休养，村桥的精神已经恢复了不少。尽管他还不是特别想出门，但当他听到松岛爱子被释放，回到熊丸宅邸的消息后，"无论如何都想跟她见一面"的想法便在脑海里挥之不去了。她一直拼命地阻拦村桥进出熊丸宅邸。但是，她越是阻拦，村桥就越是无法老老实实地待着。他有种感觉，或许她正在经受着严苛的迫害。尽管他也说不清她到底在经受着谁的迫害，或以哪种方式被迫害，但他就是有这种感觉。无论如何，他都想从她口中问出这个秘密，将她从迫害当中拯救出来。尽管爱子拼命地阻止了村桥，但村桥依旧没有停止与案件扯上关系，因而才到了命悬一线的地步。直到现在，他依旧没有放弃的打算。

（爱子绝不是会犯罪的女人。）

村桥想到。

（她一定是被谁控制了。多可怜啊，无论如何我一定要把她拯救出来。）

村桥开始了出门的准备。

想到周四刚刚经历过的活埋事件，他还有些后怕，不过……

（没事，怎么可能会在熊丸宅邸遇到这种事呢？）

只是，已经有新山侦探这一先例了。

（跟萱场警部说一声吧？）

这一想法从他脑海中闪过。他转念一想，别的事情还好说，但去熊丸宅邸这种小事没必要一一向他汇报吧？接着，他直接离开了家。

"欢迎您大驾光临呀。"

麻里子几乎要挽着村桥的胳膊，带着他去了自己的客厅兼接待室。这里没有那个恶心的蛤蟆，装潢体现了现代色彩，处处都彰显了女性的用心。

麻里子比起之前来更为美艳了。她似乎仔细化了个妆，本就夺人眼球的脸庞变得更为华丽，她下颌的那种不够体面的美也被巧妙地掩饰住了，就连村桥都不禁看得入了神。

"之前真是不好意思。案件还没个结果，估计您也挺不愉快的吧？"

"可不是吗？"麻里子露出了夸张的表情，"可真是太烦了。现在还有什么警部啊、刑警啊这类警察过来呢。他们好像还在家附近守着呢。真是讨厌呢。"

"真是的。"

"就我们两个人，多没意思啊。"麻里子突然这么提议道，"再叫个人来吧。跟之前一样来打麻将吧？"

"打麻将啊。"村桥冷淡地回答道。

"是的呢。"麻里子自说自话地点着头，"麻将也没意思。那就去哪儿逛逛吧？您能带我去舞厅吗？"

"可惜，我不会。"

"骗人！没有这回事吧？"

"不是骗人。我不会跳舞。"

"那么，"她看了一眼手表，"呀，已经九点了啊。这么迟了，电影和戏剧也赶不及了。啊啊对了，您能带我去咖啡馆吗？"

"像您这种身份的人，去咖啡馆不太合适吧？"

"没事的。而且，我一直想去咖啡馆看看呢。"

"日本的咖啡馆和国外的咖啡馆完全不一样，是只有男人会去的地方。倒是听说在外国会带着女人一起去。"

"但是，也没有说女人不能去吧？"

"对的，您要这么说，也没错。"

"我在家里待着也没意思。请您务必带我去看看吧。"

"好的，但是——"

在这之前，村桥就有一件在意的事情。

不用说也知道，那就是爱子的事情。他从进门到现在，还没有看到过爱子的脸。虽然爱子是熊丸的秘书，与麻里子没有任何关系，所以也不可能出现在麻里子的房间里，但村桥依旧觉得非常不甘心。不过，他也没有问起爱子状况的勇气。

"您不愿意带我去吗？"麻里子撒娇似的说道。

"这个嘛……"正当村桥苦恼于该怎么回答的时候，突然响起了敲门声。

莫非是爱子？想到这里，村桥不禁心中雀跃。但打开门进来的，是女佣小花。

"夫人，老爷有事找您——"

"我现在有客人，你跟他说了吗？"

"说了，但是——"

"你跟他说，我接下来准备和客人一起出去呢。"

麻里子变得非常不快。正当小花想要回些什么的时候，门外传来了熊丸的声音。

"麻里子，我进来了。"

说完，熊丸走进了房间。

尽管迄今为止，村桥与熊丸已经有过多次会面，但今晚熊丸这个人看起来似乎更不能掉以轻心。虽然对方并没有露出严峻的表情，但他狭窄的额头与上挑的浓眉，看起来似乎充满了恶意。他消瘦的脸颊配上高耸的鼻梁，看起来似乎无比狡猾。

麻里子沉默了。

熊丸并没有看向麻里子："这不是老师吗？打扰你们两人的交谈，实在不好意思。我听说老师您过来了，所以才想着见老师您一面。"

"打扰您了。"村桥微微低下头，"是找我有什么事吗？"

"不。"熊丸摆了摆手，"没什么，不是什么重要的事情。"

"接下来，"麻里子开口道，"我要跟老师做伴出门呢。"

"那还真是打扰你们了，不好意思。我只打扰一小会儿。"

"如果您有什么吩咐，请不用客气。"村桥说道，"只要我能帮上忙。"

"不，没什么帮不帮得上忙的。那么，能请您前往另一处客厅吗？"

"在这里不行吗？"麻里子表情严肃地说道。

"没什么，在这里也无妨，我只是想着，在那儿聊会舒心些罢了。你还没做好出门的准备吧？不如趁我们聊天的这会儿，你去收拾一下吧。"

"说的也是。"麻里子的心情这才好转了，朝村桥开口道，"那么，老师，请您去那儿一趟吧。熊丸好像有什么话想跟您说。我趁这段时间做一下出门的准备。"

熊丸带村桥前往的，是之前那个有恶心的大蛤蟆蹲着的房间。

一进入房间，熊丸就立刻变得亲切起来："我妻子任性得很，给您添了不少麻烦吧？"

"不，没有的事。"村桥找不到该说的话，有些狼狈。

"而且在您正准备出门的时候，实在是打扰您了。"

"不，没有的事。"

村桥本想回答，这绝不是自己主动邀请麻里子出门的，但打住了这个想法。

熊丸依旧非常心平气和："她任性得很，其实我也挺头疼的。毕竟，您看，我已经五十岁了，实在没法满足她的任性了。"

"……"村桥不知道怎么回答，只好沉默。

"老师您还年轻，估计和她的兴趣也相合，请您以后多多照顾她了。"

"好。"

村桥含混地回答着，看向熊丸的脸。他本以为熊丸会提出什么不正当的要求，心底里一直害怕得很。但他没做什么招人怀疑的事情，也没做什么对不起熊丸的事情，因此他强行让自己冷静下来。

但熊丸似乎并没有什么别的深意："实在是个任性的女人。把内人宠成这么任性的样子，估计惹您发笑了吧？只是其中是有原因的。不，也算不上是原因吧。"熊丸慌忙改口道，"也没有什么深刻的缘由，是一开始就没处理好。一开始她就擅长撒娇，一不注意就越来越过分了。女人这种东西啊，很快就蹬鼻子上脸了。哈哈哈哈哈。"

熊丸虽然笑了，但他的笑容仿佛是故意摆出来的，透着一种虚假之感。

村桥没有接话，熊丸又说了下去："仔细想来，她也挺可怜的。毕竟我跟她兴趣不合。不过，她遇到有趣的事情，想尝试一下也无可厚非。虽然这么说，但她要是做了些轻率的举动，估计很快就会上新闻。要是老师您的话，我就能放心把她交给您了。我听说您性格正直，跟您的年龄和职业都不符呢。虽然这话从我嘴里说出来不太合适，但请老师您多安慰一下她吧。"

"但是，"熊丸的话语中似乎没有其他意思，村桥这才放下心来，开口道，"您让我安慰夫人，可是夫人她——"

"不，不。"熊丸摆了摆手，"她有着对她来说挺大的烦恼呢。总之，我想她只要做些她喜欢的事情就可以了，而她把老师您当作了任性的对象，虽然会给您添不少麻烦，但这也是因为她非常信任您。所以我才想拜托老师您照顾她，哈哈哈哈，这话从丈夫口中说出来，实在是奇怪得很啊。"

"我也没那么多时间——"

"说的也是，说的也是。当然了，要是影响到老师您的工作就不好了。毕竟她是个任性的家伙。总之，三次里您答应一次就够了，请您陪陪她吧。"

"好吧。我知道了。"

"谢谢，谢谢。我终于可以安心了。说来，还有一件事。"熊丸有些不好意思似的开口道，"想拜托您一件事。听说您之前就认识松岛？"

听到松岛的名字，村桥有些紧张。

"对。"村桥回答道，他的心中颤抖不已，"我之前跟她有过短暂的交往。"

"对，对。"熊丸不以为意地点了点头，"这件事情我听她说过，似乎是在女子学校的时候，受过您的教导——"

"对的。"

"那她——我指的是松岛爱子，她是在三年前看到我登在新闻上的招聘广告后过来的。但在那之前的事情我就不清楚了。老师，在您看来，她是个什么样的女人？"

"我跟她之间也没有太深的交往，所以——"

"对的，对的。"熊丸不住地点着头，"这我知道。从那时起，她就是这样的女人了吗？"

"您说的'这样'是指——"

"也没什么，就是现在这样，没什么精神，像是有什么秘密的样子——"

"不是的。"村桥摇头，"她以前不是这样的。当然，也不是那种明朗的人——一定要说的话，更像是那种会深思熟虑的人。"

"您知道她家的情况吗？"

"不，我不知道。"

"是吗？"熊丸叹了一口气。

村桥不由得问道："松岛小姐怎么了？"

"不，倒也不是怎么了。"

"她是从什么时候开始变成这种没什么精神、像是有什么秘密的样子的？刚来这里就是这样的吗？"

"我是在一年前的时候才注意到的。"说到这里，熊丸突然静静地看着村桥的脸，"老师，您似乎对松岛很感兴趣啊。"

"不，没什么。"村桥方寸大乱，"没……没有这回事。"

"您来的时候，不知道松岛也在这里吗？"

"对的，我根本不知道。"

"您第一次在这里遇见松岛的时候，她说了些什么吗？"

"不，没说什么。"

"是吗？"熊丸又叹了一口气，认真地端详起村桥来。在那一瞬间，村桥感觉有什么冰冷的东西爬上了他的脊背。

"她什么都没跟您说吗？"熊丸再次确认道。

村桥拼命地控制着自己不要颤抖："是的，没说什么。"

"是吗？"熊丸虽然嘴上好像是相信了村桥的话，但他的眼睛却闪闪发光。

"还有别的事吗？"村桥有些坐立难安，故而开口道。

"还有一件事。"熊丸摇了摇头，"这件事，是我最后的请求。"

"您说。"

"村桥先生，我的请求是，请您不要再对那个叫松岛的女人，抱有过多的兴趣了。"

"啊？"

"您最好不要再和松岛有什么联系了。和她太过亲近的话，是会丢掉性命的。"

"您……您说什么?"

"我是说,如果您和松岛关系亲近,是会危及您的性命的。"

"啊?这……这是为什么?"

"我不能告诉您原因。"

"虽然不能告诉我原因,但是你跟我说,和松岛小姐有关系的话,我的性命会受到威胁?"

"是的。"熊丸冷静地回答道,"您不是已经经历过一次了吗?"

愤怒、耻辱和恐惧的感情交织在一起,使得村桥"咔嗒咔嗒"地颤抖着说道:"您的意思是,这之前的事件,是因为我与松岛小姐关系亲近而导致的吗?"

"对的。"

"为什么和松岛小姐关系亲近,就一定会招来杀身之祸?"

"这我不能回答。"

"是谁要杀我?"

"这我也不能回答。"

"是您吗?"村桥拼命鼓起勇气,问道。

"怎么可能呢?您这么说,可就是为难我了。我只是给您一个忠告罢了。"

"但……但怎么可能会有这么不合理的事情?我只是和松岛小姐的关系亲近了一些,就要被人杀掉——"

"不只是您。无论是谁,只要和松岛关系亲近,都会落得同样的下场。"

"怎……怎么可能?而且,我和松岛小姐之间的关系也没有那么好。"

"那就好。我只是给您一个忠告，不要跟她太过亲近罢了。"

"这是松岛小姐的想法吗？"

"这点恕我不能回答。"

"我再问您一遍。一个人只要和松岛小姐关系亲近，就会遇到危险吗？哪怕这样的结果是与松岛小姐的意志相悖的？"

"随您自己理解。"

"可以，那我就理解为这不是出于松岛小姐的意志了。"

"您这么理解的话，接下来准备怎么办？"

"我会斗争到底。既然有人违背松岛小姐的意志，对与松岛小姐关系亲近的人造成危害，那我怎么能对这样的人放任不理呢！"

"这是徒劳的。您是不可能赢过那个人的。"

"您之前不是说，您不知道那个人是谁吗？而且——"

"我可没说我不知道那个人是谁。我说的是，我不能回答。"

"那您就是知道对方是谁吧？"

"怎么理解都随您。"

"这……这话蛮不讲理！这话绝对蛮不讲理！您明明知道这是个极为危险的人物，每当有人和松岛小姐关系亲近，都会遭到加害，您却没有通知警察！而且，您想的不是让他住手，而是威胁我收手——"

"这不是威胁，这是忠告。"

"不，我不认为这是忠告，这就是威胁。"

"那您是准备无视我的善意了？"

"这算什么善意！如果您真的是出于善意，为了松岛小姐，您应该消灭这个危险人物才是！"

"要是您不愿意接受我的忠告，那就到此为止吧。"

"我……我会斗争到底。我会为了松岛小姐斗争到底的。"

"看来您是个格外不要命的人。"熊丸故作夸张地感慨道，"前段时间刚刚遭遇那些事，现在还没接受教训，真让人头疼。"

"请……请您告诉我原因。不……不然我是不会甘心的。请您告诉我原因。"

"我不能回答您原因是什么。而且，哪怕我跟您说了，您这种人恐怕也不会接受吧？"

"那么，很遗憾，恕难从命。"

"可以。既然这样，就随您去吧。您放手去干吧，只是，有件事，我要提前跟您说好。这件事您跟警察说了也没用，只会威胁到松岛的性命罢了。"

说完，熊丸离开了房间。

咖啡·秋季（一）

球形天花板下垂着枝形吊灯①，宛若颈饰一般。座位呈同心圆形，越靠外圈越高，构造与古罗马的圆形剧场相似。白天的时候，从外观来看，这里似乎只是一个极为粗糙的木质军营，与郊外的仓库一样不起眼。一旦到了晚上，数十上百盏电灯反射的光芒照亮了木质建筑，不禁让人联想到海底的龙宫。一百多名精心打扮的女服务员宛如夏季的金鱼一般，绚丽地在这座龙宫中游动着。

有客人举着酒杯，大声交谈；也有客人搂着女服务员，低声

---

① 枝形吊灯，由几十盏灯和复杂的玻璃或水晶阵列组成，通过折射光照亮房间。

倾诉；还有人故意使坏，以聆听女服务员的尖叫为乐。再配上侍应生的呼喊、留声机尖锐的音乐，这些声音争先恐后地冲进耳朵里。其中，还有醉到不省人事，以为自己来到了华胥国①的客人。

假如这是欧洲，男性估计会身穿打着领结的西装，露出纯白的衬衣，戴着礼帽前往吧。村桥穿的是褐色斜纹西装，在日本来说，这套着装已经算得上时髦了，只是，跟身旁的麻里子一比，就有些相形见绌了。麻里子脱下包裹住衣领的皮草大衣，里面是一件露肩的连衣裙，上面处处点缀着亮晶晶的宝石。她或许是"咖啡·秋季"开业以来，遇到的最为光鲜亮丽的客人了吧。因此，毫不夸张地说，看到麻里子后，女服务员和客人们都惊讶得忘了要说什么，就连大厅都安静了一阵子。

村桥也有相熟的女服务员，换作平常，对方早就迎上来了，但今天她的气势似乎被麻里子压倒了，只是远远地望着村桥。

麻里子若无其事地进了包厢，在椅子上坐下后，点燃了细香烟，"呼"的一声吹出了紫色的烟雾。

"怎么样？不是什么有意思的地方吧？"

听到村桥的问话，麻里子点了点头："是呢。不过先生们挺有意思的。"

"也是。再怎么说，全日本也就这里能抚慰一下他们疲惫的心灵了。"

"疲惫的心灵？来这里的客人们，不只是为了这个吧？"

"但是，这里的菜和酒也没什么特别的啊。"

"哎呀，您可别装傻。先生们都有一些野心吧？"

---

① 《列子·黄帝》中记载，黄帝曾梦游华胥国，相传那里没有老师和官长，而且当地的居民长生不老。

"哈哈哈哈，野心吗？那肯定是有的。但'野心'这个词，可能还称不上吧。"

"是吗？不是有许多漂亮的小姐在吗？"

"在您这尊皓月面前，她们不过是星星之光罢了。"

村桥向走近的女服务员点了鸡尾酒。

"还有白葡萄酒。"麻里子补充道。

喝完鸡尾酒后，村桥开始仔细观察起啜饮着白葡萄酒的麻里子。

这位女性究竟是出于什么想法，出于什么目的，才将自己带到了这里？

麻里子是电影演员出身，这件事他有所耳闻。但他也听说，对方家境不差，而且是从女子学校毕业的，尽管有些举止轻浮的地方，但应该不会是位品行不端的女性。尽管他听说，熊丸猛在火灾中失去了自己心爱的夫人后，立刻迎娶了麻里子当下一任夫人，但他并不认为熊丸和麻里子之间的结合是出于爱情。麻里子非常冷淡。尽管如此，熊丸似乎格外关注麻里子。其中又有什么原因呢？

这时，村桥的冥想被打断了。

这是因为他听到了隔壁包厢里传来的说话声。

"我记得她应该是叫松岛吧？"

村桥突然回过了神。尽管不知道对方指的是哪一位松岛，但对于现在的他而言，哪怕听到"松"这个字，估计都会条件反射般地绷紧身体吧。

"还是个挺漂亮的女人，却犯了盗窃罪，对，当时她大概是二十一二岁，被一个黑心的家伙欺骗，然后被卖掉了。不过这女人硬气得很，无论如何都不愿让别人玷污自己的身子，所以受了不少虐待。总之，发生了不少事，最后因为偷窃罪被送到了警察局——我猜本来应该是缓期执行，但可能是因为态度很差吧，被判了一年的刑。但是啊，只过了六个月就出来了——"

"这就是你说的那个女人吗？"

"对。就是这一阵新闻报道上轰动一时的那起案件。是个叫熊丸还是什么的人，他家发生的那起——"

村桥感觉仿佛有盆冷水兜头浇下。叫松岛的女性、熊丸案件，毫无疑问，他们说的不就是松岛爱子吗？

"您在想什么呢？"

麻里子突然开口道。她似乎没听到隔壁的对话。

"没什么，随便想了点事。"

村桥没头没脑地回答道。他还想继续听隔壁的对话，但麻里子不同意了。

"不想了，不想了。别在这里想事情了。来，继续喝酒吧。再叫几位女服务员过来吧，我想跟女服务员聊聊呢。"

要是有可能，村桥其实想拿着名片去隔壁包厢，了解事情的后续，但情况不允许他这么做。他只能按照麻里子所说的，叫了四五个女服务员过来。

趁着麻里子对女服务员非常好奇的工夫，村桥装作要上厕所的样子，离开了座位。路过隔壁包厢的时候，他往里面扫了一眼。里面有两位穿着西装的中年绅士和两个女服务员。其中一个女服务员认识村桥，朝他点了点头。

总之，他先去了趟厕所。接着，他一边思考着自己该怎么与那两个人搭话才比较合适，一边走回来的时候，发现那几个人已经离席了。

仿佛自己手中的宝石被人拿走了一般的焦躁感涌上了村桥的心头。他回到自己座位的时候，麻里子已经厌倦了。

"老师，我们去别的地方吧。"

"说的也是。去哪里呢？"

"还有比这儿更特别的咖啡馆吗？"

"咖啡馆的话，差不多都一样。倒也有些挂羊头卖狗肉的地方，但是那儿——"

"挂羊头卖狗肉的地方也可以的。"

"那我倒是有数。"说着，他看了一眼手表，"已经十一点了啊。那就再去一家吧。"

"好的，好的。"

麻里子很快就站了起来。就在这时，包厢门口有个女人路过。

是个短发女人，穿着一身红色的洋装，一眼看去以为是一名女服务员，但仔细看去应该是跟着男人一起来的客人。

村桥本来准备等这两位客人过去以后再站起来的，所以又坐了下去。当看到路过的女人的侧脸时，他难以置信地歪了歪头。

他应该在哪儿看到过对方的脸。但是，村桥认识的人中，没有短发的女性。

两人越走越远。最后，盆栽的叶子将两人的身影完全挡住，再也看不见了。

"奇怪了，我是在哪儿看到过她的呢？"

村桥喃喃道。麻里子像是不满村桥的拖延："我们早点走吧。"

这时，村桥突然想起来了。虽然那个女人剪了头发、换了衣服，仿佛变了一个人一般，但她的确就是周四那天故作亲热地跟自己搭话，将自己骗去镰仓的那个女人！

周四她穿得落落大方，顶着日式的盘发。然而今天她改头换面，剪了短发，穿着洋装，一副时尚丽人的形象，看上去比之前年轻得多。

是自己认错了吗？

再怎么说，她也过于大胆难缠了。在那天晚上之后，这个女人应该已经变成了通缉犯。尽管从头换了一身打扮，但她还敢穿着引人注目的鲜红色洋装在咖啡馆露面，不得不佩服她的胆大包天。

村桥迟迟不动身，麻里子彻底不开心了。

"您到底去不去啊，老师？"

"等我一下。"村桥咽着唾沫，"不好意思，耽误您了。就一会儿。"

"您说让我等着，那我就等着。"

麻里子似乎生气了，说着坐回了座位上。

"你过来。"村桥向女服务员吩咐道，"威士忌苏打①，嗯，两杯吧。"

"老师，您还真是个犹豫不决的人哪。"麻里子瞪着村桥，说道。

村桥一边苦笑一边说："平常我不会这样的。"

"也就是说，今晚是特别的咯？"

"对的。"

"为什么？"

"没什么。"

---

① 威士忌苏打，鸡尾酒的一种，在杯中放上冰块、倒上威士忌后，再满上苏打水的酒。

"不，您可别敷衍过去。告诉我原因。您说今晚是特别的话，就告诉我特别的原因在哪里吧。"

"其实吧，是因为我看见认识的人了。"

"哎呀，太好了，看见认识的人了呀。请务必介绍给我。那个人在哪里呀？"

"我跟那个人的关系没好到能介绍的分儿上。"

"您要敷衍我吗？老师，您比我想象中的还要胆小呢。既然您跟那个人的关系没那么好，您又何必在这里磨磨蹭蹭呢？"

"关于这一点啊，麻里子小姐，"村桥恳求似的说道，"我之后一定会仔细跟您讲述原因的，就请您稍等我一会儿吧。"

"好吧，村桥先生，"麻里子露出了笑容，"我就等着您吧。老师，您简直像个小孩子。"

"太好了。"村桥动作夸张地舒了一口气，"麻里子女士的心情恢复了，这可真是太好了。"

"呀，真讨厌。您还开人玩笑呢，老师。"

"不敢当。我刚刚还担心，要是麻里子女士的心情不好了该怎么办呢。"

"这可跟我无关。随您怎么说。"

"麻里子女士，我有件事想麻烦您。"

"您说说看。"

"我想离开位子一会儿。"

"要去您认识的人那儿吗？"

"对的。在这之前，我得先确认一下对方是不是我认识的那个人。"

"还真是麻烦呀。您去吧。"

"谢谢。"

"可别花太长时间呀。"

麻里子在村桥背后说道。村桥充耳不闻，朝着刚刚女人离开的方向走去。

要是自己被她发现就麻烦了。因此，必须小心不要被对方发现，同时确认对方的位置。如果对方真的是上次那个女人，自己该怎么办？是打电话向萱场警部汇报，让他立刻派警察前来包围这家咖啡馆吗？在警察来之前，女人真的会老老实实地待着吗？要是她提前离开了，又该怎么办？

他走到包厢附近，隐约能看见包厢里的红色洋服。

女人似乎面朝面对坐着。

她像是在跟对面的男人频繁地说些什么。

村桥尽量避免引起周围人的怀疑，装出一副若无其事的样子，靠近了目标包厢。

女人是面朝面对坐着的，因此，自己必须先走过包厢，再回过头确认对方的身份。只是，如果那时他与女人对上视线，就会被认出来。那么，对方恐怕就会逃走了。

正当村桥接近包厢的时候，趴着的男人突然抬起了头。

村桥不由得停下了脚步。

尽管男人穿着时髦的衣物，仿佛都市里的时髦青年，但他确实就是上次的那个司机。那个在大井町附近待机的大型汽车的司机。

幸而男人是因为其他目的才抬起了头，没有看向村桥。

村桥立刻转身，朝着原来座位的方向走去。

既然那个司机也在，说明对方无疑就是上次的那个女人了。

就算女人不是上次的那个女人，司机确实也是犯人的同伙，一定会被逮捕。只要抓住司机，很快就能知道他们这一团伙的大致情况了。

要是被麻里子发现了，估计她又要问东问西了。因此，村桥故意绕路走到了有电话的地方。

在电话号码簿上翻找号码的时间都令人着急。终于找到了号码，他立刻转动起了拨号盘。

"您好，是世田谷警察署吗？我是村桥，麻烦找一下警视厅的萱场警部。"

可惜萱场警部不在，高岛警部也不在。

村桥失望地说道："那么，无论哪一位都可以，想请他们尽快前往银座的'咖啡·秋季'。对的，是这样的。是通缉犯的同伙。具体的事情我不方便在电话里说，请他们尽快过来。"

正当村桥打完电话准备起身的时候，背后有人悄悄伸出手，压住了村桥的肩膀。

村桥打了个冷战。难道对方还有其他同伙？这个同伙听完自己的电话后，现在准备加害自己了吗？村桥发自内心地感到后悔，自己为什么没有注意背后呢？

但是，自己也不能一直就这么一动不动。他鼓起勇气，回过头。没想到身后站着的居然是认识的刑警。

村桥松了一口气。

刑警露出了微笑："我是森川，因为别的事情才来到这里，没想到看见老师您了。老师，您刚刚在电话中似乎说您看到通缉犯来这里了——"

这简直就是久旱逢甘雨。万幸的是，来的居然恰好是一位刑警。村桥感激着上苍："对的，就是之前把我骗到镰仓的女人和司机。"

"啊？就是那个短发、红色洋装的女人吗？"

他为什么知道得这么清楚？村桥觉得有些古怪，但现在不是追究这些问题的时候，因此他应道："对的，就是这个人。"

"是这样啊。我掌握情况了。真是一群大胆的家伙啊。老师，没事的。在逮捕队过来之前，我会盯着的。"

"我也来帮忙吧。"终于有个专门负责盯梢的人来了，村桥也安心了，"他们不知道你的长相，所以你可以尽可能在附近盯着。"

村桥回到座位后，麻里子责怪似的开口道："花了很长时间呀。"

村桥打断了麻里子的话，贴着她的耳边悄悄说道："麻里子女士，我们说不定能看到很有意思的事情哦。"

咖啡·秋季（二）

由于对方有两人，森川刑警也出于谨慎没有出手，只是监视着他们，等着逮捕队到来。从他的待机姿势来看，要是在逮捕队赶来之前两人准备离开的话，他就会做些什么。

和森川刑警见过面后，村桥也终于安下心，像是卸下了肩上重重的行李一般，立即恢复了精神。

"麻里子女士，请您稍微再等一会儿了。"

"怎么了？您突然精神了呀。果然是认识的人吗？"

"是的，是一位认识的女性。"

"呀，是位女士呀。"

"对的，至于她有多么了不得呢，很快您就会知道的。"

在十一点三十分钟左右的时候，村桥感觉四周的气氛似乎变得严肃起来。

尽管是生意火爆的咖啡馆，但到了十一点半的时候，除了一些特定的客人，比如喝成一摊烂泥的客人啊，准备送相好的女服务员回家的客人啊，或是打着别的主意的客人，大多数客人都离开了咖啡馆。女服务员们大多也开始忙着做回去的准备，心急的侍应生已经关上了不必要的地方的灯。但是今晚，这些女服务员似乎都有些紧张，也没有像以往那样做回去的准备。侍应生们也一反常态，反而将灯光调亮了。

是警官队终于来了吗？村桥也有些紧张。他若无其事地关注着，但似乎女人和男人还留在包厢里。

在那之后又过了十分钟左右。对于村桥来说，这十分钟实在是无比漫长。

客人们渐渐地收拾东西走了，几乎没有其他客人了。

这时，突然有一群客人动作敏捷地进了门。他们有十人左右，虽然扮作客人的样子，其实都是刑警。想必此时，咖啡馆的前后门已经被警官队围住了，就连一只蚂蚁都逃不出去了吧。

一队刑警蜂拥而至，进了咖啡馆后，很快分成了三四组，包围了那对男女所在的包厢。

就连麻里子也似乎察觉到外面发生了什么，脸色有些苍白："老师，您不觉得有些奇怪吗？"

村桥觉得已经不会有事了，因此贴在麻里子耳边说道："开始抓人了。"

"什么，抓人？"

"有意思吧？"

"啊，是这样吗？要抓哪个人呢？"

"我刚刚跟您说的那个女人，然后还有同伙的一个男人。"

"是您说的那个认识的女人？"

"对的。"

麻里子表情严肃地看着村桥："是老师您告的密吧？"

"对的，但是，那是个想要我的命的女人。"

"啊？那么，就是那个——"

"对的，就是之前那个把我骗出去，活埋在墓里的女人。"

"那个人来这里了吗？"

"对的。虽然她剪了短发，穿了红色的洋服，改头换面了，但不会有错的。"

"呀，还真是个大胆的女人啊。"

"的确大胆难缠得很。您看，已经完全包围住了。"

这时，穿着红色洋装的女人突然站了起来。她似乎意识到危险已经逼近了。

然后，麻里子也站了起来。于是村桥问道："您要去哪儿？"

"去洗手间。"

说着，麻里子便朝穿着红色洋装的女人所在的相反方向离开了。

尽管穿着红色洋装的女人突然站了起来，但男人似乎已经喝醉了，趴倒在桌上。

刑警们也不再犹豫了："找你有事！"

说着，刑警们逼近了男人。

这时，电灯突然熄灭了。天花板上的也好，包厢里的也好，其他各处的电灯也好，一齐熄灭了。下一秒，咖啡馆陷入了伸手不见五指的黑暗中。

　　"啊。"

　　没料到会突然停电，刑警们也有些狼狈。

　　"等等！"似乎是指挥的人怒喊道，"不要随意接近！保持现在的包围圈！等灯亮了再说！前后门都守住了，不可能逃出去的。"

　　在一片漆黑中，村桥担心起麻里子来。要是在灯亮之前，她老老实实地待着就好了。要是到处乱走，被误认为是红衣女人的话，会不会受到牵连？

　　电灯一直没有恢复。

　　侍应生和女服务员们也一动不动，估计也担心自己贸然采取行动会受到牵连吧，又或者是因为情况超出了预料，被吓呆了吧。四下一片寂静，似乎所有人都一动不动，安静得近乎诡异。

　　从后门进来了两三位警察。

　　他们说外面的灯是正常的，停电的似乎只有这幢建筑。

　　"哇——"

　　女服务员们欢呼道。原来是电灯"啪"地亮了。

　　刑警们急忙看向面前的包厢。

　　男人依旧趴在桌子上。可是，红衣女人不见了！

　　"行动！"

　　刑警们很快就分成了两队，一队包围了男人，另一队一间一间地搜寻着包厢和桌子，在宽敞的咖啡馆内仔细地寻找着。

　　"找到了！"

　　有个刑警喊道。一队的刑警都急忙跑了过去。村桥也跟着过去了。

红衣服的女人趴倒在地上。她大约倒在她原来所在的包厢和后门之间的位置，颈部的肌肤白得仿佛能透过光一般，在洋服浓烈的红色的衬托下，更加显眼了。

"完了。是自杀了吗？"

似乎是指挥的刑警喃喃道。他靠近女人的身旁，抱起了她。对方似乎已经失去了意识。

"啊！"村桥突然大声喊道，"这……这是麻里子女士！"

"啊？"指挥者惊讶道，"不是那个女人吗？"

"这是熊丸麻里子女士。出大事了，那个女人换衣服逃跑了！"

说着，村桥靠近了麻里子身边："麻里子女士、麻里子女士。"

麻里子微微睁开了眼："老师。"

"怎……怎么了？没怎么样吧？"

麻里子摇摇晃晃地站了起来："呀，我是怎么了？我从洗手间出来，周围突然就黑了。接着被人从后面'砰'的一声砸中了脑袋，之后就什么都不知道了。啊，我，什……什么时候穿上了这种衣服——"

正当这边的警官队惊呆了的时候，包围了趴在桌子上的男人的警官队也惊呆了。

其中一名警察靠近了男人，想要摇醒他的时候，发现男人居然已经没有了呼吸！

这是一个多么可怕且难缠的女人啊！

女人将司机带进了这家咖啡馆，在众目睽睽的地方，下毒杀害了这个男人。她曾让男人协助她诱拐村桥，此外还有其他不少把柄握在这个男人手上，如果这个男人活着，说不定会成为女人毁灭的导火索，所以女人才会杀了他吧。

居然是在咖啡馆里杀害了他！

女人大概打算找准时机悄悄离开这里吧。女服务员和其他客人只会以为男人是喝多了酒，睡着了，直到最后都不会注意到吧。女人就是看准了这一点。

只是，女人没料到，村桥居然看见了她，并向警方告了密，随后警官队来到了这家咖啡馆。

因此，女人急忙想到了逃离的方法。幸好她穿的是特别引人注意的、纯红色的洋装。因此，只要换上别的不显眼的衣服，想要逃跑就比较容易了。监视队的警察都已将女人与红色洋服画上等号了，这反而使她容易蒙混过关。说不定女人一开始就计划好了，看准了红色容易吸引别人的注意力，可以趁机换衣服逃跑，才穿了这身红色衣服。

正当女人被刑警们包围，想着该怎么逃跑时，突然停电了。这次的停电充满了谜团，首先与电力公司无关，而是有人在经过厕所附近时用锐利的刀具割断了电线。咖啡馆的开关有很多，分不清哪个是哪个。而且只关上其中一两个开关的话，大部分电灯依然亮着，此外只需要将开关重新打开，照明就会恢复。但割断电线的究竟是谁，到最后也没有一个结果。警方对侍应生、女服务员以及其他工作人员都进行了严格的调查，但没能判定对方的身份。

总之，对女人来说，这场停电犹如神助。女人动作敏捷地蹲下来，在黑暗中爬行穿过了刑警的包围圈，朝着后门前进。她的想法大概是牺牲某个女服务员，将自己的衣服与对方的衣服对调吧。不巧的是，路过的人正好是麻里子。麻里子从厕所回来后，正好赶上停电，正站在那里时，女人看准时机砸中了她的后脑勺。看到她昏迷后，女人急忙脱下了麻里子的衣服。

令警方最为惊讶的是，这个难缠的女人不仅脱下麻里子的衣服穿在了自己身上，还从容不迫地给麻里子穿上了自己的衣服。明明不知道照明何时恢复，女人还有余力完成这项困难的工作，不禁令人瞠目结舌。

女人换上了麻里子的衣服后，伴着走路时衣物摩擦的"唰唰"声，出现在了咖啡馆的正门。守着正门口的警察们的注意力只集中在红色洋服上，大意地放过了女人。不过，警察们还是对女人进行了问询。女人称自己是熊丸麻里子，还从名片夹里拿出了名片，展示给他们看。就这样，警察们被女人巧妙地骗过去了。

这是多么胆大包天且巧妙至极的逃离方法啊！

第二天听到这件事后，萱场警部恨得咬牙切齿。警部也曾差点因为这个女人而丢了性命。

"要是我在场的话！"

他恨恨地说道。他的这一感慨也在情理之中。

从丸之内的杀人案件开始，到熊丸宅邸的杀人案件，再到村桥和萱场两人遭遇的杀人未遂案件，几经波折后，演变成了"咖啡·秋季"的离奇杀人案件。杀人未遂案件与"咖啡·秋季"的杀人案件的凶手已经十分明晰了，两起案件都是由一个极为可怖的杀人魔策划的。

萱场警部已经按捺不住了。

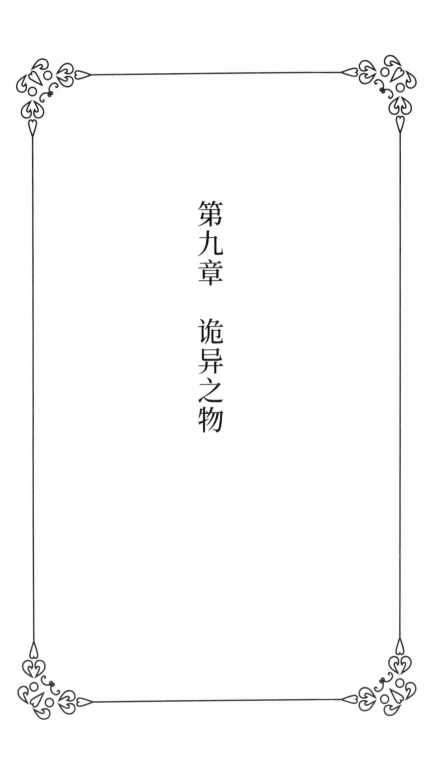

第九章　诡异之物

爱子的过去

第二天，村桥有些发蒙。他脑海里不断翻涌着昨晚在"咖啡·秋季"遇到的事情。睡眠不足导致他的心情很糟糕。

现在已经不是工作的时候了。错失了抓住红衣杀人魔的机会，这让他越发觉得懊悔。况且，对于村桥而言，他需要面对的不仅仅是懊恼的心情。在这之前，他已经从杀人魔手下死里逃生过一次了，而且，对方估计已经知道告密的人是他了。他现在的情况非常危险。他不知道对方会在什么时候、用什么方法袭击他。

事到如今，只能放手一搏了。他与杀人魔之间，已经是你死我活的关系了。他已经没有精力管什么工作了。

"要是昨天晚上能抓到她的话。"

他越发懊恼地想着。只是，与其说是警察的失误，不如说是对方的能力过于高超。他只得打消了心里的念头。

就连麻里子也在去了一趟咖啡馆后长了记性。她回到家的时候，似乎大大地松了一口气。看她那样子，估计接下来的一段时间内是不会再提议要村桥带她出门了。

想到这里，村桥突然回忆起昨晚案发前，他无意间听到的客人的对话。

他们谈论的是松岛爱子的事情吗？看样子应该是的。

松岛爱子因为盗窃罪而被判刑，哪怕在梦里他都不愿相信这件事。但是——

村桥开始收拾东西准备出门。他准备去调查一下爱子的过去。

"是有前科还是没有前科，最好的办法就是查户籍誊本① 了。"

但村桥又想到，誊本只有在出生地才有。而他根本不知道爱子的出生地。

"对了，去女子学校就行了。"

但是，女子学校方面也表示，他们只知道爱子是九州② 地区的人。

接着，村桥去了咖啡馆，询问了昨晚客人的消息。客人的名字叫石井达也，职业是律师。

村桥拜访了石井的律师事务所。

石井是认识村桥的。而且，出刊较早的晚报上已经刊登了昨晚的事情，所以石井亲切地说道："呀，昨天晚上真的辛苦你了呀。"两人之间一下子变得很融洽。

"其实，昨晚我在隔壁听到了一些事情——"

说着，村桥向石井询问了松岛的事情。

"吓到我了。经常说隔墙有耳，看来这些事不能随便说呀。有关松岛爱子的案件，其实并不是我负责的，而是我从朋友那里听来的。案件发生在大阪。我朋友现在还在大阪担任律师，不如我把你介绍给他吧。"

村桥表示道，自己最近没有时间去大阪。

石井点了点头："是吗？那我就聊聊我知道的消息吧。我记得她应该是叫松岛爱子。这件事情发生在四五年前，那时候她本人应该是二十一二岁吧。听说是个挺清雅动人的姑娘。虽然是从东

---

① 户籍誊本，全称户籍全部事项证明书，记载有居民身份关系（夫妻、亲子等关系）、出生地等信息。

② 九州，包含福冈、长崎、佐贺、大分、熊本、宫崎、鹿儿岛、冲绳八县，是日本第三大岛屿。

京的女子学校毕业的，但因为家里的关系不得不参加工作。刚开始，听说是在某家公司当办公人员，但办公人员的工资，撑死了也就三四十日元吧。这点钱只够零花，怎么想都没法养一家子人。是的，她父亲不在了，家里有母亲和弟弟。她说，无论如何都想把弟弟培养成才。是个懂事的好姑娘吧？不过，要是没有资本，女人能找到的高收入工作就只剩下女服务员了。所以，她才下定决心准备当个女服务员的。只是，无论如何，她都不愿意在东京从事这种工作。她的想法我也理解。虽然之后想来，肯定还是在东京会比较好，但她想在一个不熟悉的地方从事这类工作，于是就让母亲和弟弟留在东京，每个月给他们汇生活费。多么坚强的小姑娘啊。只是啊，这世上，越是懂事的好人，运气就越差。从事我们这一行的人，对这句话是深有体会啊。她遇上一个黑心中介，落入了对方的圈套。中介说：'我能把你介绍给大阪的大咖啡馆，当天就能拿五日元以上的小费，一个月能拿两百日元呢。'就是这么一回事。她并非完全不认识这个男人。听说她父亲还在世的时候，这个男人还帮过一点小忙。但这个家伙黑透了心，看到对方相信了自己后非常得意，把她带到大阪，转头就卖给了艺伎，而且是先付款后给货的。"

"这种事情，她本人没有察觉到吗？"村桥插嘴问道。

"毕竟她挺相信这个男人的，而且，做坏事的人都会把自己的狐狸尾巴藏得好好的。就算再怎么懂事，毕竟也只是个不知人心险恶的小姑娘，当然会被骗了。"

"接着呢，她怎么样了？"

"换作普通小姑娘，说不定就忍气吞声了吧。她虽然不知人心险恶，但有自己的想法，无论如何都不肯照着主人的要求去做。

虽然给男人钱的时候签了合同，但合同上的条款也没写得那么详细，所以主人也没法做什么。所以呢，主人就开始了照例的虐待，但对方是个顽强不屈的人，一直都不肯松口。就这样，虐待大概持续了半年吧，经历了一些离奇的波折，最后被判了盗窃罪。"

"您说的'离奇的波折'，是指什么事情？"村桥坐得离石井近了些。

"我说的'离奇的波折'啊。"石井继续说道，"松岛这个女人参加的宴会上丢了钱。是的，单纯是宴会的话，她还是会去的。好像这一点是写在合同上的，没法不参加。我记得她的艺名叫君香。钱丢了的时候，君香也陷入了不得不被怀疑的状态。最后闹到警察都来了，君香就被警方带走了。不料，当时的的确确是丢了的那笔钱，从别的地方找到了，君香的嫌疑也就洗清了。钱找到了是好事，但我猜那时候君香给了警方一个不好的印象吧。也是，从君香的角度来看，自己被骗、被强迫从事肮脏的工作的时候，警方都视若无睹，她对警方也没什么好感。再加上，她明明是清白的，却被警方抓进了警察局，估计更愤怒了吧。总之，她应该是极端不配合警方的工作吧，所以警方才对她没什么好印象。之后，就因为给警方留下了不好的印象，她受了不少苦。"

"这之后还发生了什么案件吗？"村桥问道。

"虽然我刚刚说了'之后'，但这两起案件其实几乎是在同一时间发生的。客人的钱丢了，君香有嫌疑，那么警方对她进行调查的时候，按顺序来讲，首先调查的就是君香的支出明细。结果警方发现，她在被调查的不久之前刚给东京的母亲汇款了六十日元。因为这件事，君香的嫌疑更大了。不过我刚刚也说了，丢了的钱又出现了，君香的嫌疑就解除了。接着，警方就开始追究这六十日元的出处了。君香有个熟客，应该是叫驹井吧，她说是驹井给的。警方就去调查了这个叫驹井的人。离奇的是，驹井说，在他印象中，没有给过君香六十日元这回事。"

"这不合理吧？"村桥激动地说道。

石井惊讶地看着村桥的脸："合不合理，我就不知道了。这就是人类可悲的地方了。到底是谁在撒谎，谁在说真话，我们无从得知。不过，像你这种一开始就对女性抱有同情的人，是没法担任法官的。哎呀，虽然这话跟案件没什么关系啊，但从我们的常识来看，一边是客人，另一边是艺伎，如果要判断这两人中谁说的是真话，我们会倾向于支持客人吧，特别是在金钱的问题上。这次的案件里，警方已经对女人有了非常不好的印象，认定对方一定撒了一两个谎。因此，警方严厉地逼问了这六十日元的出处，但君香咬定钱是驹井给的，驹井却说没有这回事。事情要是只停留在这一步也还好，但过了一阵子，驹井提出了离奇的辩解。他说不记得自己给过君香六十日元，但这钱可能是被偷的。事实上，自己曾和君香一起参加了某个宴会，在那儿丢了六十日元。他想着把事情闹大的话不好，所以至今没提起，但这件事是确实存在的。他说了这番话。"

"越听越觉得这是个不像话的男人。这也太卑鄙了吧？既然都说了那时候不想把事情闹大，那就直接说是自己给君香的，不就得了吗？"

"您说的对。"石井点头道，"驹井这个男人的辩解非常不合理。丢了六十日元的时候一言不发，一旦君香开口说是他给的，他就立刻解释说这钱是自己丢的。一点都不像个男人。如果是这样，那在刚丢了六十日元的时候，他的一言不发就显得不合理了。

随着警方调查的逐渐深入，发现驹井丢的那笔钱，是那天从银行取出来的，能查到纸币的号码。不巧的是，君香给母亲汇的那笔纸币也还在，两个号码是对得上的。"

"但是。"村桥开口了，"光凭这一点，仍然没法判断这钱是不是她偷的吧？"

"可是，驹井声称不记得自己给过君香这笔钱。而驹井所说的丢失的纸币，经由君香的手送到了她母亲那里。驹井说这绝对是丢的钱，不记得自己给过她。怎么想，这笔钱都像是被君香偷走了。"

"但是，君香也说了这是驹井给的吧？"

"这才引起了官司。毕竟她没有证据能证明这钱是驹井给的，所以被起诉了。"

"但是，也没有证据能证明钱是丢了的呀？"

"可是啊，驹井渐渐地回忆起了当时的事情，在那之后还有朋友冒出来作证说，他曾听驹井说过'在待合把钱弄没了，真是做了件没意思的事'。事已至此，再怎么偏袒君香也没用了。最后庭审时，君香到了连个辩护律师都找不到的地步，我的那个叫作伴野的朋友是政府选任的辩护律师，觉得她挺可怜，想着至少为她争取一个缓刑。女人却说'不必了，我是不会认罪的'，这使得警察对她的印象更差了。但凡她说一句'我只是一时鬼迷心窍，之后绝不会再犯了'之类的话，或许就不会闹到庭审的地步了吧。但她毫不动摇地坚持着，听说，最后甚至反抗了法官。伴野也苦口婆心地劝她，不如就坦白了吧，这样能让罪行轻一些。但她顽固得很，一点都不听。'我没有犯过这种罪，所以没什么好认罪的'，据说她是这么说的。"

"真可怜。或许她真的是清白的呢？"

"不清楚了。从事我们这个行业，清楚地知道人是会口是心非的，渐渐地就不相信人了。犯人往往是那个直到最后都声称自己是清白的人，而且其中非常多的人都是无知的女人。尤其是，君香虽然是从女子学校毕业的，但由于接踵而至的厄运与迫害，已经变得自暴自弃了。她怀着一个错误的想法，认为警察也好、法官也好，所有人都是自己的敌人。说可怜吧，她也挺可怜的，但这钱究竟是不是她偷的，直到最后也没弄明白。"

"那么，后来怎么样了？结果呢？"

"被判有罪，服刑六个月。"

"没有上诉吗？"

"她已经没有继续上诉的力气了，所以接受了判决。但是，我记得她应该是过了三个月左右就出来了。"

"所以才成了有前科的人啊？"

"对的。不过啊，有个经常照顾她的人。"

"是什么人？"

"这就又是个离奇的故事了。那个人在判决没出来的时候就开始给她送慰问品之类的，总之挺照顾她的。哪怕到了政府选任辩护律师的地步，他也给伴野送了点东西表示感谢。估计是隐藏的供养人吧，可能是在她当艺伎的时候认识的吧。"

"既然这么照顾她，那帮她上诉不就好了吗？"

"就是说啊。这个供养人也是挺奇怪的。既然这么照顾她，那就再找几个律师，又或者是帮她上诉不就好了吗？但供养人消极得很。当她最后被判有罪，判决结果出来，要去监狱服刑的时候，这个供养人又突然变得积极起来，为了让她早点离开监狱，似乎花了不少力气。她一离开监狱，供养人就马上把她带去东京了。"

"供养人叫什么名字？"

"我忘记名字了，你问问伴野估计就清楚了。"

"这还真是个奇怪的故事。"

村桥陷入了思考。

诡异之物（一）

刚回到家，村桥就收到了麻里子的加急信。信中写了熊丸和爱子出去旅行的事情，以及她寂寞得很，因此希望村桥今晚能住在自己家。而且这件事，熊丸也是应许的。

村桥想了一会儿，最后决定去一趟。他拿上手提箱，离开了家。时间已经过了下午六点，差不多是接近黄昏的时候了。

正当他想要拦下一日元出租车的时候，背后传来一声呼唤："老师！"

他转过头，发现站着的是森川刑警。

"呀。"

"老师，您要去哪里吗？"

"对，有点事。"

"是要去旅游吗？"

"没有，只是要去趟熊丸先生那儿。"

"去熊丸先生那儿吗？那您拿着包有点奇怪啊。"

"我要住一晚。"

"是吗？"

"因为熊丸先生不在家，夫人就把我叫去当保镖了。"

"原来是这样啊。"森川刑警像是松了一口气，"我还以为您又要出去旅游了，吓了一跳。"

"怎么说？这事也不至于让你吓一跳吧？"

"老师，"森川刑警不愿回答村桥的问题，"请您务必小心。"

"小心什么？"

"不说这个了，老师，您能带我一起去吗？"

"可别开玩笑啦。带刑警去的话多为难啊。"

"可是那个家是怪物的家。首先接待室里就蹲着一个有些诡异的大蛤蟆，而且，庭院里，老师，还有真的蛤蟆在那儿蹦来蹦去的。再加上，还有传闻说，到了月夜，会有怪物在庭院里走来走去呢。"

"你是在恐吓我吗？"

"不是恐吓您，我的意思是，老师，请您务必小心些。您已经被人盯上了。"

"被谁？"

"被昨晚那个女人。"

"你是说，昨晚那个女人在熊丸家？"

"我想应该不会有这种事，总之很危险。您一个人去的话很危险。"

"嗯。"

村桥心想，森川刑警似乎并不仅仅是出于工作原因，而是真的在为自己担心。

"那就这样吧。我跟麻里子女士谈一谈，她同意的话你再进去。"

"那就麻烦您了。"

村桥和森川刑警共乘一辆一日元出租车出发了。

麻里子似乎等得心焦，前往玄关迎接村桥。当她看到森川刑警的时候，表情变得有些奇怪。

"这是森川刑警。"村桥开口道，"听说您这里没有人，他说今晚需要严加防范。"

"是吗？那真是辛苦他了。"麻里子别有深意地看着刑警的脸，"对哦，真难得，那就麻烦您多加防范了。您是在外面防范呢，还是来家里防范？"

"我哪边都可以。"森川刑警开口道。

"在外面多不好啊，还是让他进来吧。"村桥开口道。

"是吗？那就请进吧。"

村桥被引到了麻里子的客厅，而森川刑警则被引到了那个有蛤蟆的接待室。

村桥向麻里子说道："惹您不快，实在不好意思。我刚出门就被那个刑警逮到了，我说要在熊丸先生那儿住一晚，他就说，务必让他帮忙防范。"

"是防范我吧？"

"没有这回事。那个男人只是担心我，毕竟有镰仓的那起事件在——"

"算了，随他吧。说来，老师，您先用餐吧。估计您饿了吧，刑警先生要怎么办呢？"

"不清楚，怎么办呢？"

"让小花去问一声吧。如果他还没用过晚餐，就给他上点菜，这样可以吗？那么，请去餐厅吧。"

餐厅里已经备好了各种各样的山珍海味。一到用餐的时候，麻里子就变成了一个非常体贴的夫人，十分照顾村桥。

"熊丸先生去哪里了？"村桥若无其事地问道。

"好像去了大阪那边。"麻里子回答道，"这些事情都无关紧要啦。老师，我们打麻将吧？"

晚上八点左右，增美、泷子、纪美子这几位相熟的小姐夫人也过来了。大家打完一庄 ① 麻将，都回去的时候，时间已经快到晚上十一点了。

像汹涌的潮水一下子退去了一般，周围突然冷清下来。

"多在这里待会儿也好啊。"麻里子不过瘾似的说道。

"嗯，不过时间也晚了。"

"大家真是没同情心，看我那么寂寞，都丝毫没打算要安慰一下我呢。"

村桥不知道怎么回答，因此沉默着。麻里子申诉似的说道："老师也是，一点都不同情我呢。"

麻里子是那种需要同情的女人吗？他想了一会儿，含混地回答道："没有这回事。"

"不，就是这样的。"麻里子断言道，"老师，您一点都不同情我。您觉得我是个幸福的女人。"

"幸福——我觉得您应该是幸福的。"

"不是的。老师您误解了。我，一点都不幸福。昨天晚上也是——"

---

① 一庄麻将为十六局。

说到这里，她突然闭上了嘴。

"啊？"村桥追问道，"您说昨天晚上怎么了吗？"

麻里子并没有回答的打算。

她叹了一口气："睡吧。毕竟醒着也挺无聊的。老师的卧室在二楼，我让小花给您带路——就麻烦刑警先生睡一楼了。"

跟着小花上二楼的时候，村桥突然想到，自己可以试试看能不能从小花口中问出点什么："栗井先生还好吗？"

"他很好。"小花点了点头，但很快又补了一句，"只是这两三天，他说有点累，所以晚上早早地躺下了。"

"原来如此。毕竟发生了许多离奇的案件，他年纪也大了，所以身体受影响了吧。小花小姐，你没事就好。"

"是的，托您的福。不过，我还是有些害怕。"

"司机先生呢？他怎么样？"

"您说留冈先生吗？在那之后没过多久，他就被放出来了。但是老爷不在家，所以他得了两三天的假，昨天回老家去了。"

"那么，老爷两三天都不会回来吗？"

"听说是这样的。"说完后，她又踌躇了一会儿，最后才开口道，"老师，您没事吗？"

"你指什么？"

"不知道为什么，我总觉得害怕，总感觉今天晚上又要发生什么案件了。"

"'今天晚上又要发生什么案件了'吗？你会这么想的原因是什么？"

"不，没有什么原因——只是觉得有些奇怪。"

"奇怪？"

"我们在背后说的事情，老爷都知道得一清二楚。一开始我们还以为是谁把这些事告诉了老爷，互相注意了一阵子，但似乎不是这样的。我只是举个例子啊，就像现在，我和老师您说的这些事，说不定老爷已经知道了。"

"你的意思是，在你们不知道的情况下，有人偷听了你们的对话？"

"就是这样的。只是，老师，我们根本看不到那个人在哪里。"

"原来如此。这就奇怪了。"

"我总觉得，这些都是那个恶心的大蛤蟆干的。毕竟，老爷特意将那个讨厌的东西摆到了接待室。"

"这我就不清楚了——"

小花打了个冷战："啊，好冷。我告辞了。我可能是感冒了吧。那么，老师，祝您好梦。"

村桥目送着小花离开，直到再也看不见她的背影为止。不知是不是自己的错觉，总感觉她的影子似乎有些稀薄。

卧室里摆着舒服的床，立灯的光芒透过桃粉色的灯罩，温柔地洒在地面上。

窗户依旧开着。从窗户望去，天空黑黢黢的，连一颗星星都看不见。眼前是茂密的树林，其中有几棵树亭亭而立，高度已经超过了二楼的窗户。地面也是暗蒙蒙的，只能看到一片漆黑。

村桥关上窗户，拉上了窗帘，接着打开手提箱，换上里面的睡衣后，这才关上灯，躺在床上。但他怎么都睡不着。

诡异之物（二）

村桥在床上翻来覆去，似乎渐渐进入了梦乡。他梦到爱子出现了，摆出"来追我呀，来追我呀"的样子，于是他就追着爱子离开了。不知何时，她变成了麻里子，而他到了悬崖边缘，进退维谷。正在此时，一个分不清是人是兽的怪物出现了。村桥一个接着一个地做着这些离奇的梦，接着他突然睁开了眼睛。

四下一片漆黑。明明一切如常，但他的心脏跳得很快。他立刻打开了电灯，但周围一切如常。他看了一眼手表，现在是凌晨两点。

但他心中的悸动一直没有平复。不知为何，他觉得十分不安。

他鼓起勇气，从床上爬了起来，关掉电灯后靠近了窗边，悄悄地拉开了窗帘。

这时，距离窗户不远的树上，一个怪物正灵活地向下爬去。说它是猴子吧，它的体形却大得多。

"啊！"

村桥不由得喊出声来。

怪物正灵活地向下爬去，转过头的那一瞬间，村桥看清了它的脸。它居然是个没有眼睛也没有鼻子的野箆坊①！尽管天空黑黢黢的，但在一片黑暗中，它诡异的脸格外清晰。

村桥的身体簌簌地颤抖着。他虽然没有过人的胆魄，但绝不

---

① 野箆坊，日本妖怪之一，相传其外表如同普通人类，但脸上无眼睛、嘴巴、鼻子。

是个懦弱的人。可是此时，他的身体止不住地发颤。这已经不是因为害怕或是恐惧而导致的了，这是超越了情感的、发自本能的颤抖。

过了一会儿，他终于止住了颤抖。

该怎么办？那个怪物是住在宅邸中的吗？又或者是从外面进来的？那个怪物就是杀害了新山侦探的犯人吗？如果真是这样，那个怪物应该是人类。毕竟，他用锋利的、日本刀般的工具，"唰"的一下切下了新山的头颅。但是，那张脸呢？那张没有鼻子、没有眼睛的空白的脸呢？

去庭院看看吧。

这个想法刚一浮现，村桥就想起了爱子说过的话。不要在熊丸宅邸过夜。如果去了，那就千万不要去庭院。

那个怪物是想夺取自己的性命吗？只要自己不前往庭院，它就不会闯入宅邸袭击自己吗？

它为什么要爬到距离这个房间不远的树上去呢？难道不是准备趁着村桥睡着的时候，闯入这个房间吗？

无论如何他都不能大意。怪物也有可能从楼下入侵。而且，不知道这怪物是人是兽，说不定它还会袭击麻里子。无论如何，自己不能再干等着了。

村桥脱下睡衣扔在一旁，迅速换上了衣服和裤子。接着，他轻轻地打开卧室的房门。走廊里亮着灯，所以还算明亮。在确认了外面没有其他人以后，村桥离开了房间，小心地沿着楼梯向下走去。

村桥有些后悔，自己为何没有提前询问森川刑警睡在哪里。

但他也不能敲响麻里子或小花的卧室门，而且敲错房门的话也会惹麻烦。

尽管他对宅邸有着一定的了解，但因为宅邸过于宽阔，他毫无头绪。

幸而到处都亮着灯，因此他提防着周围向前走去。突然，村桥站住了。

像是接待室附近的地方，居然亮着灯！

一瞬间，村桥毛骨悚然，感觉自己的血液都冻住了。很快，他就重新振作起来，一边打量着接待室，一边向前挪移。

他将耳朵贴在门上，听情况，里面的确像是有人的样子。

是怪物吗？

村桥有些后悔自己为何没带些短棒什么的，但还是鼓起勇气，"啪"的一声打开了房门。

房间里的人吓得跳了起来，他转过头来，摆出了防御的姿态。这个人居然是森川刑警。

"啊，森川君。"

"啊啊，原来是老师啊。"森川刑警轻轻地拍了拍自己的胸口，"差点吓破胆了。"

"你在这里干什么？"

"看到了一个诡异的东西，所以才过来的。老师，您怎么起来了？"

"我也看到了一个诡异的东西。你看到的东西是在家外面还是在家里面？"

"在外面。它在我窗户外面窥伺我，紧紧地贴着窗户，脸都被挤变形了。虽然说是脸，但我也不确定那东西能不能叫脸——"

"就是这家伙。这家伙灵活地爬上了树，在窥伺我的房间。"

"是吗？我立刻就起床了，紧接着就来这个房间了。这个房间最靠近庭院，我担心那家伙说不定会从这里进来——"

"那就是你说的传闻中的怪物吗？"

"一定就是它。传闻说它会在月夜出来，没想到漆黑的晚上也会出来啊。"

"传闻说的'会在月夜出来'，估计是因为在月夜能从外面看清这里吧。这家伙肯定随时都能出来。"

"老师，麻烦您盯着里面。我去庭院看看就回来。"

"等等。"村桥连忙阻止道，"这家的庭院有几千坪呢，你一个人是找不到的，而且有新山君的例子在。不行，你不能一个人去。"

"但是，老师。"

"不行。而且，这不是只在今晚才发生的事情。等天亮了，让很多人一起搜查就行了。只要它还躲在宅邸里，就一定能找到的。"

"不会被它逃了吗？"

"什么'逃了'？你想想那张脸，它应该哪儿都去不了。比起这件事，森川君，你更应该看着宅邸，以防今晚它进到房间里来。"

"原来如此，说的也是。"

"而且麻里子女士也在，要是谁受伤了就不好了。毕竟我们也是为了这个目的来的。"

"我明白了。那该怎么防止它进来呢？"

"必须守好最容易从庭院进来的位置。只是，这还不够。我们不知道它会从哪里进来。"

"我们来想想那家伙的目的吧。它盯上的是谁？"

"应该不是这个家的人。如果是这个家的人，那就没必要挑今天，应该什么时候都能下手才对。"

"那么，就是我或者老师了。"

"我猜，应该是我。"

"不，也有可能是我。毕竟有新山的例子在。"

"那在天亮之前，我跟你一起在这个房间里守着吧。要是麻里子女士的房间或是别的房间里有动静，我们再跑去那里。但是，我想它盯上的一定是我们，我们在这里防着吧。"

"好的，就这么办吧。"

"你跟着一起过来真是太好了。"

村桥看向森川刑警的脸，刑警的脸色十分苍白。村桥想，自己现在的脸色估计也苍白得很吧。

村桥看向壁炉架子上的时钟。现在是凌晨两点半。

森川刑警追着村桥的视线，一同看向了时钟："距离天亮还有两个小时吧。"

"我们把电灯打开吧。"一股前所未有的不安感突然涌上了村桥的心头，"我总觉得被盯上的应该是我。"

"这么想来，是怎么回事？这是熊丸的计划吗？"

"啊？"村桥一时间没有理解森川的意思，怔怔地盯着对方的脸，最后才反应过来，"啊啊，是这样啊。你的意思是，熊丸是故意离开了家，好让我过来替他看家？"

"我猜是这个计划。"

但是，村桥想到，请求自己帮忙看家的人不是熊丸，而是熊丸的夫人麻里子。这么想来，麻里子应该是熊丸的同伙，与熊丸合谋想要伤害自己。尽管麻里子做过不少令人费解的举动，可村桥总觉得对方不会是那么坏的女人。

这时，村桥突然想起了另一件事情。

昨天夜里，在"咖啡·秋季"一片漆黑的时候，麻里子被那个可疑的女人重击了后脑勺，陷入昏迷后，女人脱下她的衣服并给她换上了红色衣服，然后让她倒在了地板上。哪怕那个女人再怎么机敏大胆且难缠，脱下自己的衣服后，再穿上从麻里子身上脱下来的衣服，这本身已经很难办到了，她居然还特意给麻里子穿上了自己脱下的衣服再行离开，这就显得非常奇怪了。在不知道照明什么时候会恢复的情况下，并且在一片黑暗中，这些行为不是轻易能做到的。综合这些事情来考虑，尽管为了逃离，她有必要穿上麻里子的衣服，但没必要特意替麻里子穿上自己的衣服。至少，在那么危险的情况下，这一行为并不是必要的。想到这里，村桥的心跳加速了。

没错，红色衣服是麻里子自己穿上的！在黑暗中，那个可疑的女人和麻里子急忙互换了衣服。一定是这样的！

想到这里，他又仔细回想了一遍昨晚发生的事情。当麻里子听到他说要开始抓人了，就立刻站起身说要去洗手间，这也很奇怪。在那个时候，正常人应该会老老实实地待着，毕竟马上就要开始抓人行动了。要是自己随意起身离席，不知道会被牵扯进什么事情里去。她本应该老老实实地坐在村桥身边的。但是，麻里子特意起身离席了！

村桥感觉仿佛有人狠狠地朝着他的头打了一拳。麻里子的确是怀着某种目的才起身离席的！她的目的是什么？不用说也知道，是为了帮助那个可疑的女人逃离那里。

对了，切断电灯电线的也是麻里子。一定是这样的。

她装作去厕所的样子，趁着侍应生和女服务员的注意力都放在马上开始的抓人行动上的间隙，飞快地割断了电线。接着，在一片漆黑中，她幸运地遇到了逃离包围圈的女人，和女人悄悄地商量好后，飞快地交换了身上的衣服，接着，麻里子装作昏倒的样子。

村桥再三思考了昨晚发生的事情。除了麻里子的昏倒是他臆测的，在其他事情上，特别是在协助可疑的女人逃亡这件事情上，所有逻辑都是吻合的。

麻里子虽然装出一副毫不知情的样子，但她显然是熊丸的同伙！而请求村桥来帮忙看家，这件事也是一开始就计划好的。

但是，等等。

村桥转念想到：当麻里子看到村桥和森川刑警一起过来的时候，虽然露出了不太开心的表情，但她也没有表示强烈的反对，就让刑警进了家里。此外，她还叫了兼田、今井等朋友来家里打麻将。要不是朋友们拒绝，她还准备跟朋友们奋战到天明。她应该是早就料到朋友们会拒绝她的提议，所以在约朋友们出来的时候，没有坦言要彻夜打麻将。这么想来，她的举动并不像是想把村桥诱骗过来，让村桥命丧怪物之手的样子。

尽管麻里子演了一场戏，帮助可疑的女人逃离，这一点是不容置疑的，但她是否存心诱骗村桥过来，想谋害他的性命，这一点还有待商榷。

"我总看不惯这东西。"

正当村桥的脑子里拼命思考着的时候，耳边突然响起了森川刑警的声音。他惊讶地抬起头，发现森川正站在那个诡异的大蛤蟆前面，静静地打量着它。看到村桥一直没说话，他才从位子上站起身，走到了蛤蟆旁边。

"真是个看着不讨喜的东西啊。"森川刑警继续说道，"总感觉它好像还活着。"

"你说的对，"村桥开口道，"真是个不讨喜的东西。"

"呀，老师。"说着，森川刑警看向村桥，"您得出什么结论了吗？"

"结论？"

"对的。老师，您不是陷入了沉思吗？所以才问您，想法是不是整理清楚了？"

"不，倒也不是在想这件事情。我刚刚想的是些不重要的事情——不过，我总觉得这蛤蟆像是还活着。你看它的皮肤，莫名感觉上面还有一层黏液一样，不像是人造的吧？"

"应该是人造的吧？"

"应该是的吧。这么大的蛤蟆，应该不会真的还活着吧？看着也不像是剥制的，也不像是风干的，只可能是人造的了。"

"其实，我也是这么想的。如果是人造的，做得也太逼真了吧。老师，这家伙背后可能有什么隐情呢。"

"我以前也这么想过，但是——"

"这家伙肯定和那个怪物之间有什么联系。"

"可能是这样吧。"村桥点头道，"但是，究竟有什么联系呢——"

说到这里，村桥突然听到宅邸某处传来了一声女人的尖叫。

村桥和森川刑警两人立刻对视了一眼。

诡异之物（三）

村桥和森川刑警两人立刻对视了一眼，村桥立刻开门道："是麻里子女士！"

话音刚落，他就冲出了房间。森川刑警跟在他的身后。

尽管村桥跑到了走廊，但不知道麻里子的卧室在哪儿，因此有些迷茫。很快，他就朝着声音传来的方向跑去。

"谁……有谁在吗？"叫声再次传来。

正在这时，两人正好跑到了房间附近。房间的门开着，麻里子正穿着睡衣，摇摇晃晃地逃了出来。

"您……您怎么了？"村桥立刻跑到麻里子身边。

"啊，老师。"麻里子的脸色比纸还白，"好……好可怕，有……有怪物——"

"在……在哪里？在房间里吗？"

"我……我，"麻里子像是这才回过神来，"呀，多丢脸啊——我居然穿着睡衣就出来了——"

"它在哪里？在房间里吗？"村桥激动地问道。

麻里子摇了摇头："不，不是的，不是这样的。是……是外面。有个长着非常可怕的脸的，不知道是人……人类还是野兽的东西，在……在往里面看——"

"是这样啊。"村桥松了一口气，"在外面的话就没事的。别怕，它不会进来的。"

"那……那究竟，是什……什么？"

"我不知道。就在刚才，我们也被它窥伺了。"

"呀，您二位也是吗？"

说完，麻里子这才抬头看了森川刑警一眼，连忙向村桥说道："老师，实在不好意思，能请您来客厅吗？另外，能麻烦那位先生帮忙看着周围吗？"

村桥点点头，向森川刑警说道："森川君，夫人现在情绪非常激动，我先去客厅，等夫人冷静一点再说。能麻烦你帮忙注意一下怪物吗？虽然我猜它应该不会进来。"

"明白了。"刑警点头道。

村桥陪着麻里子，一起朝着麻里子的客厅兼接待室走去。

刚进入房间，麻里子就像散了架一般坐进椅子里，深深地叹了一口气："让您担心了，实在是不好意思。不过，今天有老师您在，真是太好了。"

"没事的。"村桥安慰道，"天马上就要亮了——"

"老师，您说您也看到它了？"

"对的。虽然身体像是人类的身体，但是没有眼睛，没有鼻子，什么都没有，是野箆坊的——"

"啊啊，好可怕。"麻里子靠在村桥身旁，"是……是这样的吗？那……那它到底是什……什么？"

"等天亮了就知道了。也有可能是谁的恶作剧，想要吓我们一跳呢。"

"我觉得应该不会是恶作剧。天亮之前它真的不会进来吗？"

"您放心。就算它进来了，还有我和森川君在呢。而且，天马上就要亮了。"

"但是，好可怕啊。我好害怕啊。不能再来些其他人吗？"

"麻里子女士,"村桥静静地看着麻里子的脸,"您真的是第一次看到那个东西吗?"

听到村桥问自己"是第一次看到那个东西吗"的时候,麻里子像是被弹开了一般,立刻坐直身体:

"您……您指什么?"

村桥有些被麻里子激烈的气势所压倒:"我是问,您今晚是第一次看到那个怪物吗?"

"当然了。您为什么这么问?"

"没什么。"村桥有些犹豫,"我觉得那个像怪物的东西,可能不是今晚才出现的,说不定是经常造访这里——"

"呀,老师,您的意思是,这个家的庭院里住着那个怪物吗?"

"我觉得有这个可能性。这是因为——"这时,麻里子想要开口说些什么,村桥制止了她,"附近已经有类似的传闻了。"

"附近?呀,您的意思是,附近有传闻说,这个家里会出现怪物吗?"

"对的,所以——"

"不,我不知道。我今晚第一次看见那个可怕的东西。"

"其实,"说到这里,村桥有些犹豫自己是否该开口,最后他终于下定决心,"松岛小姐似乎也看到过它。"

"啊?松岛小姐吗?"

"对的,您想,新山被杀的那天晚上,松岛小姐不是尖叫了一声吗?"

"是的,是的,我记得。也就是说,那时候——"

"对的,好像那时候,它就在庭院窥伺着房间呢。"

"呀,也就是说,从那时候开始——"

"那时候，兼田等女士们的随身物品不见了吧？"村桥像是正在思考着什么一般，缓缓地说道，"现在想来，那应该是今晚您看到的那个怪物偷的。"

"啊？您说什么？"

"那时候我一头雾水。我和松岛小姐两人虽然有嫌疑，但我们两人绝对没有做过这种事。我猜，松岛小姐进入这个房间的时候，正好是怪物拿着其他人的随身物品，准备逃离的时候。然后在停电的时候，它又偷偷将东西放回了桌子上。"

"但是，它为什么要这么做？"

"我不清楚。说不定，它就是想让我或松岛小姐背上盗窃的嫌疑。"

"我很难相信会有这种事情。一个不知道是野兽还是人类的怪物，真的会有这种头脑吗？而且，它是出于什么目的，才要让老师或松岛小姐背上盗窃的嫌疑呢？做这些事情，对它有什么好处吗？"

"这我就不知道了。但是，我还清楚一件事。杀害新山君的就是那个怪物。"

"啊？它……它，为什么要这么做——"

"那时候，庭院里空无一人。不，空无一人只是我们自以为的判断，其实那个怪物正在庭院里候着。就是它杀害了新山君。杀害新山君的犯人没有从外面闯入的迹象，那时候在这个宅邸里的人也都没有去过庭院。杀了那家伙的，就是怪物了。不会有错的。"

"可是，老师，新山先生是被用刀切下了——"

"是这样的。所以说，那个怪物是人类。"

"啊?"

"只是偷东西的话,猴子也能做到,但要一气呵成地用刀切下别人的头颅,只有人类能做到。而且,要做到这点,必须有相当的剑道经验才行。那家伙一定是人类!"

尽管村桥断言怪物就是人类,但麻里子似乎依旧有些无法接受:"但是,它的脸——"

"可能是戴了面具,也有可能是化了特殊的装。总之,可以确定的是,他一定是人类。"

"是这样吗?"

"还可以确定的是,他不是从外面进来的,而是早就住在了这个宅邸的某处。"

"这……这种事,怎……怎么可能呢?"

"麻里子女士,"村桥再次严肃地看着麻里子,"您真的是今晚第一次看到那个怪物吗?"

"呀,您还真是个多疑的人呀。"麻里子回瞪着村桥,"我说谎也没用呀。要是我在这之前就看到过它,今晚就不会吓到了吧?"

"我也很想相信您——"

"您的意思是,您没法相信我咯?呀,真过分,您不相信我哪一点呀?您为什么不相信我?"

"因为您撒谎了——"

"您……您什么意思?"麻里子情绪激动,逼近了村桥,"我什么时候撒谎了?"

"我相信您说的,您是今晚第一次看见那个怪物,但——"

"您为什么说您不相信我?"

"是因为昨晚的事情。"

"啊，"麻里子的表情突然变得狼狈，但很快又恢复了原样，"您的意思是，昨晚我做了什么吗？"

"昨晚，您为何起身离席？"

"起身离席？"

"我说马上要开始抓那个红衣服的女人了的时候，您就突然站了起来，不是吗？"

"是的，我是要去洗手间。"

"我当时也是这么想的，但是，麻里子女士，您是为了别的目的才站起来的吧？"

"老师。"

"麻里子女士，我相信您。我认为您绝不是那种会做坏事的人。但您为什么要对我有所隐瞒呢？请您将一切都告诉我吧。我绝不会随意将这些话告诉别人的。我绝不会做不利于您的事情。"

"……"

"您不愿意说吗？麻里子女士，我知道的。您装作去洗手间的样子，用小刀切断了电灯的电线，把房间变得一片漆黑，接着和那个逃跑过来的红衣服的女人迅速交换了衣服——"

麻里子突然从椅子上站了起来，但又晃晃悠悠地倒在了椅子上。

"麻里子女士，如果您是以脱下衣服的状态躺在地上，我是不会做出这种推理的。您应该是怕丢脸，不愿只穿着内衣倒在地上，所以穿上了对方的衣服。所以我才觉得不对劲儿。在那么紧迫危险的场合，不知道照明什么时候会恢复，而且是在一片漆黑中，对方为何要为昏倒的您穿上衣服呢？要是冒着风险也非做不可的事，那就另说，但这只不过是一件可以置之不理的事情罢了。红衣服的女人只要能逃出去就行了，只要能趁着照明还没恢复的时候逃出去，那么在那之后，无论您是穿着衣服躺在地上，还是光着身子躺在地上，都与她没有任何关系。麻里子女士，您是在有意识的情况下与那个女人交换衣服的吧？麻里子女士，告诉我真相吧。"

"老师。"

麻里子"哇"的一声哭倒在椅子上。

麻里子的坦白

"麻里子女士、麻里子女士。"

麻里子哭得上气不接下气。村桥温柔地抚摸她的背："我绝不会告诉其他人这件事情。不要哭了，不要哭了。告诉我原因吧。"

麻里子又哭了一阵子，最后才变成了抽泣。她的肩膀还在剧烈地颤抖，但她渐渐停止了哭泣，突然抬起了头。她的脸色苍白得过分，或许是因为刚刚以袖拭泪，有几束头发散落在额前，脸上还残留着没有干透的泪痕。看到这幅夺人心魄的凄美景象，村桥打了个冷战。

"老师。"

麻里子喊了一声。接着，她像是在拼命压抑着自己的情绪，沉默了一会儿，又一次喊道："老师。"喊完，她才继续道，"事情就像您说的那样。"

"啊，那么——"

尽管做出这一推理的是自己，但当对方干脆利落地承认下来的时候，村桥反而有些狼狈了。

"对的。"麻里子点了点头，"老师，您明察秋毫，我的确帮了那个人。"

"是这样吗？"

"我的方法您也察觉到了。和您说的一样，只穿着内衣倒在地上，我觉得不好意思——现在想来，真是干了一件蠢事。别说穿着内衣了，哪怕我是光着身子倒在地上，也不会有人在意吧？我毕竟是个女人。还好只有老师您一个人发现了，要是被警察注意到，就不得了了。"

"幸好，警方丝毫没有对您起疑心。但您和她，到底是？"

"我跟她是敌人关系。"

"啊？是敌人？"

这又是个出乎意料的回答。明明是敌人，居然哪怕违法都要帮助她！

"既然你们是敌人，为什么还要帮她？"

"老师，"麻里子似乎又要哭出来了，她拼命压抑着哭泣，"正因为我们是敌人，所以我哪怕冒着危险，也必须帮她啊。"

这么做的理由是？村桥特意没有将这个问题问出口，静静地看着麻里子。

麻里子试图压抑自己内心的动摇，但——

"老师，那个女人是熊丸的——"说到这里，麻里子露出痛苦的表情，"是熊丸的夫人。"

"啊？"

村桥吓得几乎要从座位上跳起来。

在那之后，麻里子冷静了不少。

"老师，您也很意外吧？那个女人叫小咲，确确实实是熊丸的夫人。"

"那么，那么，您是……"

"我是第二任夫人。"麻里子自嘲似的说道。

"我……我听说过这件事。"

村桥突然想起他曾从高岛警部那里听来的话。麻里子是在三年前，上一任夫人在熊丸宅邸发生的火灾中被烧死后，才进入这个家的。在那之前，她只是小妾。

"但是，我听说，第一任夫人过世后，您与熊丸先生领了结婚证。"

"熊丸也没有和被烧死的夫人领结婚证。小咲是熊丸户籍上的夫人。"

熊丸与妻子只是同居了很长一段时间，被周围人称作是关系很好的夫妻，但他们并不是真正的夫妻！村桥哑然了。

"实在是难以置信。我听说熊丸先生和被烧死的夫人度过了十五年圆满的婚姻生活，夫人不仅美丽，而且是位贤惠的女性。"

"这一点是没有错的。"

"而且在发生火灾的时候，熊丸先生听说自己的夫人被火焰吞噬后，冒着生命危险冲进了火焰中，不是吗？"

"对的，这一点也是没有错的。"

"但您说他们两人只是同居的关系，实在是难以置信。"

"这个世上没有任何人知道，和熊丸先生结婚是件多么不幸的事情啊。"

"您是在说小咲女士吗？"

"对的，虽然说这些事情不太好。小咲女士曾是个艺伎，还在陪客人喝酒的时候，她就认识熊丸了，最终，两人结婚了。结婚以后才发现，两人年龄不同，爱好与性格也合不来，很快熊丸就提出了离婚。小咲女士怎么都不愿意答应。她无论如何都不肯将自己的户籍迁移出去。最后她说，如果户籍还是保持原样，她同意分居。"

"同意分居，但是不同意迁移户籍，这是为什么？我不理解她的想法。"

"我也不是特别理解。那种地方长大的人的想法，和我们是不一样的。或许是为了长久地折磨熊丸，又或许是想着熊丸总会回到自己身边来吧。也有可能是因为和熊丸离婚的话，她只能拿到一笔赔偿金，只要她不离婚，就永远不用担心钱了吧。我猜应该是钱的问题。"

"然后，熊丸先生在户籍保持原样的情况下，跟她分居了，接着迎娶了新的夫人？"

"对的。"

"但我听说，过世的夫人是将军的女儿，也就是军人的女儿啊。亏得那位夫人和她的父母会答应这件婚事啊。"

"我猜，最开始他们估计还不知道有这回事吧。当然，之后肯定是知道了的，但已经来不及了。况且，说幸好也不太合适，但熊丸和小咲女士两人之间没有孩子——"

"这么说来，那你——"说到这里，村桥有些迟疑，但很快又重振精神，"你和熊丸先生认识的时候，还不知道小咲女士的事情吧？"

"对的。"麻里子苍白的脸上泛起了血色，点头回答道。

村桥心中燃起了对熊丸的怒火。明明已经有领了结婚证的法律意义上的夫人，却隐瞒了这一点，将良家的淑女迎娶回家，这已经很过分了。此外，他还有麻里子这样的女人作为小妾，这是个多么无耻的男人啊。这么想来，他深深地爱着过世的夫人，并在发生火灾的时候为了救夫人而冲进火场这一点也十分可疑。正如之前被怀疑的那样，熊丸应该是为了骗取保险金才这么做的吧？他冲进火里，应该也不是为了救夫人，而是为了杀害夫人吧？结合迄今为止熊丸的态度和从麻里子那里听到的话来看，这一种可能性非常大。

"那个叫小咲女士的人，她很可怕。"这时，麻里子突然颤抖着开口道，"虽然我也不认为熊丸是个好人，但他肯定不是那种会犯罪的人。要是熊丸做了什么，那一定是小咲害的，一定是小咲逼得他不得不这么做。那个人真的是一个很可怕的人。"

"她真的是个很可怕的女人。"村桥点头，"我也是，不知道为什么，她把我活活地埋进了土里。萱场警部差点也跟我落得一个下场。"

"那个人在想些什么，我也搞不明白。"麻里子用几乎要消失的声音说道，接着，她又恢复了正常的音量，"为了让熊丸离开那个女人，我费了很多力气。或许在那个人看来，我做的这些努力都是出于嫉妒或是自私吧，但我是为熊丸考虑的。如果不从那个女人手中解放熊丸，他肯定会被卷进去，最后变成那种会做坏事的人的。但是我失败了。那个人现在肯定恨着我。您不知道，我是有多恨那个女人。我们两个是敌人，是宿命的仇敌。"

"我清楚地理解了。你们两个是敌人，绝不可能成为朋友或是有所合作。那么，您为什么还要帮助那个女人逃跑呢？"

"那个人将熊丸让给了我。虽然之后想来，让我如此痛苦的也正是这个原因，但那时候，我的确受过她的恩情。之前那位夫人过世后，那时只要小咲女士有这个意思，她就能回到熊丸家，但她没有选择这么做。户籍上怎么写是另说，至少在外界看来，我是作为熊丸的正妻进来的，这是托了那个人的福。所以我是欠着她的恩惠的。"

"原来如此。是这么一回事啊。"

"尽管我像恨着仇人般恨着小咲女士，但我必须背负她这个恩情。只因为受过她一个恩情，所以我一直在小咲女士面前抬不起头来。之前那个晚上，听老师说，警官们已经包围了小咲女士的时候，我想这就是个好机会了。我也犹豫了很久，该不该救这个警方的通缉犯，这个可恨的罪犯。如果错过这次机会，小咲女士被警方抓住了，我就永远没有机会还清我心中的这笔债了。而且，哪怕这次我将她救了出来，之后她肯定也会被警察抓住的。就一次，就帮她那么一次。只要救了她，我就能还清我心中的这笔债了。出于这个想法，我才起身的。"

麻里子的眼睛里泛着泪光。对于麻里子这副郑重其事的态度，村桥也不得不表示敬佩。

"我清楚地理解了。正如您所说的，无论小咲女士怎么逃跑、怎么躲藏，她总会被警方抓住的。长久以来积攒在您心中的这笔债现在终于还清了，我发自内心地替您高兴。"

"谢谢您。老师，真的谢谢您——"麻里子终于哭了出来。

"这个话题就到此为止吧。"村桥换了个话题，"您知道小咲女士到底在谋划着什么吗？"

"不，一点都不知道。"麻里子激烈地摇着头，"我觉得她应该在谋划一些不好的事情，但我一点都不知道。"

"熊丸先生也被卷入了，是吧？"

"是的，好像是这样的。这段时间里，熊丸什么都不跟我说。老师，估计您也察觉到了吧？我们现在是有名无实的夫妻，关系冷淡得很。熊丸他放任我随心所欲，似乎只要这样能让我满意，他就没有任何意见。但他以前不是这样的人，他是最近才彻底变了一个人的。"

"熊丸先生以前不是这样的人吗？"村桥问道。

"是的。"麻里子点了点头，"以前的他温柔得多。是小咲女士把他害成这样的。"

"松岛小姐呢？"村桥迟疑着，"她怎么样？她也变成了在谋划着什么的同伙吗？"

"呀，"麻里子瞪着村桥，"一谈到松岛小姐，老师您就在意得很呀。"

"没……没有这回事。"

"您不用掩饰啦。我呀，可羡慕松岛小姐了。"

"麻……麻里子女士。"

"您让我说完吧。与其说是羡慕，不如说是嫉恨，我嫉恨松岛小姐呢。"

"为……为什么？"

"因为，她是老师的心头好呀。"

"只因为她是我以前的学生，而且是那么懂事的一个姑娘，总觉得挺可怜的——"

"您就不觉得我很可怜吗？"

"在听到您刚刚说的话之前，我一直觉得您有着显赫的身份，但听完您的这番话后，我向您表示同情。只是，觉得松岛小姐可怜是不同的意思——"

"哪里不同?"

"松岛小姐似乎正在经受着严厉的迫害——"

"可我也正在被迫害着呢。"

"但……但是,松岛小姐似乎不能依靠自己的力量从迫害中逃离——"

"好了,好了,随您怎么说。但是,有一点我一定要跟您明说。松岛小姐不是老师您想的那种纯情的人。她可是熊丸的左右手。而且,小咲女士也在利用她办事情呢。虽然她长着一张似乎连虫子都不忍心杀害的脸,但您可别大意了。"

"我不这么认为。"

"遇上喜欢的人,谁都会没了判断力的。老师,您可别被骗了。"

"麻里子女士,求求您了,您就告诉我松岛小姐在帮他们谋划什么吧。"

"我不知道。"麻里子板起脸回答道,很快,她就辩解似的说道,"老师,可不是我不愿意回答您这个问题,我是真的什么都不知道。要是我试图探究这些事情,我也会遇上危险的。所以,我才故意装出一副一点都不关心熊丸在干什么的样子,装出一副什么都不知道的样子,这才被允许随心所欲地做一些自己想做的事情,从中获得些许慰藉呢。但这根本没法给我任何慰藉。女人啊,还是得找个可靠的男人,不然是没法幸福的。"

麻里子说的应该是真话。熊丸和小咲、松岛几人正在做些什么,将要做些什么,她似乎都一无所知。

等村桥回过神来的时候,天已经亮了。

麻里子站起身来,打开了窗户。早上清新的空气涌入了房间。

接着，她眺望着窗外的庭院："真是奇怪，只要天一亮，人就有勇气了呢。天还黑的时候，就连隔着窗户看外面都害怕得很，只要天一亮起来，就敢直视窗外了。昨天的怪物去哪里了？"

对了！村桥突然想起了这个几乎要被他抛诸脑后的怪物。

"哎呀，"麻里子开口道，"刑警先生也挺敏捷的呢，已经去了庭院，正在检查地面之类的地方呢。"

村桥站起身，走近了窗户。越过麻里子的肩膀，他的视线落到了在庭院里走来走去的森川刑警身上。

"我也去庭院看看。"村桥说道。

"好的，好的，您请便。"

村桥离开了麻里子，去了庭院。

森川正在树林里："呀，老师，早上好。怎么也找不到怪物去哪儿了。"

"毕竟这个宅邸大得很，一两个人是找不到的。不如向萱场君报告一声，让他多派些人过来，分头寻找吧。"

"那肯定是这个办法好，但这儿的老爷子烦得很，说什么要我们拿判事① 的逮捕令来。这种大工程，光凭警方的力量是做不到的。"

"我倒是觉得，我们能拿到逮捕令——"

"啊？"森川刑警看了村桥一眼，"您是发现了什么新的证据吗？"

"嗯，有了点儿新东西。我知道熊丸为什么要去镰仓的扇谷了。"

---

① 判事，基于 1947 年 4 月 16 日公布的《裁判所法》设立，是日本法官职位之一，现改称为法官。

"是这样吗?"

"也就是说,那个女人和熊丸之间是什么关系,我现在搞清楚了。所以,我觉得这次肯定能逮捕熊丸了。"

"这样的话,破案也指日可待了。"

"镰仓的那个女人的犯罪证据已经十分明确了,而熊丸与这个女人之间又有很深的关系,因此我们能逮捕熊丸。在那之后,我们就能对熊丸宅邸进行彻底的搜查了。到时候,我想我们应该能搞清楚那个怪物究竟是什么了。"

"那就拜托您了。"

"我去跟萱场警部说吧。这段时间就麻烦你在这里盯梢了。"

"好的。"说到这里,森川刑警突然像是非常不安似的说道,"老师,您别是打算用这些话把我稳住,准备自己逃跑吧?"说着,他挠了挠头,"其实,上级命令我不能离开老师身边的。"

"啊?"村桥惊讶道,"什么呀,原来你是在盯我的梢呀。萱场君也真是个坏心眼的人啊。别担心,我直接去萱场君那儿。接着,一切都会安排好的。你就放心吧。"

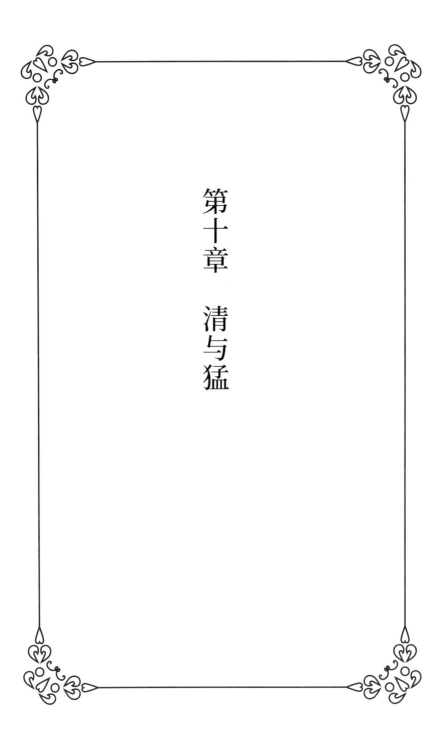

第十章　清与猛

户籍的秘密 (一)

周一晚上，让那个大胆且难缠的妖女逃脱后，萱场警部恨得咬牙切齿。此时距离丸之内发生的离奇案件，正好过了一周的时间。第二天，也就是周二的时候，萱场警部将部下们召集起来进行了勉励后，暗自下定决心，哪怕挖地三尺，也要找出那个女人的踪迹。正在这时，他收到了布宜诺斯艾利斯号的船长回复的电报。在这之前，他曾向布宜诺斯艾利斯号的船长询问过有关船员打扮的男人的消息。

船长表示，警方询问的这位自打在横滨港下船后就再也没回过船，先是在港口等了某人一段时间，紧接着朝位于东京的熊丸宅邸赶去的男人，他的名字是日向清。但船长只知道他的籍贯在埼玉县，具体的情况就不清楚了。他的年龄是五十岁，在三年前作为水手长登上了布宜诺斯艾利斯号。

萱场警部有些犹豫，他是先调查妖女的行踪好呢，还是先调查这位被推测为丸之内案件被害人的船员的身份好？仔细想来，警方已经确切地掌握了妖女的犯罪证据，现在的问题只剩下将她逮捕归案了。而在丸之内发生的离奇案件上，别说凶手的线索了，就连被害人的身份都不清楚。应该先解决这一案件才对。

萱场警部首先造访了位于浦和的埼玉县厅 ①。幸运的是，他很

---

① 埼玉县厅，相当于埼玉县的县政府。

快就知道了日向这一姓氏位于丰野村 ① 大字片屋地区，他是那儿的农夫甚吉的弟弟。

警部立即要来了日向甚吉一家的户籍誊本，振奋地朝着丰野村大字片屋出发了。

在距离东京仅仅十几里 ② 的地方，居然有着如此偏僻的农村，萱场警部不禁感到有些惊讶。这里从古代起就属于武藏野地区 ③，广阔的原野上点缀着武藏野特有的杂树林，小山丘连绵起伏，偶尔能看到河流围绕在山丘的边缘。要是没有电灯，这幅景象便与江户时代没有丝毫区别了。

在这片有着悠久历史的武藏野地区上，稀稀疏疏地立着几户农家。就算是邻近的农家，两家之间也隔着一町甚至两町的距离。

最后，警部终于找到了日向甚吉的家。这时，太阳已经快要落山了。

让警部感到失望的是，这个叫甚吉的人是一位已经年近七十的老爷爷，而且自从两年前中风后，他就一直躺在床上，不但没法挪动自己的身体，甚至都没法顺畅地说话。甚吉的夫人很久之前就过世了，只剩下长子、长媳以及孙子这三位家人了。不巧的是，长子前段时间刚去了隔壁的村子，现在不在家。

长媳是一位三十五六岁的朴素的女性。萱场警部展示了自己的名片，告知她自己是警察后，她就向老爷爷问道："爹爹，警察来问话了。他问您，爹爹您有弟弟吗？"

老爷爷躺在床上，只有眼球转向了警部所在的方向，接着向

① 丰野村，于 1954 年与南埼玉郡春日部町、丰春村、武里村、北葛饰郡幸松村合并，成为春日部市。
② 里，计量单位。一里在日本相当于 3.927 千米。
③ 武藏野地区，指荒川以南、多摩川以北，与东京都中心接壤的地区。

儿媳说道："在说……什么？我没有什么弟弟。"

由于中风，他的舌头没法自如地活动，光是说这句话就花了很大的力气，听的人也得费不少工夫。

"真的吗，爹爹？警察老爷说您有呢。"

"没有，没有。我是独生子。"

"爹爹说，他没有弟弟——"

儿媳战战兢兢地向警部说道。

"这就奇怪了。或许是老爷爷年纪大了，记性不好了？你看，户籍上写得明明白白的。"

"您说的对，既然户籍上写着，那可能是曾经有过吧。不过，他应该已经不在人世了吧。"

"嗯。"警部追问道，"对，或许已经不在人世了吧，但——"

"那么，应该就是在爹爹小时候夭折的吧，所以爹爹才不记得他了。"

"不，就在前段时间还活着。他的名字现在还在户籍上呢，没有不记得的道理。你呢？你听说过什么有关叔叔的事情吗？"

"咱没听说过。"

正当警部有些困惑，不知道该怎么办才好的时候，正好长子建吉回来了。

听完夫人的解释后，建吉向警部开口道："有关这个叫清先生的叔叔的事情，咱也没听说过。其实看到户籍的时候，咱也在想，怎么写着一个陌生的名字？咱也问过爹爹，但爹爹一口咬定说不知道。咱的爷爷是个非常顽固的老头，满脑子都是人情道义，不合道理的事情他绝不会沾手。所以，咱也不觉得他会有啥私生子。"说着，他看向了妻子，"喂，你去问爹爹一声。"

"问啥？"

"问爹爹的爸爸，除了妻子，还跟别人有过私生子吗？"

"咱才不想问这种事呢。"妻子似乎有些害羞，涨红了脸。

"你在说啥呢？一把年纪了还脸红。而且，又不是让你问爹爹的事，让你问的是爷爷的事，这事跟你没关系吧？"

妻子最后还是去问了老爷爷，并向两人转述了老爷爷的回答："爹爹发了好大一顿火呢，说'怀疑谁都好，但咱的爸爸是不可能有私生子的'。"

"您也听到了。"建吉看向警部，"咱也觉得，怀疑谁都好，但咱的爷爷是不会做这种事的。而且，咱的爷爷和咱还有爹爹不一样，咱的爷爷可会读书了，还给政府机关帮过忙，所以是不可能不知道户籍上有错的。知道有错的话，也不可能放着不管的。毕竟，咱的爷爷可是熊丸老爷的得力干将——"

"啊？"警部不禁大喊道，被自己的音量吓了一跳，"你说熊丸先生？"

建吉似乎被吓呆了，他看着警部的脸："老爷，原来您能发出这么大的声音啊。这一片的水田也好、旱地也好，以前都是熊丸老爷的东西——"

"你先等等。你说的熊丸，是指住在东京北泽地区的熊丸猛吗？"

建吉点了点头："上一任家主乔老爷就是这一带的大地主呢。咱的爷爷就是乔老爷的心腹，是管理佃农的呢。"

"是这样啊。"警部恢复了原先冷静的态度，"其实，我认识熊丸先生，实在太意外了，所以才大喊出声来，吓到你了，对不住。也就是说，到了猛先生这一代，他把这里转手了？"

"您说的对。"建吉点了点头，"只有咱们这里，是乔老爷在过世前，说是为了感谢咱的爷爷一直以来的尽心尽力，所以把房子和田地给了咱的。其他的土地是到了猛老爷这一代，便宜卖给佃农了。乔老爷也好、猛老爷也好，这两位都是好人呀。"

"这么说来，你的爹爹也认识乔先生和猛先生吗？"

"是的，认识的。在猛老爷小的时候，咱的爹爹就认识他了，爹爹经常跟我们说，他背着熊丸猛老爷到处跑呢。咱记得，猛老爷比咱大七八岁，咱还是孩子的时候，老爷就已经是个大人啦。咱还隐约记得乔老爷呢。"

萱场警部在心中表示认可。听到这里，大概也能猜出事情的全貌了。挂在日向甚吉户籍下的这个叫清的人，应该是熊丸家的孩子。出于某种原因，他才挂在了甚吉的户籍下。从甚吉以及甚吉的儿子建吉都不知道清的身份这一点看来，清大概只有户籍挂在甚吉这里，本人应该是在其他地方长大的。

"帮大忙了，谢谢。"

道谢后，警部就离开了，只留下一脸迷茫的建吉夫妇。

清是熊丸家的人，因此，他才会与熊丸长得如此相像。出于某种原因，他挂在了日向家的户籍下，并在其他地方长大。长大后，清或许是变成了一个无所事事的混混儿，总之，他没有回到富豪熊丸家，而是踏上了流浪的旅途。清为什么没有在熊丸家的户籍里？这个答案事关这起悲剧的根本原因。

清为什么没有回到熊丸家？他必须找到这个问题的答案。

警部准备在东京调查一下熊丸猛出生前后发生的事情，因此暂时先回到了东京。再怎么说，距离事情发生已经过去五十多年了，他有些无从下手。

警部突然想到了栗井老人。

栗井是熊丸家年迈的管家，今年已经七十岁了。据他自己所言，上一任家主乔在世的时候，他就已经在熊丸家工作了，并且从猛刚出生开始，他就认识猛了。虽然案件发生以来，栗井就病倒在床，但再没有其他人比他更熟悉这些过去的事情了。

警部立刻派人前往熊丸家。不料，得到的回复是，栗井老人因病回到了故乡九十九里^①休养。

户籍的秘密（二）

说到九十九里的二阶堂地区，其偏僻程度相较于埼玉县的丰野村地区也不遑多让。二阶堂地区一面临海，是名副其实、一望无际的大海。这里尽管荒凉，却能令人心情豁然开朗。

栗井住在自己叫田宫的孙女的家里。田宫家位于距离海滨不远处的小树林里。

或许是因为来到了空气清新的环境里，栗井老人的精神也恢复了不少。看到萱场警部到访，他热情地迎接：“您可是贵客啊。辛苦您远道而来，请进请进。”

田宫一家虽然从事渔业，却过着颇为富裕的生活。作为渔夫的夫人，孙女的长相略显高雅。

“我身体已经好多了，正准备最近这段时间回去呢。您从那么遥远的地方赶来，是有什么要事吗？”

---

① 九十九里，地区名，位于千叶县。

栗井老人十分惶恐地问道。

"其实，我想问您点儿以前的事情。听说，从上一任家主乔的时候开始，您就在熊丸家工作了？"

"是的，是的。您说的对。十六岁的时候，我有了需要照顾的人，因而前往熊丸宅邸服侍。这已经是五十五年前的事情了，现在想来依旧如同做梦一般。毕竟，像我这样在偏僻乡下长大的渔夫的儿子，居然能去这么大的宅邸里当书生①。当时我都吓呆了，笨手笨脚的，一直出错。幸好有大老爷的照顾，而且猛老爷对我也很好，所以，一转眼，五十五年就这么过去了。"

"这么说来，在猛先生出生的时候，您已经在宅邸了？"

"是的，我在的。正好是我二十一岁，回这里接受征兵体检的时候，猛老爷就出生了。"

"也就是说，他出生的时候您不在啊。"萱场警部失望道。

"是的，我正好回了这里，所以——"

"乔先生是个品行正直的人吗？会不会有小妾，或是别的女人之类的——"

"怎么可能呢？"栗井老人急忙摆手，"绝不可能，绝不可能。老爷和夫人之间的关系很好，其他事暂且不说，这种事他绝不会做。"

"猛先生是独生子吧？"

"是的，猛老爷自始至终都是乔老爷的独生子。"

"猛先生有兄弟吗？"

"没有。"栗井老人明确否定道，很快，他又不安似的问道，

---

① "书生"一词，在日本的明治、大正时期，特指住在别人家里并承担家务工作的学生。

"您为什么这么问？"

"老人家。"警部换了个稍稍正式的称呼，"您知道的吧，在丸之内，有个长得与熊丸猛先生一模一样的男人遇害了。"

"是的，是的，我知道的。"老人似乎开始有些不安了。

"然后，在案件发生的当天晚上，您说您看到了一个跟您家老爷十分相像的人，但您非常确定您家老爷是绝对不可能回家的。这件事您还记得吧？"

"是的，是的，我记得很清楚。"

"刚开始，我也怀疑过您家老爷的证词，但调查的结果显示，这段时间里，熊丸先生确实在其他地方。"

"原来是这样啊。那是我认错了。"老人像是松了一口气，说道。

"是的。"警部点点头，"所以，老人家，只有一个解释能说明这一切。那就是，这世上还有另外一个跟您家老爷长得一模一样的人。所以我刚刚才问您，猛先生有没有兄弟——"

"猛老爷没有兄弟。"

"又或者说，同父异母的兄弟呢——"

"关于这一点，我没有办法确定地回答您。但是从我十六岁开始到现在七十岁的年纪，一直受着熊丸老爷的照顾，如果上一任家主私下在别的地方养了私生子，我应该能察觉到。据我所知，绝对没有发生过这种事情。"

"这么说来，那这条线索就断了。老人家，您认识姓日向的人吗？"

"日向？啊啊，是住在埼玉县的农家吧？"

"对的，是的。"

"我很熟悉他。上一任家主应该是叫甚太先生吧，他的年纪比我大得多，现在应该已经不在人世了。他是个非常正直的人，所以深受乔老爷的信任，那儿周边的土地都交由他管理了。我记得乔老爷过世的时候，还给了他们家不少土地和房子。他的儿子叫甚吉，比我小三四岁，应该还健在吧。"

"甚吉先生从前年中风后，就一直躺在床上，身体几乎不能动了。"

"是这样吗？这还真是可怜。甚吉先生虽然没有他父亲甚太先生那么热心工作，但也是个品行正直的好人。"

"他有一个叫清的弟弟。"

"啊？甚吉先生的弟弟？这就奇怪了，我记得甚吉先生是独生子啊。"

"老人家，其中估计有隐情呀。"说到这里，警部压低了声音，"您说，熊丸猛先生出生时您正好回到了老家。您再度回东京的时间距离猛先生的出生之日，大概过了几天？"

"我想想，我记得自己应该是在熊丸猛老爷出生后的第五天回去的。"

"那时候，家里发生什么奇怪的事情了吗？"

"奇怪的事情——"栗井老人像是在思考，"没有什么特殊的。"说到这里，他像是突然想到了什么，"对了。您这么说的话，的确有件有点可疑的事情。"

"是什么事情？"

"说是可疑，但不是什么大事。等我回去后，发现原来的女佣都被辞退了，在家工作的是另一批新面孔。所以那时候，我觉得有些奇怪。"

"是被辞退的，还是女佣们主动辞职的？"

"听说是被辞退了。所以我才觉得奇怪，女佣一共有三位，其中两位在那儿工作了很久，都是很好的人。"

"三个人同时被辞退了啊。"警部想到一条线索，靠近了栗井，"不是因为女佣们做错了什么吧？"

"似乎并没有什么特别的原因。毕竟那时夫人即将临盆，却让这三位没犯什么大错且用惯了的女佣同时离开，怎么想都有些奇怪。只是我很快就把这回事忘到脑后了。听到您刚刚的提醒，我才想起了这件五十年前的事情。"

"还有什么其他可疑的事情吗？"

"其他就没什么了。对了，刚出生的小少爷身体不好，所以一直有护士在身边照顾他。不过，这也不算什么特殊的事情。"

"那个时候被辞退的女佣们，现在在什么地方、做些什么事情，这些情况您知道吗？"

"我想想啊，毕竟是五十年前的事情了。三位女佣中最年长的那位，当时已经四十多岁了，要是在世，已经年过九十了，应该已经过世了。最年轻的那位比我小三岁，当时是十八岁，现在应该是六十八岁。这位叫小岛小姐，是东京府下 ① 人。我记得，在那之后，她应该是嫁给了一个叫细木的木工。只是她现在在哪里、是否还在人世，我就不清楚了。"

"叫细木的木工啊，是这样啊。"

警部在心中暗暗窃喜，拿出笔记本记下这个名字后，换了个话题："熊丸猛先生的生母是个怎样的人？"

---

① 1868 年，因《东京奠都之诏（江户改称为东京诏书）》，江户府改名为东京府。1943 年，因《东京都制（昭和十八年法律第八十九号）》，东京府与东京市统合为东京都。

"是一位非常温柔的好人。她是小田原①人，也是出生在大地主家庭的大小姐。硬要说的话，夫人身体不是特别好，在猛老爷三十岁的时候就过世了。所以，从夫人走后开始算起，已经有二十年了。"

"那个时候，猛先生还没结婚吧？"

"是的。猛老爷是在三十二岁结的婚。"

"像猛先生这种有身份的人，到了三十二岁才结婚，有些迟啊。其中有什么原因吗？"

"不，没什么。老夫人在世的时候，老爷一直担心她的身体，而且熊丸猛老爷一直是个慢性子，对这些事情也提不起什么兴趣。或许是因为老爷有自己的喜好，所以在挑选吧。除此之外，我想不到别的原因了。"

"他在结婚前，有没有私下交往的，或是定下婚约的女性？"

"绝对不可能。我刚刚也向您说了，老太爷乔老爷是个品格正直的人。猛老爷继承了乔老爷的品格，也是个诚实正直的人。一定要比较的话，应该是乔老爷更难相处一些，毕竟猛老爷是呼吸着文明开化②的空气长大的，比乔老爷开放得多，有时候还会说些玩笑话。但是，他绝不可能与女人有过关系。"

"这么说来，在与之前那位夫人结婚后，他才与现在的这位夫人有了关系？"

"是的。"栗井老人突然皱起了眉，"但我根本不知道有这回事。老爷居然以前就与那位夫人有了关系，我当时一点都不知道。"

---

① 小田原，位于神奈川县西部。

② 文明开化，最开始出现在福泽谕吉所著《文明论之概略》中，为 civilization 的译词。后特指在明治时代，由西洋文明传入所引发的日本制度及文化上的巨大转变。

"是吗？"警部感叹似的说道，"熊丸猛先生与现在这位夫人，是叫麻里子女士吧？他们两人之间的关系您以前并不知道，是吗？"

"是的，一直都不知道。"

"过世的那位夫人应该非常信任您家老爷吧？"

"那是自然的。夫人非常信任老爷。老爷也是个非常体贴的人，所有事情都对夫人公开，包括工作上的事情。我想，关系好到老爷和夫人那个地步的夫妻，应该算是世间罕见的吧。您也知道，发生火灾的时候，没看到夫人身影的老爷就像走火入魔了似的，就算我们几个人拼命阻拦，老爷还是冲进了火场。"

"关于这件事情，有报告说，因为熊丸猛先生给夫人买了人寿保险，所以猛先生也遭到了怀疑——"

"这真是蛮不讲理的事情。"

栗井老人的表情突然变了。他脸上似乎写满了愤慨，气势汹汹的样子不像个七十岁的老人。他愤怒地瞪大了眼睛，高声喊道："就算您是以怀疑别人为本职工作的警察，但怀疑像老爷这样的人，也实在是太过分了。首先，老爷根本不是什么会为钱发愁的人。更何况，但凡您对老爷有多么爱夫人这件事有一星半点的了解，您都不可能怀疑老爷的。我发自心底地同情老爷。在那起案件之后，老爷整个人都变了。"

"整个人都变了——"警部不禁重复道。

"是的。"老人的怒火似乎还没有平息，重重地点了点头，"不管是谁遇上那种事情，性格都会有所改变吧。飞来横祸夺走了自己视若珍宝的夫人，还沉浸在痛苦中时，就被怀疑是为了钱才杀害了自己深爱的夫人。哪怕只是被警察请去了一两天，但也确实遭到了警方冷酷的审讯，想法也会走火入魔吧，性格也会改变吧。哪怕是恨到诅咒这个世界，多少也是可以理解的吧。"

栗井老人眨了眨眼。

户籍的秘密（三）

"麻烦您查一下，您这里的管辖区内从事木工职业的人里，是否有个姓细木的人。"

栗井老人所谓的"府下"地区，现在已经并入了东京市内。于是萱场警部一一拨打了东京市各个管辖区的数十名警察的电话，委托他们查询。

晚上八点，吃完晚饭后，萱场系长桌上的电话突然响了。

"啊啊，您好，请问是系长吗？我是南千住①的。您刚刚让我们查的人，我们找到了。有叫细木的从事木工职业的人。"

"是这样吗？真是太谢谢了。那么，他家户籍里有一个叫小岛的，今年六十八岁的老奶奶吗？"

"等我一下。是的，有的。是户主信太郎的母亲，小岛，今年六十八岁。"

"谢谢！"警部不禁大声喊道，"就是这个，我马上去。"

一放下话筒，警部就冲出了房间。这实在是太幸运了。现在是细木的儿子当户主了。幸好细木的儿子继承了父亲的职业，也成了一个木工，所以当他找姓细木的木工时，结果很快就出来了。

---

① 南千住，位于东京都荒川区。

如果细木的儿子从事了别的职业，事情要麻烦不少吧。

到了南千住警察署，警部询问了细木信太郎的住址和大致信息后，就立刻赶往细木的住宅。

时间已经接近九点了，但小岛还没有就寝。小岛的儿子信太郎听到警部的造访，摆出警惕的表情，不情不愿地出来了。

"大晚上过来，打扰您了。"警部礼貌地道了歉，先安抚了对方的情绪，然后说道，"其实，我是有事想询问您才来造访的。是件非常久远的事情，是五十年前的事情了。我听说，您曾在熊丸先生那儿工作过。"

"呀，"小岛的脸上写满了惊讶，"这么久远的事情了，您是怎么知道的呀？说来，熊丸老爷家里好像发生了杀人案件。"

小岛是读了报纸知道的。

警部点了点头："我是问了栗井先生才知道的，听说您以前在那儿工作过。"

"对了，听说栗井先生现在还在那儿呢。那个人比我大三四岁，现在应该七十了吧。五十多年一直在同一个家里工作，他的毅力可真是了不得。昨天我还想起这件事，跟我家儿子说了呢。"

"听栗井先生说，现在的家主猛先生出生的时候，您正好在那里工作。"

"是这样的。我是十五岁开始过去服侍的，到我十八岁的时候，满打满算，总共在那儿干了四年。但小少爷刚一出生，第二天就突然把我们辞退了。"

"我听栗井先生说了这件事后，想知道更具体的细节。那时候，栗井先生正好因为征兵体检回了老家，所以不知道具体发生了什么。"

"是这样的。幸好栗井先生那时候回老家了。要是栗井先生在，说不定也会辞退他吧。"

"辞退的原因是什么呢？"

"这事啊，就跟睡着了的时候耳朵里进了水 ① 一样，我根本都不知道发生了什么。大家都在私下抱怨，但东家把我们辞退了，我们也没办法。而且，东家也说了，错不在我们，还给了我们不少钱。我们这才接受了。"

"但是，辞退你们的原因，您也不是一无所知吧？"

"对的。"小岛点了点头。

看到小岛点头，警部靠近了几分："是怎么一回事？"

"这已经是五十年前的事情了，告诉您也无妨吧。"说到这里，小岛有些踌躇，"但是，要是给猛老爷添麻烦就不好了。"

"不。"警部制止道，"反而是隐瞒这些事，才会给熊丸猛先生添麻烦呢。而且，我也绝不会把对猛先生不利的话告诉别人。请您务必跟我说说吧。"

小岛向身旁的儿子问道："你怎么看？警察老爷都这么说了，要告诉他吗？就是我昨天跟你说的，我的那些猜测。"

儿子看了一眼警部："要不就说了吧。毕竟他是警察老爷，不要隐瞒会比较好吧。"

"那我就跟您说了吧。老爷，您听我说。"说着，小岛看向了警部，"这只是我的猜测啊。我手上没有什么证据，只是我的想法而已。"

"没事的。请您告诉我您的猜测。"

---

① 睡着了的时候耳朵里进了水，日语惯用语，形容突然遇到了出乎意料的事情，因而备感震惊。

"其实啊，昨天我也和我家儿子谈到这件事。我想，整件事情说不定是这样的。那时候生下来的可能不只是熊丸猛老爷，而是双胞胎。"

对于这件事，警部心中多少已经有所猜测，因此并没有太过惊讶，但他依旧装出一副非常感兴趣的样子："双胞胎？原来如此。那另一个是夭折了吗？"

"不，我觉得没有。假如生了一对双胞胎，其中一个夭折了，这件事也没必要瞒着其他人，也不用急匆匆地辞退我们吧？"

"但是，除了熊丸猛先生，没有别的孩子了。"

"就是这一点呀。假如双胞胎的其中一位夭折了就没问题了。如果准备同时抚养两位，也没必要隐瞒。只是，这件事是我之后才想到的，熊丸先生他啊，或许是在意周围人的看法，也有可能是担心双胞胎兄弟闹矛盾被周围人瞧不起吧。您想，那是个多有钱的家庭啊，要是两兄弟长大后因为金钱闹矛盾，多丢脸啊。总之，他只抚养其中一位，至于另一位，就扔到稻草丛里或别的地方了。但这件事情要是被我们说漏嘴了就不好了，所以才把我们都辞退了。我猜一定是这个原因。"

"原来如此。也就是说，双胞胎中的另一个就在其他地方，以别的名字长大了。"

"对的，前提是他能活下来。双胞胎的身体一般都不太好，很难一起养大。现在的这位熊丸猛老爷出生的时候，听说身体也很差，还请了护士之类的人来照顾，忙乱得很呢。所以说，双胞胎中的另一位去了有钱人家还好说，如果是去了穷人家，能不能长大应该就很难说了。"

"那么，另一个孩子送去了哪里，在哪里长大，您都不清楚了吧？”

“我一点都不知道。所以我才说，我说的事情没有什么证据。警部先生，算我求您了，您千万别跟别人说是我说的这些话。”

除此之外也没有别的事情需要问了。警部结束了询问，离开了。

案件的情况渐渐明晰起来。

丸之内杀人案件的被害者是日向清，也是熊丸猛的双胞胎兄弟，他一出生户籍就被挂在了日向家，但是，是在别的地方长大的。日向清在外国度过了很长一段流浪生活，直到最近才成为船员，回到了日本。在回国之前，他似乎提前与猛商量好了，两人准备在横滨的港口见面。但他在横滨的港口等了许久都没有等到人，这才准备前往猛的家里，结果在那儿被凶手杀害了。

最后的杀人

村桥在熊丸宅邸度过了极为可怕的一夜，并从麻里子口中得知了小咲和熊丸猛之间的关系。他一大早就将森川刑警留在熊丸宅邸，自己前往了搜查本部。不巧的是，这时萱场警部已经出发前往千叶县了，他只能暂时回到自己家。

他对回家有了一种久违的感觉。一回到家，昨晚彻夜未眠的疲惫就涌了上来，村桥不由自主地躺下了，不由自主地打起了盹，渐渐陷入了梦乡。

他突然睁开眼，时间已经接近正午。村桥连忙给搜查本部打了个电话，得到的答复是萱场警部还没有回来。

村桥有些不知所措，想着那就和高岛警部汇报这件事吧。正当他收拾东西准备出门的时候，桌子上的电话突然响了。

他拿起话筒，发现这是个长途电话。

"这是大阪打来的电话，请您开始通话。"

焦急地等到接线员说完，村桥开口道："您好，您好。"

通过电话线传来的，是嘶哑的男性声音："你好，是村桥先生吗？我是熊丸，熊丸猛，你知道的吧？"

啊啊，熊丸！他专程从大阪打来电话，是想要说什么吗？

"您好，我是村桥。您有什么事吗？"

"我不是给过你忠告了吗？你现在似乎还在多管闲事啊。不如闭上嘴，写你那无聊的小说去吧，不要再——"

"你……你说什么？太……太没礼貌了吧。"

"你给我闭上嘴听好了。如果你再插手我的私事，我就不客气了。我可是忠告过你很多次了——"

"我可不记得你给过我忠告。我完全是出自我本人的立场，为了预防即将发生的犯罪。"

"你这就叫不知好歹！你写你的小说就得了，还不配做什么预防犯罪的事情。要是没心没肺地引火上身，可是会栽大跟头的。"

"你想说的只有这些吗？就为了说这些事，专门从大阪打电话过来吗？"

"我要说的只有这些。不过，还有人要跟你说话。"

接着，熊丸的声音消失了，另一个声音响起。哦哦，这个声音是松岛爱子。

"老师，老师，是我。我是爱子。老师，求您了，求您收手吧。"

"爱……爱子小姐，你……你在说什么？我……我是为了你才——"

"如果是为了我，那就更要请您收手了。您的行为让我很为难。"

"你……你说什么？"

"您让我很为难。我不需要老师您担心，会有别人保护好我的。老师，您做的这些多余的事情，反而会给我造成困扰。算我求您了，您就别再管我的事情了。还有熊丸先生的事情，您也千万别告诉警察。如果您把这些事情告诉了警察，我不知道会落得什么下场。"

"爱子小姐、爱子小姐！"

村桥拼命地喊着，爱子却自顾自地说了下去："要是熊丸先生被逮捕了，我也会一起进去的。要是您可怜我，就请您什么都别说。您知道了吗？"

"爱子小姐、爱子小姐，这……这是你的真实想法吗？"

"是的，这是我的真实想法。那么，再见。"

"爱子小姐！"

村桥急忙喊道。但对方似乎放下了话筒，已经什么都听不见了。

村桥像是被人当头来了一棒，呆呆地坐在椅子上。

爱子的秘密究竟是什么？是因为盗窃罪而有了前科吗？难道说，她还有其他的秘密？总之，现在的首要任务是查清熊丸手中掌握的爱子的秘密究竟是什么。至于该如何将爱子从熊丸手中解放，还得等自己查清了这一秘密的内容再做考虑。

对了。村桥不禁喊出了声。

和熊丸的秘密做交换就行了！幸而，他知道熊丸的秘密，那个大胆且难缠的妖女小咲是熊丸的妻子。

村桥本想把这件事报告给萱场警部，但就此打住，用来与爱子的秘密做交换吧。村桥不把熊丸的秘密告诉别人，相应地要求熊丸也不把爱子的秘密告诉别人并放过爱子，这样就行了。

村桥看了一眼手表。尽快的话，还赶得上一点出发的鸥号列车。就算赶不上鸥号列车，也能赶上一点半出发的樱号列车。

九点，村桥到了大阪站。他先去了自己熟悉的旅馆，也就是位于堂岛①的菱屋，放下了行李。接着，他按照熊丸电话中透露的线索寻找起了熊丸住宿的旅馆，但没有找到以熊丸的名字登记的客人。天色也黑了，他猜测熊丸可能会去繁华街道，因此去碰了碰运气，但迟迟没有收获。

在焦虑中，一晚上过去了。第二天一大早，他就去了大阪的法院，与相熟的法官见了一面。下午，他造访了伴野律师。借由伴野律师之口，他才彻底明白了三年前有关爱子，也就是君香的"盗窃案"的始末。这起案件从头到尾都是由一个叫驹井的可疑人物巧妙设计出来的，而案件的幕后黑手就是熊丸猛。村桥终于弄清楚，当君香进了监狱后，熊丸猛是如何亲切地照顾君香，出狱后又是如何让君香对他感恩戴德，并且跟着他离开的。

如今，熊丸猛带着爱子来到大阪，肯定是准备用爱子做些什么……村桥失落地徘徊在大阪街头。

等他回过神来时，天已经黑了。这时，他突然听到一声呼唤。

"老师。"

村桥吃了一惊，停下脚步，看向对方的脸。对方是一位穿着

---

① 堂岛，位于大阪府大阪市北区。

西服的年轻男性，从穿着打扮来看，似乎是底层的上班族。自己似乎曾在哪儿见到过他，但死活想不起来究竟是在哪里了。

"老师，您忘记我了吗？我是留冈，是熊丸先生的司机。"

村桥想起来了。留冈因为有嫌疑，被警方拘留了一阵子，但被放了出来。听说在那之后，熊丸给他放了假。原来他来了大阪啊。

"你是——"村桥朝留冈开口道，"我听说，因为熊丸先生来了这里，所以给你放了假，然后你就回老家了。"

"这是谁说的啊？那个人在说谎。我是陪着老爷来这里的。"

"什么？陪着熊丸先生？也就是说，熊丸先生是乘汽车过来的？"

"不是的。我陪老爷过来的时候没开车。"

"不开车的话，带司机过来有些奇怪吧？"

"就是说啊。"

"是当保镖吗？"

"也不是当保镖。来的路上，老爷和松岛小姐坐的是二等座，我坐的是三等座。哪怕来了这里，老爷住的地方和我住的地方也不一样。没有要干的事情，我就在街头闲逛了。老爷说，如果有事要我干，他会提前一天跟我说，如果前一天没有吩咐，就让我第二天随便到处走走逛逛。"

"那还真是身份高贵啊。然后呢，今天你是没事干吗？"

"就是这样。"

"那熊丸先生住在哪里？"

"这我就一点儿都不清楚了。不知为何，老爷不肯告诉我他住在哪儿。"

"真奇怪啊。"

"奇怪得很呢。我都有些不想干了。不过给的工资挺多，只能说再忍耐一下吧。但我家老爷实在是奇怪得很。不但宅邸里有人被杀了，而且在我不知道的时候，一个不知道是老爷本人，还是和老爷长得很像的男人，从宅邸里把汽车开了出去。这也就算了，第二天早上，这辆车还停在了丸之内那儿，里面坐着的男人已经被切下了头。这事情可一点都不好笑。"

留冈一个人絮絮叨叨地说着，突然，他像是反应过来了："老师，您是什么时候来这里的？"

"我昨天刚来的。我正准备去吃晚饭呢，你要一起吗？"

"可以啊。那我就不客气了。"

"这附近你熟悉吗？有没有什么能放松的、有包间的，能吃点儿大阪特有的东西的餐馆？"

"我想想啊，我也不太熟悉，不过这前面有家挺有名的餐厅——"

留冈将村桥带进了一家装潢略显大气的料亭①。

留冈这个男人的唠叨程度远超村桥的预想，随着两人碰杯次数的增加，留冈的话也越来越多。

"哪，老师，您怎么看我家老爷？"

"怎么看待吗？你还真是会给我出难题。再说了，我认识他还没多久呢。你认识他多久了？"

"我嘛，满打满算两年，已经超过整整一年了吧。老师，我跟您说，专用司机啊，是最了解家里老爷秘密的人。老爷在什么时候去了哪里、见了谁，在哪里养了女人，去哪里玩乐了，这些事

---

① 料亭，指日本传统的高级料理餐厅，专门贩售怀石料理、定食套餐类食物，内部通常为传统日式建筑。

情司机都知道得一清二楚。所以说啊，担任专用司机的人，一定是老爷非常信任的人。只是，虽然我不能说老爷不信任我，但不可思议的是，我根本看不透老爷到底在干什么。不过，也有可能是因为老爷自己也会开车，有时候他自己一个人就开车出去了吧。但我总觉得老爷他其实没有完全信任我。我根本不知道熊丸先生到底在做些什么。然后啊，老师，"说着，留冈动作夸张地环视了一圈周围，"还有一件事，我一直很在意。老师，熊丸先生身上附着不好的东西呢。"

"什么？附着不好的东西？"

村桥不由得大声喊道。难道，留冈已经知道了熊丸宅邸里有诡异的东西在徘徊吗？

留冈点点头："现在这个时候，现在这个年代，说附着不好的东西，估计要被人笑掉大牙了吧，但这事诡异得很呢。"

"到底是怎么回事？"

"这事可诡异得很。"留冈不安似的打量着周围，声音压得更低了，"刚刚我也跟您说过，熊丸先生经常会自己开车出去吧。那时候我就没事可干了，所以在宅邸里漫无目的地散着步，就在这时——"

说到这里，留冈便停住了嘴，再次不安似的环视了一圈。

"就在这时，发生了什么？"村桥催促道。

"就在这时，然后，实在邪门得很，熊丸先生竟然在庭院里散步。"

"你说什么？"

"实在邪门得很吧？老爷明明开着汽车出去了，当时却在庭院里散步——"

"是你没注意到他回来了吧。"

"不，绝不是这个原因。"

"那还真是奇怪了。"

"是吧，这事诡异得很。"

"你确定在庭院里散步的人是熊丸先生吗？"

"虽然我没有跟他说过话，但从他走路的样子、脸型以及背影来看，都是一模一样的。"

"是吗？那这个男人在庭院里干了些什么？"

"那就更诡异了。我胆战心惊地跟在他后头，但他一下子就消失了。"

"什么？消失了？"

"对的，我差点吓破了胆。"

"这种事情经常发生吗？"

"对的，发生过两次。"

"两次都消失了吗？"

"对的。"

"是什么时候发生的？"

"我想想，最近的那次应该是在两个月前了吧。"

"这么说来，是在那起杀人案件之前发生的啊。"

"对的，还要早得很。"

"这事还真是奇怪。"村桥故意装出一副怀疑的样子，"难道不是你的错觉吗？"

"不，怎……怎么可能呢！"留冈激动起来，"我可是亲眼看见的。绝对不会有错的。而且，我看见了两次了！"

"难道不是因为你吓坏了，才把一个普通男人的脸看成了熊丸先生的脸吗？"

"绝……绝不是这种含混不清的错觉。不然，我怎么会觉得熊丸先生身上附着不好的东西呢？"

"那确实是熊丸先生的脸吧？"

村桥担心留冈看到的是之前那个野篦坊怪物，因此确认道。

"对的，确实和熊丸先生的脸一模一样。"

村桥思考了一会儿。被杀害的男人与熊丸长得一模一样，因此，留冈看到的那个人，或许就是被害人。

看到村桥的沉默，留冈似乎开始变得不安："所以，我总觉得熊丸先生很可怕。我想告辞，但他一直不肯松口。我还想过逃跑，可是——"说到这里，他又慌张地打量着周围，"要是被他抓到了，说不定我的性命就没了。"

"你……你说什么？"村桥惊讶道，"他为什么要杀你？"

"因为我察觉到了他的秘密。没有，我什么都不知道，但他似乎是这么觉得的。他现在把我带到大阪也是这个原因，他担心如果把我留在东京，说不定什么时候就会泄露他的秘密，所以要时刻盯着我。"

"但是，他现在不是允许你一个人逛来逛去的吗？"

"对的，表面上是这样，但我一直在被监视。说不定，我现在跟您说话的事情，他已经知道了。"

"你有些神经兮兮了吧？被害妄想症，你知道的吧？"

"也是，被您这么一说，我也觉得自己有些神经兮兮的。但是，老师，您在熊丸先生那儿待个半年左右试试，您也会变得神经兮兮的。那家里可邪门得很啊。"

"这么说来，"村桥突然想起来了，"你知道接待室里蹲着一只大蛤蟆吗?"

"对的,当然知道了。那东西特别邪门。"

"那东西只是个单纯的摆件吗?"

"我不清楚。我觉得应该只是个单纯的摆件,但总让人觉得邪门。"

"听说庭院里也养了许多蛤蟆。"

"对的,养着的。说是喜欢蛤蟆,但我总觉得不对劲儿,不对劲儿得很——"

正当留冈一脸厌恶地说着这些的时候,纸拉门 ① 外突然响起了人声。他吓得几乎要跳起来。

"谁……谁在外面?"

进来的是女服务员。

"请问,这里有叫村桥的先生在吗?"

村桥惊讶道:"我就是村桥——"

"有您的电话。"

"什么?电话?"

应该没有任何人知道村桥来了这家餐厅。更何况,这个人还特意给他打了个电话,尽管是在大阪这样的大城市,应该也不会有符合这一条件的人。

看到村桥也一脸讶异,留冈颤抖了起来:"您……您看吧。我就说,我们在这里这件事,他早就已经知道了。"

村桥没有回答留冈,站了起来:"电话在哪里?"

他被女服务员引到了电话室,拿起了搁在一边的话筒放在耳

---

① 纸拉门,即襖(ふすま),常见于日本传统建筑,是一种以木质框架两面糊上唐纸制作而成的横拉门。

边："您好。"

"是……是老师吗？"

电话那头居然是松岛的声音。爱子是怎么知道自己在这里的？

"是我，我是村桥。"

"老……老师，您……您快逃吧。要是再待在那种地方——"说到这里，她似乎被其他人强行拉开了，爱子的声音越来越小，"啊！老师，您……您快——"

接着，电话就"啪"的一声被挂断了。

"又是熊丸指使的吧？该死的！这次我可不会再输了！我已经掌握了你这家伙的秘密！"

村桥先去结了账，朝着原来的房间走去，准备问问留冈，爱子住在哪里。刚进门，就发现留冈不知为何趴在了榻榻米上。

"留冈君、留冈君。"

他朝留冈呼喊道，但对方没有回答。

"留冈君，留冈君，你怎么了？"

无论村桥怎么呼喊，对方都没有起身，因此，他伸出手摇了摇趴着的留冈的肩膀。下一秒，像是有一盆冷水从天而降一般，他打了个冷战。

留冈的脖子柔软得像一坨死肉。他的脸如同黄土一般，没了血色。

不知何时，他已经没有了呼吸。

第十一章　怪物追踪

人？妖怪？

"他！"萱场警部不禁咋舌，朝着森川刑警说道，"村桥老师又惹事了。我还真是谢谢他是在大阪给我惹的乱子。你去趟大阪吧。我要去熊丸家一趟。"

萱场警部收拾好东西后，朝着熊丸宅邸出发了。

迎接他的女佣有些不好意思地说道："老爷今天早上刚从大阪回来，现在很累。他说，如果可以，希望请您明天再来找他。"

警部开口道："麻烦你帮我跟他说一声，我不会占用他太多时间的。大阪发生了案件，为此我想跟他见一面。"

女佣摆出为难的表情向里面走去。再次出现的时候，她像是松了一口气："老爷说愿意见您。"

警部被带去的是那个有着大蛤蟆的接待室。熊丸依旧摆着一副不快的表情出来了。

"大早上的，给您添麻烦了——"

听到警部的话，熊丸冷漠地回答道："真是麻烦。找我到底有什么事？"

"因为在大阪发生了一起案件。"说到这里，警部停顿了一下，然后说道，"听说，您去了大阪。"

"今天早上刚回来。"

"司机留冈也跟您一起吗？"

"留冈？啊，是以前在这里工作过的那个男人啊。他已经被解雇了，我怎么会让一个被解雇的人跟我一起去呢？"

"是这样吗？其实，留冈在大阪被杀了。"

说到这里，警部看向了熊丸的脸。

熊丸一脸淡然，就连眉毛都没动一下："留冈被杀了？是吗？他看起来不像是会被杀的男人啊。是跟人打架了吗？"

"不，他没有跟人打架。只是，留冈在遇害前，说他是跟您一起去的大阪。"

"这是胡说八道。我和那家伙早就没关系了。"

"是吗？那大概是他本人在胡说八道吧。"说着，警部取出了香烟，点上了火，"您之前住在哪里？"

熊丸瞥了一眼警部："我住在旅馆。"

"旅馆名叫什么？"

熊丸又瞥了一眼警部："我有义务跟您汇报这些事情吗？还是说，您觉得我和留冈的案件之间有什么关联？"

"不，我不是这个意思。只是作为参考——"

"既然案件跟我毫无关系，那我为何要交代自己住在大阪的哪个旅馆？"

"没什么，您不必一定要告诉我。只是，留冈也说了他是陪您去的，为了确认证言的真假——"

"那我已经告诉过你了。留冈说的是谎话。"

"谢谢您了。"

"没事了的话，你就回去吧。"

"您可真是——"警部紧紧地皱着眉，看着熊丸的脸，"留冈这个男人好歹也担任过您的司机，就算时间不长，但您听到他的死讯，却一句话都不问我，这是怎么回事呢？有些不正常吧——"

"我现在累得很。而且我很忙，需要思考很多事情。当过我司机的人，无论现在是活的还是死的，我都没工夫一一过问。"

"您说的对。"

再追问下去也不会有什么结果了，今天就此打住，之后再来拜访吧。想到这里，警部礼貌道："今天打扰您了。"

说完，警部便离开了熊丸宅邸。

踏出熊丸宅邸的大门后，警部像是突然想起了什么，悄悄地潜进了庭院中。熊丸宅邸内的庭院比他听说的还要宽敞，有两三个连绵不绝的小山丘，有高地，也有山谷。树林茂密的地方，甚至给人一种置身深山的错觉，树荫把道路遮得密不透光。

"嗯。"

刚踏上昏暗的树荫底下的道路，警部就不禁停下了脚步，呢喃道。

他的左侧、右侧以及脚边，有着无数只恶心的蛤蟆。它们或是爬来爬去，或是蹲在草丛中。

"嗯，这可真是——"

这样的场景实在是令人不快，胆小的人或许会就此止步吧。

但是，萱场警部不以为意，迈出了脚步。这些不怕人的蛤蟆在警部的脚边慢吞吞地爬着，并不躲避警部。一不小心的话，说不定会踩烂这些蛤蟆。

"原来如此，这里的话，的确有可能藏着一个不知道是人类还是野兽的怪物。"

警部喃喃道。他警惕着自己的左右两侧。尽管现在是白天，但对方毕竟是个怪物，不知道它会在什么时候、什么地方出现。

"我记得新山是被锋利的刀具'唰'的一下切下了头颅。那么，这个怪物应该是人才对——"

警部扫视着地面，试图找出类似足迹的痕迹，却一无所获。

"麻里子夫人似乎并不知道怪物的存在。但熊丸应该是早就知道这件事了。但他并没将这件事告诉给警察，而是雇用了私人侦探进行调查，这又是为什么？他一定有什么事情不想被警察查到。说不定，他已经隐约察觉到了怪物的身份。对了，怪物很有可能盯上了熊丸。"

如果是这样，似乎也能解释熊丸为什么要雇用私人侦探、怪物为什么要杀害私人侦探了。对了，怪物说不定是错将日向清当成了熊丸，这才杀害了他。日向清在横滨的港口没有见到熊丸，与熊丸错过后，来到了这里。这时，就连女佣和管家都把他错认成了熊丸，那么怪物也有可能把他错认成了熊丸。

这时，树荫里闪过一道人影。

萱场警部不由得屏息，摆好了防御姿势。

是怪物？

不，对方是个普通人。虽然他背对着自己，看不见他的脸，但他又瘦又高，上身穿着鼠灰色的类似夹克衫的衣物，下身穿着偏黑色的裤子。他的背影很像某个人。

"奇怪了。"

警部喃喃道。下一秒，警部反应过来了。对了，他像熊丸！

但是，对方的服装如同园丁一般。而自己刚刚见到的熊丸，穿着庄严隆重的和服。很难想象那位熊丸会穿着宛如劳动者装扮的夹克衫和裤子，在庭院里散步。

但是，如果他不是熊丸，又会是谁呢？如今，管家和司机都不在这里，自己也从没听说过熊丸家里有园丁。熊丸家里应该没有其他男人了吧。

是盯梢的刑警吗？这个想法一闪而过。但刑警应该不会进入庭院，而且对方的背影不像是熟悉的刑警。

警部放轻了脚步，悄悄地靠近了对方。

这时，穿夹克衫的男人突然回过头来。

"啊！"

喊声是警部发出的。

尽管警部内心也为自己大意喊出声而感到懊悔，但谁能不大喊出声呢？穿着夹克衫的男人的脸上，居然没有眼睛、鼻子、嘴巴，是个脸上什么都没有的野箆坊！

还没等警部从震惊中回过神，定睛仔细观察对方，怪物就立刻把头转了回去，像原来那样迈开了步伐。它绝不是逃跑，而是悠闲地离开了。

警部呆呆地愣在原地，过了一会儿才回过神来，立刻追到了怪物的后面。

这时，怪物又回过头来。

"啊！"

警部再次惊讶地喊出了声。

对方居然不是野箆坊，不但好好地长着眼睛、鼻子、嘴巴，而且那就是熊丸本人的五官。

"这不对劲儿！"

警部终于重新振作精神，正准备再次仔细观察对方的脸时，怪物已经动作轻快地向前走去了。

不能让它逃了，反正它已经发现自己了。想到这里，警部大踏步地追向怪物，但是……

"啊！"

警部发出了第三声呼喊。

怪物像是凭空蒸发了一般，消失了。

警部大踏步地跑了过去。等到了应该是怪物凭空消失的地方附近，他扫视了一圈周围，但是地面上没有洞穴，也没有攀爬树木离开的迹象，没有任何可疑之处！

穿着夹克衫和裤子的可疑人物，就像是融化在了空气中一般，消失了！

"最开始是野箆坊的脸，接着是熊丸的脸，最后，像是凭空蒸发一般消失了。但它的背影的确与熊丸的背影一模一样……"

萱场警部的脑海里完全混乱了。

他看到的野箆坊的脸，和他看到的熊丸的脸，两者都是一闪而过。他已经分不清哪个是错觉、哪个不是错觉了。

如果是野箆坊的脸，那实在是有些不合实际了。如果那是熊丸的脸，熊丸又为什么要在自己家的庭院里，穿着一身异样的打扮散步呢？而且，他又是怎么做到凭空蒸发的呢？

在这之后，警部又在庭院里徒劳地寻找了一阵子。回到搜查本部时，他已经身心俱疲了。

罪状昭彰

带着这个难解之谜，那天，萱场警部一整天都在为此发愁。到了深夜，在大阪出差的森川刑警打来了电话。

"喂喂，对，是我，萱场。"

"啊啊，系长您在啊。"森川刑警的声音里透着兴奋，"村桥老师说不定有救了。"

"什么？也就是说，你知道犯人是谁了吗？"

"不，这一点我还没查清。但在留冈遇害的料理店里，有个工作人员今天早上失踪了。"

"嗯，然后呢？"

"是个厨师——虽然说是厨师，其实是打下手的，听说最近才被招进来。调查下去才发现，留冈遇害的那段时间里，他不在厨房。此外，他好像之前就和留冈认识，留冈会带村桥老师去那儿，也有这层原因在。"

"带村桥去？是留冈主动邀请村桥的吗？"

"没有，提出邀请的是村桥老师，只是他不熟悉这里，也没有认识的店。留冈一听，就说自己有认识的店，就带着村桥去了。因为留冈和村桥老师一样，也不熟悉这里，所以接着调查下去就发现，他和那个失踪的男人之间是认识的。"

"原来如此，那犯人就是那个男人吧？"

"对的。虽然现在还不知道他用的是什么办法，但是犯人十有八九就是这个男人。说来，系长，这个男人好像和熊丸有所牵连。"

"啊，他和熊丸之间是什么关系？"

"您想，系长，之前不是有个女人把村桥老师骗到镰仓去了吗？"

"嗯。"

"根据他的长相和身材来看，他应该就是那时候在扇谷的女人家里的那个男人——您想，"说到这里，森川刑警顿了顿，接着有些犹豫地说道："系长，您不是也在他手上栽了个跟头吗？似乎就是那个男人。"

"是吗?"警部苦笑着,"但是,仅凭这一点,是没法判断他和熊丸——"

"还不止这一点。这个男人叫驹井,是熊丸的手下,之前就陷害过松岛爱子。"

"什么? 松岛爱子? 她是熊丸的秘书吧?"

"对的,是这样的。很早以前,松岛爱子在大阪用'君香'这个名字当过艺伎。那时,熊丸和驹井两人合谋陷害了松岛爱子,让她被判了盗窃罪。等松岛认罪了,熊丸忽然又出面亲切地照顾她,爱子就切切实实地承了他的恩情。"

"是吗,他这么做是为了什么呢?"

"村桥先生的意思是,是为了把松岛变成一个有前科的人,好让她协助他犯罪。"

"犯罪是指?"

"这一点就不清楚了。老师的猜测是,他们缺个年轻女人当帮手,但又信不过普通人,所以先把人变成有前科的,再让她承受自己的恩惠。等她成了自己的帮手,再想逃的时候,就能用她的前科威胁她了。"

"这还真像是熊丸干得出来的事情。"

"村桥老师说,这次,熊丸把松岛带来大阪,一定是因为松岛最近不怎么听话了,所以准备让她再犯一次罪,这样她就退无可退了。据他推测,可能这罪就是让她协助杀害留冈。"

"原来如此。所以你推测,驹井这个男人是熊丸的手下,并杀害了留冈。"

"对的,是这样的。"

"但是，"萱场警部边思考着边开口，"你的推测非常合理，只是，这光是推测，没有任何实质性的证据吧？"

"您说的对，不过，"通过电话线传来的森川刑警的声音非常激动，"在留冈遇害的这件事情上，我们可以确定这个男人和熊丸之间是有关联的。"

"就算你能确定他给之前那个女人打过下手，或是当过帮手，光凭这点，也不能证明他和熊丸之间是有关联的——"

"但是，系长，"森川警部几乎是喊叫着说道，"他们的关联大着呢！那个女人是熊丸的妻子！"

"你说什么？"

"那个女人的名字叫小咲，是熊丸真正的妻子。"

"你可别开玩笑了，熊丸不是有个叫麻里子——"

"从形式上、内容上来说，麻里子都是熊丸真正的夫人，但从法律上来说，小咲才是熊丸的正妻。他们结婚没多久就分居了，但他们的户籍还没分开。"

"这些事，你是在大阪查到的？"

"您就别挖苦我啦。是村桥老师跟我说的。"

"村桥是怎么知道的？"

"听说是麻里子告诉他的。"

"什么，麻里子说的？"

"所以这事不会有错的。麻里子是迫于人情道义，才帮那个女人逃出了'咖啡·秋季'。听村桥老师说到麻里子其实是假装昏倒的时候，我都吓了一大跳。"

"麻里子向村桥坦白了吗？"

"对的，她全坦白了。村桥先生之前说想跟系长您见面谈的事情，就是这件事。所以村桥老师才跟我断言，他有证据能逮捕熊丸呢。"

"嗯。"

萱场警部喃喃道。那个大胆且难缠的杀人狂魔，竟然是熊丸户籍上的夫人。

"是吗？那案发当天晚上，熊丸前往位于镰仓的实相寺附近，也是为了见那个女人——叫小咲对吧？是为了见小咲才去的。她先是想杀害村桥，接着又想杀害我，这是她一个人的想法吗？还是受了熊丸的指使？如果从麻里子那儿听到的话是真的，我们立刻就能逮捕熊丸了。"

"所以请您尽快安排行动。"

"好嘞，那就明天。"

"我这边也是，到了明天早上，村桥先生估计就能恢复自由了。到时候，我立刻乘特急列车回来。"

"好的。"

放下话筒，萱场警部强忍着内心的激动。

（终于可以逮捕熊丸了！）

在丸之内发生诡异杀人案件的当天晚上，熊丸朝着横滨出发，但没见到日向清，随后又径直朝着镰仓出发了。这位叫日向清的应该是熊丸猛的双胞胎兄弟，他没能等到熊丸，于是去往熊丸宅邸，并被人杀害。他被凶手杀害后的第二天，一个与熊丸一模一样的男人开车将他搬运到丸之内并遗弃了。熊丸非常可疑。尽管如此，但仅凭这些事情他们对熊丸做不了什么。不料熊丸居然是杀人妖女小咲的丈夫。尽管两人分居了，但有实际证据证明两人还有交往。而且，在松岛爱子在大阪遭到陷害的事情上，熊丸有一定的嫌疑，在杀害留冈的案件上，熊丸也有同伙的嫌疑。

（有了这些证据，应该能让判事下逮捕令了吧。）

自案发以来，萱场警部第一次睡了个好觉。

不祥的预感

第二天早上，萱场警部的精神也彻底恢复了。他猛地从床上跳起来，前往警视厅和上司进行了商讨。接着他朝着检事局 ① 出发了。在那里，他向检察官报告了迄今为止的调查结果，并请求预审 ② 的判事下达逮捕令。

等办完手续，萱场警部终于将逮捕令揣在怀里，振奋地向熊丸宅邸出发的时候，已经接近正午时分了。

不过，正午时分进行的逮捕是很无趣的。逮捕是要趁大清早，也就是对方还躺在被窝里的时候冲进去。萱场警部怀着一丝不安，踏进了熊丸宅邸的大门。果然，与他预料的一致，熊丸不在家。

"那夫人在吗？"

先逮捕夫人是个颇为拙劣的方案，但也没别的办法了。因此，他向女佣开口问道。

"这个，夫人也——"

看来，夫人也不在家。

---

① 检事局，基于《明治宪法》下的《裁判所构成法》构成的部门，现为检察厅。
② 预审，即刑事诉讼中由法官来审查对被告人的指控是否有充分的证据，从而决定是否应将被告人交付审判的程序。

难道是两人有所察觉，所以逃走了？警部仔细询问后，这才安下心来。原来这对夫妇是因为各有各的事情，分别出门了。

"他们什么时候回来？"

"老爷说他傍晚回来。夫人就不清楚了。"

"那么，一会儿再见。"

说完，警部暂且离开了。

随后，他在不引人注目的情况下，悄悄地增加了盯梢的刑警，包围了熊丸宅邸。

到了傍晚，熊丸还是没有回来。

萱场警部非常焦虑。

难道他已经逃跑了吗？过于担忧的警部还安排刑警们前往各处，寻找熊丸的行踪。等到太阳早已落山的八点以后，他终于收到了熊丸回家的消息。

"明天早上再进行逮捕。"

从原则上来说，太阳升起之前以及太阳落山以后，是不能进行逮捕的。因此，警部只能加强防范，以防对方逃跑，将逮捕推迟了一个晚上。

正当警部在搜查本部进行各种指挥的时候，森川刑警陪着村桥从大阪回来了。村桥非常不好意思似的开口道："实在对不住，本来想着先把事情都跟你说了再去的，但实在放心不下大阪那儿。"

"不，没事的。"事情已经发生了，再指责也没用了，因此，警部亲切地说道，"多亏了你，我们才能安排熊丸的逮捕行动呢。那个女人是熊丸正妻，这件事不会弄错吧？"

"不会弄错的。虽然我没确认户籍誊本。"

"我们当然确认过户籍誊本，上面的确写的是'咲'，但那个女人到底是不是咲，我们还不确定。"

"这件事是麻里子女士告诉我的，所以不会有错。接下来要进行逮捕吗？"

"不，逮捕要到明天早上。"

"明天早上？不会有事吧？"

"不会有事的。而且对方也没察觉到这件事。"

"但是，麻里子女士可能已经察觉到了。毕竟是她向我坦白的——萱场君，你能想办法帮帮麻里子女士吗？我跟那个女人约好了，答应她不会把这些事情告诉别人的。如果不解释发生在'咖啡·秋季'的事情，你们就不会相信我说的话，所以我才说的——"

"那个女人没犯什么重罪吧。"

"是这样吗？"

"要是干了别的事情当然另说，如果只限于她在'咖啡·秋季'的所作所为，是不算什么重罪的。"

"这样就好——然后，还有松岛小姐的事情。"

村桥有些羞于启齿，于是森川刑警接过了话："对了，系长，那个叫驹井的男人，他正准备逃之夭夭的时候，被我们抓住了。"

"什么？抓住驹井了？"警部惊讶道，"这可是个大功劳啊。我还担心他没那么容易被抓呢——你带他来了吗？"

"没有，说是先要在大阪接受完调查才行。"

"他坦白了吗？"

"没有，是个强硬的家伙，一般的方法估计是行不通的。但是，几乎和坦白没区别了。他似乎打算让松岛协助他杀了留冈，没想到村桥老师突然来了，不但和留冈见了面，而且即将从那家伙的嘴里听到某些秘密，所以他才选择匆忙动手。松岛是托村桥老师的福，才在千钧一发之际获救了。"

"这还真是，老师，太好了。"警部微笑道。

村桥有些难为情地开口道："还有，我曾经说我听过驹井的声音，他应该是镰仓的那个女人家里打杂的男人。"

"还不只这样呢。他还陷害过松岛，不是吗？"

"森川君已经跟你汇报过了啊？是这样的。所以说，松岛只是被迫在熊丸手下工作，但她什么坏事都没干过。所以说，就不要逮捕她了吧。"

"哈哈哈哈。村桥老师最在意的事情就是这个呀。哈哈哈哈。"

"应该是不会逮捕她的。"

"但是，她是参考人①。"

"只是参考人就被拘留的话，得多可怜啊。"

"别担心，就算拘留，也会给她特殊照顾的，一调查清楚就会立刻把她送回去的。"

"那就麻烦你了。"

"不会有事的。"

"然而我还担心的是，熊丸会不会对松岛做些什么。"

"为什么这么说？"

"你想，再怎么说，松岛都十分清楚熊丸的秘密。要是松岛接受了调查，熊丸就麻烦了吧。要是不用担心被警方发现自己就是幕后黑手还好说，但现在情况可能没那么理想了，我的心里十分

---

① 参考人，在犯罪侦查的过程中，接受侦查机关调查的、非嫌疑人的人。

不安。熊丸连留冈都杀了，松岛也称不上是安全的了。"

"原来如此。这么说的话也是。"

"你……你别这么冷静啊。"村桥突然慌张起来，"你……你快做点什么啊。"

"做点什么是指？"

"做点什么，让熊丸没法加害松岛啊。"

"明天我们就会逮捕熊丸的。"

"但是，不是还有今天晚上吗？说不定熊丸今天晚上就会下手呢？"

"不可能吧。"

"这可不行！"村桥非常紧张，"你想想熊丸之前做的事情。不知道他会做出些什么事来！今天晚上我实在无法安心，你就做点什么吧。"

"就算你要我做些什么——"

"把松岛从熊丸身边带走吧。今晚，把松岛请到这里来，保护她吧。"

"这件事情我做不到，会被熊丸察觉的。"

"熊丸已经察觉到了，所以我才说松岛危险了呀。"

"就算你这么说。"警部一边说着，一边思考，"那这样，你把松岛带出来吧。如果是这样就不用担心了。只要熊丸没有察觉到。"

"不行，我做不到这种事。"

"为什么呢？"萱场警部问道，"只要你这么开口，松岛立刻就会出来的吧。"

"可惜，事实完全相反。"村桥似乎十分悲哀，说道，"她一个劲儿地躲着我。可怜的她，觉得自己是个有前科的人，迈不过心里的坎儿。"

"要是老师不能把她带出来，就没别的办法了。"

"那就没办法了，我放弃把她带出来的想法了。今晚，你能盯紧熊丸宅邸吗？"

"我们已经安排人包围了熊丸宅邸，紧紧盯着呢。只是，熊丸家如果发生什么事，我们就没办法了。"

"但是，警察的工作不只是逮捕犯人吧？还要预防犯罪吧——"

"话是这么说，但今晚不一定会发生犯罪案件——"

"会发生的。要是放着不管，一定会发生的。"

"这就麻烦了。"

警部思考了一会儿："那我们就想想办法，潜入庭院里观察情况吧。"

"只是在庭院里的话，是不知道家里发生的事情的吧？"

"但是我们做不到啊。"警部有些生气了，"光是安排刑警潜入庭院，说不定都会闹出问题来，更别提潜入家里了——"

"你说的也对。"村桥叹了一口气。

"这样吧，老师。"警部像是灵光一闪，"你去家里怎么样？"

"不可能吧，而且现在这个时间去拜访也来不及了——"

说着，村桥看了一眼手表，已经接近晚上十点了。

"有个好消息。"警部开口道，"熊丸夫人现在还没有回家。说不定已经回去了，但刚刚问的时候她还没回到家。你就盯准了夫人刚到家的时机，打电话说你现在想跟她见面。夫人肯定会开心地同意你的请求的。接着，你在那儿尽量磨蹭一点。时间很快就会超过十二点的。到时候，你要么通宵等着，要么在那儿住下。"

"原来如此。"村桥点点头，"这样的话，今晚应该是能在那个家里待着的。只是，只有我一个人去吗？还不知道熊丸那个男人会使出什么手段呢。"

"那你就想办法把森川带上吧。比如说，你打算确认前段时间晚上出现的怪物究竟是什么，总之，巧妙地骗过夫人就行了。"

"总之，我先打个电话试试吧。"

村桥拨打了熊丸宅邸的电话。他问接电话的女佣"夫人在吗"，女佣回答说"夫人刚回来"，所以麻里子很快就接过了电话。

"呀，是村桥老师呀。您是从哪儿打来的电话？啊，东京？您在大阪那边没事吧？听说您又倒了大霉呢。"

"对的，不过，我很快就被放出来了。说来，我想跟您见个面——"

"好呀，好呀，我也想跟老师见个面呢。我来找您吧。您现在在哪里？"

"我过去找您吧——您方便吗，我拜访您的话？"

"当然方便了。"

"会不会太迟了？"

"哎呀，夜晚才刚刚开始呢。其实，我刚好想打麻将，正准备叫朋友过来呢。请您一定要大驾光临呀。"

要是通宵打麻将，今天他就可以一整晚守护松岛爱子了。

"那我立刻过去。只是，我得带着护卫去，可以吗？"

"带着护卫来，是什么意思？"麻里子反问道，她的声音里透露出浓浓的警惕。

"就是有刑警跟着我。"

"哎呀，是刑警啊，那还真是讨厌呢。"

"虽然被放出来了，但是暂时身边都得跟着护卫呢。不过，麻里子女士您也认识他的，就是之前跟我一起住在您家里的那个刑警。"

"啊啊，是那个人啊。是那个人的话就没问题啦。他也不会跟老师寸步不离吧，让他待在别的房间里可以吗？"

"好的，那就这么办吧。"

"那就没问题啦。您快过来吧。"

"一切顺利。"

村桥告诉萱场警部，麻里子已经答应了。

警部露出严肃的表情："那你就去吧。但是，千万要小心。我虽然担心松岛，但也很担心你。对于熊丸来说，老师你现在就是他的眼中钉、肉中刺，碍事得很。"

接着，他对森川刑警吩咐道："所以，就麻烦你了。只要今晚这一个晚上没事，到了明天早上，熊丸就再也掀不起什么风浪了。村桥先生说的对，熊丸很有可能对松岛下手。但我刚刚也说了，他也很有可能对村桥先生下手。而且，听夫人的意思，她估计还会跟以前一样让朋友们过来。到时候会有不少人，我想就算是熊丸也没法轻易下手才是。只是，千万别掉以轻心。"

村桥和森川刑警两人收拾好东西，开车抵达熊丸宅邸的时候，已经接近晚上十一点了。

麻里子和上次一样，跑到了玄关："呀，欢迎您的大驾光临呀。"说着，她几乎要挽着村桥的胳膊了，接着向森川刑警开口道，"辛苦你了呀。"

森川刑警被引到了往常的接待室，村桥则被引到了麻里子的房间。那儿已经有老熟人在了。这三个人分别是兼田增美、今井泷子、神並纪美子。

"欢迎您大驾光临呀。听说您又倒了大霉啦？"增美开口道。

"对的，又遇上了飞来横祸。"村桥回答道。

麻里子像是想要打断村桥，插话道："这个话题，之后再慢慢听老师说吧。我们别浪费时间了，快点开始吧。"

因为多出来了一个人，所以大家通过抽牌决定让谁退出。抽到牌的是增美。

"啊啊，真没意思。"增美鼓起了脸颊。

"我跟你换吧？"泷子说道。

"哎呀，要这么说的话，那就没有抽牌的意义啦。"麻里子说道。

"没事的，没事的。我在一边旁观好啦。毕竟我们说好了的。"

"我不玩儿也没事的。"

村桥话音刚落，麻里子就瞪了村桥一眼："不行不行，说好了的。要按说好的来。"

因此，增美一个人旁观，剩下的四个人围在桌子旁，开始打起了麻将。

尽管村桥满心想的都是有关爱子的事情，但他却不能问出口。他想到，森川刑警也在，如果有什么不对劲儿的事情，对方一定会通知自己的。但他依旧放心不下爱子。他的出牌方式也和以往有很大不同，总是出错，桌子上的筹码也越来越少。

"呀，老师，您怎么了？您今晚不对劲儿呀。"泷子开口道。

"毕竟，身边跟着个刑警呢。"村桥辩解似的说道。

"这个时候就要趁机欺负他了呢。"麻里子刚说完，立刻补上，

"呀，碰 ① 了。不好意思呀。"

深夜追踪

打完东场、南场后，时间也已经过了十二点。这时，女佣端来了夜宵。

"给在接待室的刑警先生也端一份过去吧。"麻里子开口道。

"这天气闷热得很呀。"泷子开口道。她也输了不少，程度仅次于村桥。麻里子依旧一个人遥遥领先。

"输了以后，感觉更热了吧?"增美挖苦似的说道。

"呀，真过分。"

"泷子女士还算好吧。"

听到村桥的话，增美说道："老师，您是真的输得太惨啦。"

"好啦，我们来打吧。"

在麻里子的催促下，西风战开始了。

"真小气，谁都不愿意出个'西'给我呢。"

轮到西西的泷子 ② 不甘心地说道。这时，纪美子突然"呀——"的一声尖叫了起来。

村桥正好坐在纪美子对面，吓了一跳："怎……怎么了?"

他看到纪美子的脸庞后，又吓了一跳。

纪美子的脸色比纸还要苍白，几乎没有一丝血色。她的眼睛瞪得大大的，仿佛屏着呼吸，目不转睛地盯着某处。

---

① 当其他人打出一张牌，而自己手中有两张相同的牌时，正好组成一副刻子，即为碰。
② 此时泷子手中有一对"西"牌，有人打"西"她就能碰，因为是"西风战"，即可得一番。

"纪美子小姐，怎……怎么了？"

旁边的泷子问道。

村桥突然意识到，自己正背对着窗户，因此，纪美子是正对着窗户的。

"纪美子小姐，怎……怎么了？您看见什么了吗？"

"啊啊，好可怕——"

纪美子大口地喘息着，摇摇晃晃的样子，仿佛即将昏倒。

村桥猛地站起身，大步跑到纪美子身边，扶住了她。

"纪美子小姐，怎……怎么了？您看见什么东西了吗？"

"白色的脸，没有眼睛，没有鼻子，什么都没有的脸——好可怕——"

纪美子的声音几乎要消失在空气里。

"又出现了吗？"

麻里子站起身，紧紧地咬着下唇。

"出现？什么出现了？"

说着，泷子的身体颤抖了起来。

增美开口道："呀，这幢房子里会有某种东西现身呀？"

麻里子反抗似的，朝着增美的方向迈出一步，正准备说些什么的时候，突然听到"呀"的一声。

这声尖叫比之前纪美子的尖叫还要尖锐，是仿佛能直达听者心底的绝望的尖叫。

紧接着，走廊上响起了"啪嗒啪嗒"的脚步声。

"村桥老师、村桥老师，"是森川刑警的声音，"请您过来一趟，请您过来一趟。出……出事了。"

村桥立刻站了起来，离开了房间。

"发……发生什么了？"

"似乎是有人想加害一个女人，您过来看看吧。"

"是松岛小姐的声音！"麻里子喊道，"松岛小姐的房间，在走廊尽头右转——"

不待麻里子说完，村桥便跑了过去。森川跟在了村桥的身后。

松岛的房间从里面上锁了。

"松岛小姐、松岛小姐。"

村桥奋力地叩着门，然而里面没有传出任何回应。

"森川君，麻烦你了。"

村桥借着森川的力气，两人一起撞向了门。

"嘎吱"一声，门被撞破了。

但是房间里并没有松岛的身影。

"松……松岛小姐！"

村桥一边大声地喊着，一边环视着这个空空荡荡、宛如蝉蜕一般的房间。

面朝庭院正面的窗户开着。

村桥急忙跑到窗户旁边。

窗台处卡着一条被撕裂的衣服的碎布，似乎是和服下摆的布料。

毋庸置疑，松岛就是从这里出去的。不，应该是被人从这里强行带走的。

这时，远方再次传来了歇斯底里的尖叫声："呀——"

还听到了呼救声："救……救救我——"

正当村桥奋不顾身地想要从窗户爬出去时，他身后响起了一道透着浓浓的不悦的声音。

"这……这到底是怎么回事？"

村桥转过头去，熊丸正一脸不快地站在他身后。

"好像是松岛小姐出事了。"麻里子回答道。

"不先告诉我一声，就闹出这么大的乱子吗？"说着，他向森川刑警说道，"你又是谁？"

"我是警察。"

"什么，警察？谁允许你进来的？"

"我是陪着村桥老师来的。"

"村桥老师？哦，那个小说家啊。村桥君，到底是谁允许你——"

"是我让他来的。"麻里子打断道。

"哦，是只要女人招招手，大半夜的也会上门的那种男人啊。"

"你……你说什么？"

就连村桥都发怒了，朝着熊丸走去。

"大半夜的过来也就算了，还撞破别人家的门，又是怎么回事？"

"救人的时候，哪还顾得上门啊？"

"多管闲事。"熊丸不悦地说道。

这时，庭院处又传来了尖叫声："救……救救我——"

接着响起了纷乱的脚步声，似乎有不少人在庭院里走来走去。

"呀，"熊丸惊讶道，"是谁的脚步声？"

"是警官队的。"森川刑警回答道。

"什么？警官队？"

"对的。松岛小姐被人强行带走了，所以警官队在追寻他们的踪迹。"

"但……但是，警……警官队怎么会这么快——"

"他们早就包围了宅邸，还有一部分已经潜入了庭院。"

说到这里，森川刑警突然反应过来："为……为了抓住那个怪物。"

"怪物又是怎么回事？"熊丸咬牙切齿似的说道。

"您不知道吗？这里的庭院里住着怪物呢。"

"开什么玩笑，怎么可能住着那种东西？"

"但它就住在这里。"

"哪怕住在这里，但你们不曾跟身为家主的我打过一声招呼，一声不响地踏进别人的宅邸，又是什么道理？就算你们是警察，我也不允许。"

"您允不允许都不打紧，我们抓的是现行犯①。"

"现行犯？什……什么现行犯？"

"它不是正带着松岛小姐往外逃吗？啊，又喊了一声。您是听不见松岛小姐的惨叫吗？"

爱子的尖叫声刚过，紧接着又响起了"咚"的一声。

"啊啊，看来是被逼到走投无路了。村桥老师，我们去看看吧。"

说着，森川刑警动作敏捷地跳下了窗。

正当村桥也要跟着从窗口跳下去的时候，熊丸大声喊住了他："等等！"

村桥转过头去，发现熊丸的脸涨得通红，狠狠地瞪着自己。他从没在熊丸的脸上看到过这么凶狠的表情。

"该死的家伙，大大咧咧地闯进别人家，还敢多管别人的闲事，你看我怎么对付你。"

---

① 现行犯，指的是正在准备犯罪、实行犯罪或犯罪后立即被发现的犯罪嫌疑人。

不知何时，熊丸的手上已经拿起了不知从哪里变出来的手枪。

"老……老公。"麻里子慌忙拉下了熊丸的胳膊，朝着村桥喊道："快，快，您快逃吧！"

村桥一言不发，跳下了窗户。

"滚开，别拦我！"

熊丸愤怒的声音在村桥的头上炸开。村桥左耳进、右耳出，朝着远处跑去。

一是为了躲避熊丸无视法纪的乱射，二是为了将松岛从危险中解救出来。

本就潜伏在庭院里的警官们，再加上听到松岛的尖叫声后如雪崩般涌入庭院里的警官们，总共有十人左右，都朝着尖叫声发出的方向跑去。只是，天色已暗，而且庭院过于宽广，想要追上怪物并不容易。

然而怪物毕竟抱着爱子，也没料到会引来这么多的警察，因此依旧像无头苍蝇一样在它熟悉的庭院里到处乱窜，渐渐地就被警察们包围了。

"他有秘密的藏身之处，别跟丢了！"

萱场警部愤怒的声音响起，似乎是在命令着。不知何时，他也来到了这里。

当森川刑警和村桥终于赶到现场附近时，一位刑警说道："呀，他朝那儿逃了。"

森川刑警立刻举起手电筒照了过去。

一个没有眼睛、鼻子、嘴巴的怪物野篦坊，正抱着爱子拼命地奔跑着。爱子的手臂和腿软软地垂着，一动不动，似乎已经没有了力气，陷入了昏迷。

怪物似乎在逃跑的过程中注意到了村桥，于是突然改变了自己的逃跑方向。它居然直直地朝着村桥冲了过来。

就连村桥都不由得打了个冷战。对方穿着夹克衫和裤子，应该是人。但是，它的脸是多么令人胆寒啊。不，怎么会有这样的脸？

尽管它抱着爱子，但其敏捷程度远超人类。而且它非常善于使刀，新山侦探也曾败在它的手下。哪怕它不像熊丸一样有手枪，但自己也绝不能大意。

村桥有些胆怯，但很快就重振旗鼓。他拦住了怪物前行的道路。

怪物与村桥之间的距离眼看着越来越近了。

比起打败怪物，村桥更在意如何救出爱子，因此他想到，如果威胁对方，说不定它就会放下爱子。于是他大声喊道："把女人还给我。要是不给，你可就没好果子吃了。"

怪物没有回答，反而像是嘲笑了一下。当然，它没有脸，因此也不能确定是否真的是在嘲笑。但村桥就是有这种感觉。

事已至此，只能靠武力夺回爱子了。村桥鼓起勇气，朝着怪物冲了过去。

这时，怪物突然停住了脚步，滴溜溜地转了一个圈，接着很快就钻进了右边的树丛中，一瞬间就没了踪影。

"该死的，该死的。"

村桥立刻跑到树丛旁，但怪物已经消失得无影无踪。

"怎……怎么了？"

森川刑警也赶了过来。

第十二章　地下的怪人

密　室

"这里绝对有个密道!"

村桥怒喊道。

森川刑警吹响了口哨。

"抓住了吗?"

几位刑警跑了过来。

"它在这附近消失了!"

听到村桥的喊声,刑警们一起在附近搜寻起来。

但是地面上没有任何异常之处。

村桥的注意力放在了这一带粗壮的树木上。

怪物是在树木附近消失的。其中一定有蹊跷。

毕竟是深夜,就算刑警们都拿着手提式照明灯,也只能说是没那么昏暗了,要发现密道的入口还是十分困难的。

村桥无比担心爱子的安危,根本没法冷静下来。

"有了。"

村桥一棵接一棵地敲着树,终于,他的表情明朗起来。有一棵树的声音不同。外表虽然没有可疑之处,但里面似乎是空心的。

"这棵树不对劲儿。"

听到村桥的话,刑警们都靠了过来。

"原来如此,的确不对劲儿。"

森川刑警跟着说道。但这究竟是什么原理,他也毫无头绪。

"从它突然消失这一点来看,"村桥开口道,"说不定哪里藏着一个按钮，一定是那种'啪'的一声打开又立刻合拢的机关。"

刑警们又搜寻了一遍类似按钮的构造，但一无所获。

夏天的夜晚很短，东边的天空已经泛起了鱼肚白。

接到紧急报告，萱场警部也过来了。

"再磨蹭下去也没什么用。"村桥开口道，"把这棵树砸了吧。"

萱场警部同意了。

很快就有人从仓库里拿来了斧头和锤子。

"用力！"

在萱场警部的指挥下，这棵可疑的树被斧头和锤子砍倒了。

树的正中央开着一个大大的洞。

村桥正准备第一个跳进去，却被人拦下，让森川刑警抢了先。接着，刑警们接二连三地跟着跳了进去。

"对方擅长剑道，你们小心。"

背后，传来了萱场警部的大喊。

地下的密道比想象中的还要宽敞。只是，天花板很低，众人只能低着头前行。

走了大概两三町的距离，蜿蜒的密道尽头有一道结实的门。

"砸破它。"

斧头等工具再次派上了用场。

砸破门后，众人本打算一拥而入，却不由得停住了脚步。

房间大约有十叠榻榻米 ① 的大小，其整洁程度几乎不像是个地下室。房间里铺着榻榻米地板，上面有几样家具，角落里还摆着床。不知道是从哪儿牵来的电线，居然还有电灯。似乎还有会

———————————

① 叠，日本榻榻米的计量单位，一叠指宽为 90 厘米，长为 180 厘米，即 1.62 平方米的大小。十叠榻榻米为 16.2 平方米。

出水的水龙头。

昏迷的爱子正横躺在房间中央。而将爱子护在身后，笔直地站着的人，竟然是熊丸！

不，称它为像熊丸的男人，或许更为妥当。它的身材与熊丸非常相似。不只如此，它的眼睛、鼻子、嘴巴，都和熊丸长得一模一样。但这些五官仿佛人偶一般，一动不动。它的眼睛是两个空洞，鼻子和嘴巴也像是附在脸上的一般没有生气，看起来非常诡异。

怪物手里握着大刀①。看到众人进来，它"唰"的一下将刀鞘丢在地上。

看到这一幕，以村桥为首，刑警们不禁绷紧了身子。

怪物将刀刃对准了前方，摆好了姿势，用诡异、嘶哑的声音喊道："你们是谁？"

"是警官！"森川刑警喊了回去，"不要做无用的抵抗了！束手就擒吧！"

"我不会抵抗。但是，如果你们想捆住我，你们就没命了。"

"我们是警官！"森川刑警喊了回去，"就算命没了，也要把你捆起来！"

"是吗？"怪物喃喃道，"好吧，那我不抵抗，但是，我也不会被你们捆住的。"

"到底要我们怎么办？"

"总之，先看看吧。"

"你……你到底是谁？"一位刑警喊道。

———————————

① 大刀，指笔直且长的刀。平安时代以后，将笔直的刀称为大刀，将弯曲的刀称为太刀。

怪物脸上的肌肉没有丝毫变化。它以一种诡异的表情回答道："什么啊，你们不知道我是谁啊？"

"报上名字！"

"我是熊丸猛。"

"啊？你说什么？"

"我杀错了一个人。此外，我还杀了一个私人侦探。我已经做好心理准备了。"

"把爱子还给我！"村桥喊道。

怪物似乎是受了极大的打击，它想冲到村桥面前，却按捺住了："嗯，你就是那个叫村桥的小说家吧？可以，事已至此，爱子就还给你吧。"说着，他回头看了一眼昏迷的爱子，叹了一口气，"啊啊，爱子，因为这个女人，地下的秘密也暴露了。要是没有这个女人，我说不定还能再安稳地过一阵子。啊啊，我是一个多么不幸的人啊。一切都是因为我爱上了这个女人——我应该那个时候死的。一切的不幸都是从我活下来以后才开始的。"

"你到底是谁？"村桥将语气放柔和了些，问道。

"自从看到那个女人的第一眼起，我就爱上了她。"怪物没有回答村桥的问题，自顾自地说道，"我在地下饱受着爱情的折磨。不能在白天现身是多么悲哀啊，我只能趁晚上的时候悄悄地离开地下，窥伺那个女人的身姿。可是，我的恋慕越来越强烈——我开始憎恨明了。"

"明又是谁？"

"就是被你们当成熊丸猛的男人。"

"啊？"

"渐渐地，我开始憎恨明了。我恨那个随心所欲地指使着爱子的明。最后，我终于忍不住了，狠下心准备把他杀死。不料悲哀的误会发生了，被我杀死的人是清。"

"清？"村桥问道。

"清、明再加上我，我们是三胞胎兄弟。"

"啊？三胞胎！"

"我们三个出生后，父亲乔因为害怕世人的议论，只留下了我，让清和明挂在别的户籍下。清和明从小就性格乖僻，长大以后，两个人都去了国外。后来，不知道清去哪里了，只知道明在国外犯了罪，逃回了国，顶着个假的名字到处跑来跑去。我就是在那个时候找到明的。不料，清也跟我联络了，但是明瞒着我拦截下了清的信。我不知道清已经回来了，所以那天晚上，我以为回来的是明，就一刀砍下了他的脑袋，没想到那居然是清。很快我就反应过来了，但已经来不及。我想着，至少要把罪名推到明的头上，所以才装成明的样子，开车把清的尸体遗弃在了丸之内。"

原来如此，是这么一回事啊。

丸之内的诡异杀人案件的谜题解开了。在此之前，众人一直不知道有猛、明、清这三胞胎兄弟。

清在横滨的港口等得不耐烦了，于是前往位于北泽的熊丸猛宅邸时，地下的怪人以为他是明，因此一刀砍下了他的头。很快他就反应过来自己认错了人，想着事已至此，就将这个罪名推到明的头上吧，就利用自己和明长得十分相像这一点，戴上面具，开着汽车离开了。女佣小花看到的人是清，而栗井老人看到的是这个地下的怪人。这三个人长得一模一样，被其他人认错也是情理之中的事情。

怪人继续说道："在这之后，明这家伙就提防起我来了。他请了私人侦探过来，想要牵制住我。所以我斩杀了新山。"

"如果熊丸猛是明，"村桥开口道，"那你是谁？"

"我是熊丸猛。"

"但……但是。"

"你的怀疑也是有道理的。那时，我找到了顶着假名东躲西藏的明后，就把自己的名字和房子、财产都给他了。明和我长得一模一样，所以世人都以为明就是我。"

"这……这是从什么时候开始的？"

"三年前。从这个家发生火灾以后开始的。"

"发生火灾以后。"

村桥不禁重复道。

原来如此。这么说来，火灾后的一两天里，熊丸猛下落不明，引起了一阵骚动。但没过多久，其他人就发现了熊丸猛，自此之后，熊丸猛就从社会隐退了。他明明深爱着自己的夫人，但很快又娶了麻里子当夫人，引来了世人的怀疑。栗井老人也曾说过，自从发生火灾以来，老爷的性格就变了不少。他应该是将熊丸猛在发生火灾以前的所作所为，与发生火灾以后的所作所为进行了比较，这才发现有着很大区别吧。

各个方面都印证了这个怪人所说的事情。

村桥继续问道："你到底是为什么，让明取代你的身份，自己却躲在了地下？"

"呵。"怪物自嘲似的笑了一声，没有回答。

"到底是为什么？"村桥再次问道。

怪人这才开口："事到如今，你还不明白吗？"

"是因为失去了夫人的悲伤吗？"

"那是个贞洁的女人。"怪人像是沉浸在过去的回忆中，"啊啊，要是那个女人还活着——不瞒你们说，我就是在爱子身上看到了我夫人的影子。当然，这份熊熊燃烧的恋火中，也有这三年来一直在地下过着禁欲生活的原因在。只是，我想最大的原因还是，我在爱子身上看到了我深爱的夫人的影子吧。受这份感情驱使，我才砍死了两个人，最后还使用暴力将爱子带了过来，自此一切就结束了吧。"

"你为什么要躲在地下？"村桥执着地问道。

"三年前发生火灾的时候，我深爱的夫人逃晚了，被浓烟吞噬了。我不顾其他人的阻拦，冲进了火里。但已经来不及了。夫人已经被火烧死了。"

"这件事情我已经知道了。但是，你不是平安地——"

"不，我并非平安无事。我的烧伤是世上罕见的程度。我是迎面冲进火里的。我的眼睛、鼻子、嘴巴、耳朵，都被火烧没了——"

说着，他的假面"啪"的一声掉到了地上，被假面掩盖的脸也展现了出来。这是一张丑陋怪异的、野篦坊的脸。

众人不禁发出了感慨。

该怎么形容这张脸呢？上面没有称得上是眼睛的器官，没有鼻子，没有嘴巴，也没有耳朵。是被火焰烧化了的、丑陋的脸啊！

可是，这是为了将深爱的夫人从火灾中拯救出来而背负的烧伤。这是名副其实的光荣的烧伤。只是，如果这张脸出现在光天化日之下，世人又会怎么评价它呢？

"我觉得很丢脸。"熊丸猛开口道，"这张脸出现在世人面前的话，我觉得很丢脸。所以我暂时躲了起来，一个人也不见，马上把明叫了过来。接着，我拜托明当我的替身。我和明谈好后，秘密地建造了这个地下室。然后，我就躲到了这里。自此以后，明就变成了熊丸猛，骗过了世人的目光。"

"这三年来，谁都没有注意到你吗？"

村桥不禁询问道。

"没有。没有任何一个人注意到我。要是我老老实实地躲在地下，估计也就不会引人注目了吧。然而，自从我的心被爱子夺走了以后，我开始经常从地下出来。渐渐地，附近的人也发现了我，甚至出现了关于我的传闻。但这些事情还不算致命。直到你这个人出现——"熊丸猛指着村桥，"从你突然出现，吸引了爱子的注意力开始。从那以后，我的心也越来越乱，最后提前迎来了毁灭。"

村桥不知道该说些什么。虽然他很同情熊丸猛，但他并不觉得自己有什么责任。

村桥故意换了个话题："你应该认识那个叫小咲的女人吧？"

"那个女人是最麻烦的，一直缠着明，不肯放过他。她奸猾得很，很快就看破了明的身份。只有她知道明的秘密，所以明在她面前，一直抬不起头，只能按她说的做。那是个可怕的女人，无论是什么坏事，她都能若无其事地下手。她一直缠着明，为了明，她什么都敢做。为了保护明的这个秘密，她甚至能一脸平静地杀人。"

是的，村桥也差点被她活埋了。萱场警部也是，差一点就死在那个女人手里。原来这一切都是为了保护明的秘密吗？

"麻里子女士呢？麻里子女士不知道吗？"

"那个女人不知道。那个女人从一开始就深信明就是猛。我还活得好好的时候，明就假借我的名义对那个女人下手了。那个女人深信贫穷的明就是富有的猛。正好就在这时发生了火灾。我成了这副连自己都不愿意多看一眼的丑样子，让明代替了我的身份，自己躲进了地下。巧合之下，明就变成了猛。本来是跟麻里子撒谎称自己是猛的明，现在成了货真价实的猛。所以，从一开始，麻里子便深信明就是猛。明也有弱点，再加上还有小咲这个女人在，所以就放任麻里子肆意妄为了。"

除了一个疑问，几乎所有的疑问都水落石出了。

这唯一的疑问是什么呢？便是那只在接待室里的巨大蛤蟆。

"接待室里的那只蛤蟆是什么？它身上果然有什么秘密吗？"

怪人点了点头："那是我命令明摆在那儿的。"

"那是什么东西？有什么用吗？"

村桥喊道。怪人没有回答，而是举起一只手，转动了某个类似开关的东西。

过了一会儿，响起了"嘎——"的一声刺耳的噪音，紧接着，不知从何处响起了假的猛的声音。

大蛤蟆的秘密

"他……他们在闹什么？"

熊丸的声音里透着激动。

对方似乎是麻里子："他们在追怪物呢。"

"怎……怎么可能，哪来的怪物——"

"但是，它可是将爱子带走了呢。"

"然……然后怎么样了？"

"好像是已经抓住了。"

"什么，抓住了？"

"对的，好像是抓住了。"

听到这里，怪人不快地咋了咋舌，关掉了开关。

"那么，那只蛤蟆是——"

怪物打断了村桥的话："是扩音器，那只蛤蟆里面装着扩音器。哪怕是再小的动静、再小的说话声，都能听得一清二楚。光是个箱子摆在那儿，肯定会被发现的，而且说不定用人们会出于好奇去触碰。所以才故意做成了那种一看就让人心生厌恶的东西，这样用人们就不会轻易触碰了。通过这个扩音器，虽然我人在地下，但家里发生的事情我几乎都能了如指掌。"

村桥正好奇对方为何如此了解爱子的事情与自己的事情，原来他在那只蛤蟆里藏了扩音器。只要是在接待室里，哪怕是再小的声音，这里都能听得一清二楚。那么，村桥和爱子之间的对话，估计他也听得清清楚楚了。

"活着的蛤蟆呢？庭院里养着的蛤蟆呢？"

"都是伪装。为了让你们不对接待室里的那只有点恶心的蛤蟆起疑心，才在庭院里养了蛤蟆。让你们觉得这是一个喜欢蛤蟆的人放的装饰品，这样就能骗过你们了。"

"原来如此。"村桥叹了一口气，"原来是扩音器，我还真是没想到。"

"不只是扩音器，它还能监听电话。"熊丸猛像是彻底认输了，将一切秘密和盘托出，"只要按下这个按钮，无论是从这个家里打出去的电话，还是从外面打进来的电话，都能听见。"

说着，他又转动了另一个按钮。

这时，再次传来了熊丸的声音："你好，嗯，是小咲吗？已经完了。被发现了。是爱子那家伙，爱子那家伙把一切都毁了。猛那家伙抓着爱子逃跑了。"

"呀。"小咲的声音微微颤抖着，"他们抓住猛了吗？"

"嗯，听说已经抓住了。"

"但是，但是，我应该没事吧？"

"不好说。你还是趁早逃吧。"

"那……那你呢？"

"我会自己想办法的。总之，你先逃吧。"

"那我就先去大阪了。我们在燕号列车见吧——"

听着两人的对话，村桥似乎即将想起什么事情，却怎么都想不起来。

他感觉，自己仿佛在哪儿听到过这两个人的对话。对了！在丸之内发生杀人案件的那天晚上，电话串扰的时候，他听到过一对男女的电话，说自己的头可能会被砍下，就是那个电话！

那是熊丸和小咲，在东京和镰仓之间拨打的电话。熊丸知道在地下的猛似乎正盯着自己，因此才将这些话告诉小咲的。正好，那天晚上，日向清出现在了熊丸宅邸，猛将他误认为了明，砍下了他的头。

扮作猛的明知道危险即将临近，于是让小咲先逃，自己也准备采取一定的措施逃跑。

村桥心中所有的疑问都得到了解答。

眼前这个握着白刃、笔直地站着的丑陋的男人，虽然是杀了两个人的犯人，却也是个值得同情的人物。

他为了拯救自己心爱的妻子，冲进了猛烈的大火中，因此脸上才出现了这么严重的烧伤。小咲也好，麻里子也好，这两个女人都和他没有任何关系。在火灾之后，他耻于面对世人，因此躲藏在了地下。在这之后他犯下的罪行，也是这三年的地下生活所造成的。如果要说他有什么错处，那就是让明这种男人当自己的替身了。这是他的败笔。

在这个危急关头，村桥如此想到。

森川刑警想的却是别的事情。不能说他不同情怪人，但同情归同情，犯罪归犯罪。更何况，伪装成猛的人现在正在着手准备逃亡。他必须尽快离开这里，将这些事报告给上级。

森川刑警喊道："给我老老实实地出去！"

怪人看了一眼刑警，脸上有些扭曲。

在这个没有眼睛、鼻子、嘴巴的野箽坊的脸上，浮现出一种难以言喻的、恶心的表情，分不清他究竟是在笑还是在哭。

村桥这才回过神来，开口道："对，先出去比较好。"

怪人看了一眼村桥："你觉得我还能活下去吗？"

"这……这个。"

村桥一时间卡壳了。的确，要是让这个可悲可叹的怪人继续活下去，那他也太可怜了。不，哪怕他想活下去，在外面等着他的也只有死路一条。

森川刑警有些急躁："出去！不肯出去的话，我们就要把你捆起来了！"

"哈哈哈哈。"怪人诡异的笑声响彻了地下，"不劳你们动手。"

话音刚落，他的刀刃就对准了自己的咽喉。

"啊！"

森川刑警以及其他刑警都不由得喊道。紧接着，两三位刑警冲到了怪人身边，但已经来不及了。

熊丸猛"咻"的一下，将刀刃压进了自己的咽喉。

接着，他痛苦地呼吸着，喃喃道："给我介错①，给我介错。"

刑警们不禁面面相觑。

就算他要介错，刑警们也不知道介错的方法。而且，这一行为是被法律明文禁止的。

其中几位刑警跑到了外面，很快，他们带着医生进来了。剩下的刑警围在怪人身边，想要帮他止血。

村桥立刻跑到爱子身边。

怪人的身体还在一颤一颤地抖动："不要让别人看见我的尸体。其……其实我准备把这里烧了，死在这里的。但现在已经晚了。求求你们了，处理我尸体的时候，不要让其他人看见。"

说完这些，他的手脚就垂了下来，似乎已经没有了呼吸。

村桥抱着爱子，离开了地下。

天已经彻底亮了，树林底下的青草上沾着大颗的朝露。

森川刑警不停地向萱场警部说些什么。

萱场警部看了一眼村桥，问道："没事吧？"

"没事。"很快，他意识到对方问的是爱子，"她没事，只是昏迷了。"

"怪物呢？"

---

① 介错，指在武士进行切腹自杀时，为免除他的痛苦，令其尽快死亡，由另一个人准确迅速地砍下他的头的行为。

"已经死了。"

"还真是悲惨的一生啊。"警部颇为感慨，但很快表情就变得严肃起来，"对了，还得收拾那个假熊丸。停车场那儿也得尽快安排人过去。"

恶汉的结局

怪人猛不止在蛤蟆里安装了扩音器，还在地下监听了电话。幸而，刑警们因此也得知了熊丸让小咲逃跑的指令。

萱场警部欢欣鼓舞，立刻安排手下前往东京站。接着，他走到了熊丸面前。

熊丸的表情十分痛苦："你们实在是蛮不讲理！"一看到萱场警部，他就怒喊道，"没有我的许可，就敢让这么多人跑到别人家的庭院里吗？"

萱场警部平静地说道："毕竟，我们是在抓现行犯——"

"现行犯指什么？"

"有个怪物抓走了在这里担任秘书的松岛爱子小姐——"

"哪怕是这样，你们也要先得到我的许可吧？"

"毕竟，事出紧急——秘书被怪物抓走了，你总不会见死不救吧？"

"你一直在说怪物、怪物的，怪物是指什么东西？"

"你不知道吗？怪物就藏在这个宅邸的地下呢。"

"说什么胡话，我家里怎么可能会有怪物——你是指明吧？"

熊丸镇静地断言道。萱场警部有些被他吓到了，看向他的脸。

熊丸没有给萱场警部反应的时间："藏在地下的是熊丸明。他不是怪物——"

"也就是说，你早就知道了——"

"我怎么敢让那种顶着怪物一样的脸的人到处乱跑！我是遵循了他的愿望，才让他藏在了地下的。如果这也算有罪，我无话可说。明是我的兄弟。他不愿意让世人看到自己丑陋的姿态，作为哥哥的我又怎么能不满足他的愿望？明只是顶着一张怪物一样的脸而已，他什么坏事都没做过。"

"但是他抓走了秘书——"

"你一直说抓走、抓走的，我告诉你，明是我的家人，秘书也是我的家人。但你有什么证据能证明，明违背了秘书的意志，采用了暴力手段，或是他想要加害秘书——"

"秘书尖叫着呼救了，对方明显是有意要加害秘书。"

"你要这么想，那我也没办法了。之后我们法庭上谈吧。然后呢，你们抓住明了吗？"

"您一直称呼他为明，但是，那个藏在地下的人是熊丸猛。"

萱场警部语气坚决地说道。他抬头看着熊丸的脸。

熊丸像是被吓到了一般："你……你在说什么胡话？熊丸猛是我。"

"但是，地下的怪人说自己是猛，您才是明。"

"说……说什么胡话？那是他发疯了。我们是兄弟，而且是双胞胎兄弟，所以我们两个长得很像。我是哥哥猛，他是弟弟明，这是明摆着的事实吧。那家伙忘了我把他藏在地下的恩情，一心想着怎么脱罪，才……才说的这些胡话。"

"我们有理由相信那个人才是猛。"

"什么？你们——这就有意思了，你们有什么证据吗？拿出来给我看看吧。"

"我们没有什么证据。"

"那……那就是蛮不讲理！你明明没有证据，还敢抓我，说我是明吗？这可是蛮不讲理！如果你说我是明，那就是说我抢占了这个家。在没有证据的情况下，你敢说我是冒牌货吗？"

的确，萱场警部只掌握了地下怪人在自杀前向村桥坦白的那些话，现阶段没有其他实质性的证据。因此，面对熊丸连珠炮似的逼问，他沉默了。

但他也不甘心一直沉默下去："你再怎么狡辩也没用了。我们已经有证据了。你和小咲是夫妻关系——"

"说什么胡话？小咲是明的夫人。"

熊丸又巧妙地辩解道。的确，小咲是明的夫人。只要警部没有确切的证据证明眼前正在撒谎的熊丸猛是明假扮的，就没法断言小咲是他的夫人。

警部苦笑："你说的对。但是，你就是明先生——"

"你现在还在说这些胡话吗？差不多得了，你给我快点出去吧。"

"我要做的事情还没完——原来如此，小咲是明的夫人。然而，你与这位身为明的夫人的小咲之间有着多次交往，协助她犯罪。"

"她犯罪指的是什么？"

"两次杀人未遂。那个女人差点杀了我和村桥老师。"

"你的意思是，我协助她做了这些事？"

熊丸似乎又要拿出自己的撒手锏"拿出证据来"了，警部急忙说道："你去了位于镰仓扇谷的小咲家，就是最好的证据。你让司机把你送到了实相寺附近，我们已经查到了那名司机。"

"我去拜访我弟弟明的夫人，有什么奇怪的？而且，只是拜访了小咲而已，这算不上是帮她犯罪的证据吧？"

"随你怎么狡辩，总之，你有很大的犯罪嫌疑。请你跟我们去一趟警察局吧。"

"不，免了。"

"今天我们可没这么好说话了。我们手上可是有逮捕令的。"

"什么，逮捕令？"

"是的。"

说着，萱场警部拿出判事开的逮捕令，仿佛在说"怎么样啊"。

熊丸脸上流露着嘲讽，看着逮捕令："这还真是意外啊。只因为一点小小的嫌疑就轻易地逮捕良民，这可要出大问题的。"

"到底是不是小小的嫌疑，之后会搞清楚的。就请你跟我们一起走一趟吧。"

"嗯。"熊丸稍微思考了一阵子，接着，他的脸上浮现出嘲讽般的微笑，"你刚刚说，我不是猛，而是明，对吧？"

"对的，是的。"

"那这个逮捕令对我无效。你去逮捕地下的怪物吧。"

"这……这——"

"难道不是吗？你也说了，在地下的是猛，我是明。这个逮捕令上也明明白白地写着猛的名字。所以，这个逮捕令对我无效。如果你逮捕我，就等于承认我是猛了。"

"嗯。"

警部又无言以对了。

熊丸心情愉悦地看着警部："如果你坚持认为我是明，那你就得回去修改逮捕令了。怎么样？现在准备怎么办？"

熊丸说的对。如果熊丸的确不是猛，而是明，那就必须修改逮捕令上的名字。就算判事愿意修改，时间一耽误，熊丸也有可能趁着这段时间逃跑。

"好吧，"警部开口道，"今天就逮捕你这个自称是熊丸猛的人吧。"

"是吗？"熊丸嗤笑道，"我就是猛。那我就作为猛被逮捕吧。不过，逮捕我的理由只有一个，那就是我有协助明的夫人小咲犯罪的嫌疑，对吧？"

"还有别的。你提供伪造的证据，陷害了松岛爱子。"

"什么？"熊丸连眉头都不皱一下，"还有呢——"

"你杀了司机留冈。"

"证据呢？"

"你的手下已被逮捕了。他坦白说自己叫驹井，曾谎称被松岛爱子偷走了六十日元，此外，他在大阪的料理餐厅工作的时候趁机邀请留冈进店，下毒杀死了他。这些事情他统统坦白了。"

这时，熊丸的脸上终于浮现出狼狈的神色："他在撒谎。我不认识这个人。我只记得我救过松岛，可不记得我什么时候害过她。而且，杀害留冈这事，是个天大的误会。"

"还有什么要说的，一起留到检事面前说吧。我们出发吧。"

"那明怎么办？你们要把他那可怜的脸公之于众吗？"

"明先生已经自杀了。"

"啊？自杀？"

熊丸的脸上露出了显而易见的安心。

"对的。"警部点了点头，"在自杀之前，他坦白了所有的事情，这才赴死的。"

"死前说的话，在法律上都算有效证据吗？"

"不，话也不能这么说——"

"是吧？要是死前说的事情都被你们信以为真，那不知会给活着的人添多大的麻烦呢。"

"但是，怪人说的话里有许多可信之处。"

"那是你的一厢情愿吧。"

"检事、判事、法官以及其他人都会相信的。"

"也就是说，你坚持认为我是明咯。那我就是——"

"不。"警部急忙打断道，"我今天逮捕的是作为猛的你。好了，你快做准备吧。"

"那你把麻里子叫过来吧。之后我还有些事要吩咐她。"

"实在抱歉了，麻里子女士也要一起去警察局。"

"什……什么？"熊丸惊讶道，"麻里子也……难道说麻里子做了什么吗？"

"她在'咖啡·秋季'帮助小咲逃跑了。这是她本人坦白的，不会有错的。"

"是吗？"熊丸叹了一口气，"只有这一件事吗？"

"现阶段只有这一件事。"

"是吗？那罚点钱就能解决了吧？"

"关于这一点我无可奉告。"

"总之，你让我见她一面。要是她出去比我早，我有事要拜托她。"

"那就让她过来吧。"

萱场警部吩咐部下叫麻里子过来。

　　只是，没过多久，刑警一脸为难地回来了："夫人不见了。"

　　"什么，不见了？"

　　"是的，刚刚一片混乱的时候，一不小心就放松了对夫人的监视——"

　　"麻里子已经逃了吗？"

　　熊丸一反常态，冷静地问道。这时，一位刑警慌慌张张地跑进来了。

　　"怎么了？"警部开口道，"是找到夫人了吗？"

　　"不，不知道夫人在哪儿，但是抓到小咲了。"

　　"什么？"熊丸惊慌地喊道。

　　"是吗！"萱场警部心满意足似的喊道。

　　这原本是他最担心的事情了。这是个无法用正常的方法来对付的女人，他已经做好了对方突破警方的包围网逃跑的心理准备，或许是连老天都看不下去了，不费吹灰之力就抓住了她。

　　"小咲被抓到了，小咲被抓到了。"熊丸呻吟似的说道，"你……你们是在哪里抓到她的？"

　　"在你命令她去的地方呀。"萱场警部得意扬扬地炫耀道，"小咲准备在东京站乘燕号列车逃跑。刑警早就在那里守着，轻而易举地抓到她了。"

　　"什……什么？我的命令？你……你都听到了吗？"

　　"我们听到了你的电话。"

　　"你不可能听到的。是在密室，我是在密室打的电话。"

　　"哈哈哈哈，你的电话都泄露到地下室了呢。"

　　"什……什么？地下室？"

"是的。村桥，还有许多刑警，都在地下室听到了你命令小咲的电话。"

"原……原来是这样。"

"地下室的怪人也没放松对你的警惕呢。"

"原来是这样，原来是这样。"熊丸摇摇晃晃地坐在了椅子上，"小咲被抓到了啊。"

"听说她已经放弃抵抗了，该坦白的都坦白了。"刑警开口道，"包括猛先生其实是明的这件事情，以及杀了留冈的事情和伪造证据陷害松岛的事情——"

"你……你说什么？"

"她说，她做的这一切都是为了不让其他人发现你其实是明。地下怪人的事情可能瞒不住留冈了，所以才杀了留冈。顺便，还想着将这个罪名推到松岛头上，要是爱子准备泄密，就拿这个事情威胁她。系长和松岛似乎也察觉到了这个秘密，所以才想着把他们杀掉的。也就是说，她做的这些事情都是为了保护熊丸明。虽然她凶狠恶毒，但从这一点来看，她还是挺忠贞的呢。"

刑警挖苦道，还露出了一个微笑。

这时，熊丸的脸色突然变了。他的脸上肉眼可见地褪去了血色，额头上渗出了汗水，他痛苦地捂着自己的胸口。

"完了。"警部喊道，"马上叫医生过来。让他死了就麻烦了！"

"已经迟了。"熊丸喊道，"我马上就要死了。再见了，我就要死去了。我是作为熊丸猛死去的。明已经作为明死去了。小咲，啊啊，小咲居然就这么被你们抓到了——"

说着，熊丸的呼吸越发痛苦起来，最后"扑通"一声倒在了地上。他已经没有了呼吸。

"完了。"萱场警部失落地说道，"他应该是什么时候吃了毒药吧。"

就这样，熊丸家的三兄弟都离奇死亡了，麻里子夫人也不知道去了哪里，蛤蟆屋就此荒废了。

幸而，警方抓住了小咲，一切问题都得到了解答。很快，小咲就被处刑了，而捏造伪证的驹井坦白后，爱子也提起了非常上诉①，划清了前科，恢复了清白之身。在这之后，松岛爱子估计会在众人的祝福中和小说家村桥结婚吧。

只是，麻里子夫人的行踪依然不为人知。

健忘的世人已经快要忘记这起恐怖的案件了。

（本书完）

---

① 非常上诉，是刑事诉讼之特别救济程式，主要目的是纠正裁判错误、平反冤狱、统一法律见解。

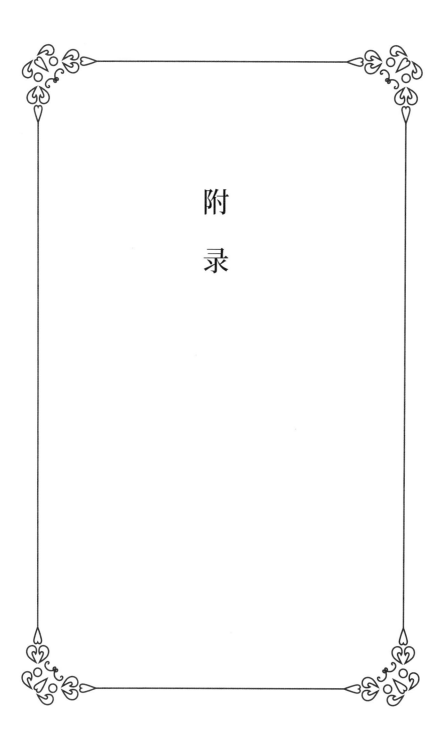

附

录

实属偶然·我为何会成为侦探小说家呢？

（译者：温雪亮）

关于我为何会成为侦探小说家这件事，之前总是有人向我问起，每次我也都回答过，虽说如今再重新提及多少有些难为情，但还是想简短交代一下。实际上，这件事纯属偶然。

大正七年（1918年）的夏天，那时刚从东大应用化学专业毕业的我，还是个胸怀大志的青年技术人员。当时正值第一次世界大战，不论制造出什么东西全都能卖掉，是日本化学工业最鼎盛的时期。所以，哪怕我以倒数第一的名次毕业，仍有八个工作岗位等着我，现在想来，这简直跟做梦一样。其中就有东京煤气以及三菱的生野矿山之类的大公司，但我认为这种老牌公司肯定是挤满了前辈，很难有出头之日，于是我选择了一家匆匆建立、前途未卜的新公司——由良染料有限公司。

由良染料有限公司如今应该还在和歌山市的郊外，这家公司当时是由良浅次郎个人经营的公司。由于禁止从德国进口染料，他趁此机会推出很多商品，并取得了相当不错的成绩。我在这家公司当了一年的技术人员，那段时间里我并没有因为自己选择了这种工作而感到丢人，然而到了大正八年（1919年），不知何时会结束的第一次世界大战突然结束了，日本化学工业遭受重创，染料公司注定是最先没落的，我也因此认清了自己的前途，在得到一直关照我的教授的谅解后，同年夏天我回到了东京。

从大正八年夏天一直到转年一月份，我无所事事地玩了约半年时间，之前在由良染料公司一直关照我的老教授似乎看到了我的长处，于是在他的关照下，我得以来到农商务省某研究所继续当技术人员。正因为此事，让那些毕业成绩比我还好，但被留在外地的朋友好生羡慕。不得不说，回到东京确实算是我成为侦探小说家的第一机缘。因为，如果我一直留在外地，或许就不会产生创作侦探小说的想法了。正如我后来说的那样，正是在研究所朋友的引荐下，我才有机会结识森下雨村这位挚友。

担任研究所技术人员的三年时间里，我过得相当平凡。虽说我已然不记得自己那时读过什么东西了，但喜欢上了阅读《新趣味》《新青年》^①等杂志。我在很久以前就对文学有了兴趣，小学时代就阅读过《文艺俱乐部》之类的书刊。高等科的一、二年级，按照现代的制度来说，就是小学五、六年级的时候，那时正值日俄战争，战争文学非常盛行，看到《文艺俱乐部》在悬赏征集战争题材的小说，我就想过投稿，记得还写过两篇短篇小说。其中一个故事我至今都还记得，在从大阪回到故乡近江，我乘坐火车途经关西，也就是沿着木津川穿过几个隧道的时候得到了启发。

火车里坐着一对新婚夫妇，当火车沿着木津川清澈的河流穿过数个隧道时，之前就一直愁眉苦脸的妻子突然发出"哇"的一声悲鸣。等穿过隧道，火车到达换乘站的时候，坐在我右侧的那对夫妇和我接连下了车。下车后，那位妻子站在月台上用袖子遮住脸哭了起来，丈夫温柔地抚摸着妻子的后背安慰她。我无意间

---

① 《新趣味》和《新青年》都是当时红极一时的侦探小说杂志。

听到了两人的对话。女人颤抖着说自己在隧道的窗户上见到了战死的前夫，男人则说这都是她精神出了问题，并否定了这种事情。

差不多就是这么一个故事。虽说很幼稚，但却是我十二三岁时想出来的东西，这么一看我还是相当早熟的。记得这篇小说还是用毛笔在半纸 ① 上一丝不苟写出来的，我还按照投稿规定在上面标注了拼音 ②，不过最终也没有投稿。

从初中开始我就爱上了侦探文学，不仅喜欢上了泪香 ③ 的作品，甚至很认真地看了不好阅读的原版书——最喜欢柯南·道尔的作品。或许是受到读书的影响，在读全日制高中理科的时候，高一学生被要求写作文，身边的朋友极其讨厌写作文，我却相反，而且得分非常高。

而且不可思议的是，与其说是少年时代，不如说是我小学时代，除了那个时期，我从未想过要当什么小说家。

大正十二年（1923 年）春末前后，我突然看到《新趣味》正在征集侦探小说。这完全是从兴趣出发，我不认为自己能顺利写出小说，转念一想，自己从一高 ④ 时代起，就广泛阅读了各种书籍。那时，久米 ⑤、菊池 ⑥ 二位的作品我在一高时期就很熟悉了，便阅读了他们的全部作品。

——如果按照条理创作侦探小说，我觉得自己能够写出来。

---

① 半纸，是用来写书法或者写信的一种纸。

② 在甲贺三郎创作的年代，汉字旁边都需要标注汉字发音。

③ 泪香即黑岩泪香（1862—1920），日本著名思想家、翻译家、小说家。在江户川乱步之前，便开始创作侦探小说。

④ 旧制第一高等学校，简称"一高"，是日本一所曾经存在的高等学校，也是日本最早设立的公立旧制高等学校。曾和东京大学有直接联系，并设有两年预科班。1950 年停招，现为东京大学教育学部的一部分。

⑤ 久米正雄（1891—1952），日本小说家、剧作家、俳人。

⑥ 菊池宽（1888—1948），日本小说家、剧作家。

于是我临阵磨枪，用二十页稿纸写出了名为《珍珠塔的秘密》的作品，然后投稿。最终这篇作品被评委长谷川天溪①先生看中，并确定在八月号的杂志上以第一名当选者的成绩发表。如果我最初创作的这篇小说没有被采用，恐怕我也没心气动笔了。

《珍珠塔的秘密》被选中后不久，我从森下雨村先生的好友，也就是我研究所的同事冈崎直喜那里得知，雨村先生正在征集侦探小说，于是我创作了一篇名为《金丝雀的秘密》的作品，并请他把雨村先生介绍给我。非常幸运，森下先生采用了我的这篇作品。之所以会被采用，还有一个原因是江户川乱步开始活跃了，侦探小说因为他突然变得受欢迎起来，来自各杂志的约稿也逐渐变多了。于是在不知不觉中，写作成了我的主要工作，这就是我的职业栏里最终会填写"作家"这个职业的原因。

（原载于《新青年》杂志，1931 年 3 月号）

---

① 长谷川天溪（1876—1940），日本著名文艺评论家，曾师从坪内逍遥以及大西祝。

小说家的侦探小说

（译者：温雪亮）

"小说家的侦探小说"这个标题实属有些奇怪。侦探小说与小说毫无疑问都是小说，那么写侦探小说的人自然一定就是小说家了，因此没必要说什么"小说家的侦探小说"。不过，通常写侦探小说的人会被称为侦探小说家，他们与一般的小说家还是有区别的。

简单来说，在小说的摇篮时期，普通的小说与侦探小说是没有区别的。或许是因为创作侦探小说太过困难，又或许是因为被人瞧不起，出色的职业小说家不去创作侦探小说。这就导致侦探小说变得低端煽情且毫无社会性，侦探小说家最终也变成了没有价值的存在。

然而，不论被一部小说怎样捉弄，都无法阻止部分读者想要阅读的心。没有出色的小说家创作侦探小说，那些不出色的作家又写不出好的侦探小说，正因为对这方面有所不满，侦探小说爱好者中的一些人这次开始动笔创作侦探小说。正是博文馆的《新趣味》以及《新青年》，给这些所谓的业余作家提供了阵地。《新趣味》后来停刊了，因此现在只剩《新青年》还在独挑大梁。如今，那些业余作家之所以能够成功，全都归功于这本杂志的编辑——森下雨村先生。

随着业余侦探作家的兴起，职业小说家们意识到侦探小说与平常的小说竟然相差无几，这便成了他们的一个难题。实际上在近期的《文艺时报》中，佐佐木味津三①先生就曾说过不能冷眼对待侦探文学之类的话。先生不仅仅谈论这件事，自身也在创作侦探小说，这使得其他优秀的职业小说家也将创作方向转向侦探小说。

我并不清楚这些职业小说家笔下的侦探小说会对业余作家造成怎样的影响，单从侦探小说创作者的角度出发，职业小说家的加入不论怎么看都是件令人鼓舞的事情。

侦探小说在公众眼中的概念彻底改变。如果职业小说家趁着这股劲头继续相助，侦探小说必定以燎原之势迅速蔓延。如此一来，侦探小说就不会止步于单纯的煽情或者肤浅的技巧了，而是在轻松的机智、彷徨的迷宫中，暗示人世间的一些事情，使作品变成真正的侦探小说。

诸位侦探小说爱好者，请试着翻开《新青年》二月号②看看吧。这期杂志包括了水守龟之助③、佐佐木味津三、片冈铁兵④、正

---

① 佐佐木味津三（1896—1934），日本小说家。被菊池宽所发掘，与芥川龙之介以及直木三十五有交情，后来在芥川龙之介的激励下开始创作以江户时代为舞台的时代小说。代表作为"右门捕物帐"系列以及"旗本无聊男"系列，这两个系列均被多次影视化，有很重的侦探元素。

② 这里应该指的是于1926年发行的"七卷·二号"《新青年》。这本杂志是在一月号杂志与二月号杂志之间单独出版的一本。

③ 水守龟之助（1886—1958），日本小说家。田山花袋的弟子，曾在德田秋声的介绍下进入中央公论社，不过入职仅一天便退职。后来，在中村武罗夫的介绍下进入新潮社工作。

④ 片冈铁兵（1894—1944），日本小说家，新感觉派代表作家之一。曾与川端康成、横光利一等人创办杂志《文艺时代》。

木不如丘 ① 等人，以及身为业余作家的横沟正史 ② 和川田功 ③ 两位的作品，总计六篇作品。回顾数年前连业余作家都没有的时期，如今咱们这帮侦探小说爱好者真是遇上了好时候。

　　水守先生的《希望的奇迹》是一篇没有给出解答的新型侦探小说；佐佐木先生的《胡须》是将火车中的爱情与检察官透彻的推理相结合的作品；片冈先生的《死者的欲望》，则是一篇以实现妹妹生前愿望为主题的小说；正木先生的《心中的暴风雪》讲述的是在暴风雪中发生的神秘殉情事件——这些作品肯定不可能完美。比如水守先生的作品，总觉得有些生硬，很多需要回答的地方都被含糊地带过，这一点就让人有些心烦。希望佐佐木先生的作品能够在检察官与署长之间的对话上下一番功夫。文章中女性的做法缺乏真实性，还有就是检察官太过冷漠，给人一种机械化的感觉。片冈先生的作品则稍微缺乏真实感，我很喜欢把男主见到幽灵这件事当作是他的妄想，但是石膏诡计和死后信息的诡计太过陈腐。正木先生的作品也是一篇新型侦探小说，遗憾之处在于它在煽情方面有些薄弱——话虽如此，作为有声望的职业小说家，如果能够掌握侦探小说的技巧，定能写出优秀的作品。

　　川田功先生的《假刑警》成功地描写出敏锐的心理变化；横沟先生的《背叛的时钟》则以他独特的简单明了、颇具吸引力的文笔，以剪报诡计这种巧妙的手法完美地吸引了读者。这种挖空心思创作出来的诡计，是业余作家们的强项，也是职业小说家难

---

① 正木不如丘（1887—1962），日本作家、医生。
② 横沟正史（1902—1981），日本著名小说家，代表作有《本阵杀人事件》《珍珠郎》《犬神家族》等。
③ 川田功（1882—1931），日本小说家。曾担任杂志《少女世界》主任，在梦野久作连载《脑髓地狱》时，对其多有帮助。

以匹敌的地方。不论是爱引经据典的水守先生还是其他想要尝试创作侦探小说的小说家啊，我并不认为创作侦探小说这件事要变得跟我们这帮业余爱好者一样被人瞧不起，为了几十万侦探小说爱好者，我迫切希望你们多写一些侦探小说吧！

（原载于《读卖新闻》，1926 年 2 月 1 日）

侦探小说界的现状

（译者：温雪亮）

侦探小说界的现状总的来说处于停滞状态。本格侦探小说尤是如此。这里所提到的本格侦探小说并非侧重于犯罪动机以及犯人性格，而是以"不可能犯罪"或者"在巧妙犯罪计划中以科学解答作为趣味核心"为主的作品，柯南·道尔笔下的"歇洛克·福尔摩斯"系列故事便是其代表作品。本格侦探小说毫无疑问是小说的一个分支，具有且必然拥有众多文学元素。正如我以前说的那样，作为文学，它是极其特殊的存在，与那些多是述说"心"的作品相反，本格侦探小说是讲述"脑"的文学，可以将其称为谜题或者谜语的文学。在某些方面，它与诘将棋①或是几何学的解答所具有的趣味性完全一致。

就像几何学以及诘将棋残局出现的问题乍一看似乎无穷无尽，实际上都是由少数的天才一点点所想出来的那样，本格侦探小说的设计结构也是极其有限的，我忘了是宗桂②还是谁提出过"诘将棋百题"，此人被誉为这方面的天才。柯南·道尔便是这种天

---

① 诘将棋是从日本将棋衍生出来的类似于破解残局的智力游戏。

② 这里的宗桂指的应是大桥一族某代宗桂。大桥家是日本江户时代的将棋三大家之一，创始人是初代大桥宗桂（1555—1634），后来三代、五代、七代、八代、九代、十代、十一代传人均继承了"大桥宗桂"这个名号。由于没有详细说明，译者暂不清楚甲贺三郎这里所指的是哪一代的宗桂。

才，不过他的"歇洛克·福尔摩斯"系列并没有达到百篇。只不过，本格侦探小说与诘将棋的情况不同，随着文化的发展，可以创造出新的犯罪方法以及破解之法，也就是说，本格侦探小说有根据时代需要进行创新的空间。

总而言之，就是本格侦探小说在一个时代里出现了百篇左右（该数据没有任何理论依据）的名作，在受到世人狂热追捧的同时，进入了一个停滞期。在经过了几十年（和前面一样没有理论依据），进入新时代的时候，又诞生了百篇新作。

上述结论不仅仅适用于我国，也适用于欧美侦探小说界。即便是欧美，本格侦探小说也进入了停滞期（这个观点主要针对短篇小说，关于长篇小说后面会再做论述），他们在杂志上所刊登的那些作品，被引进到我国杂志上的就多达数十篇，然而能让我们为之折服、着迷的作品一篇都没有。除了敬佩欧美读者能有耐心且不厌其烦地阅读几乎有着相同情节的作品，我们再无其他想法。

本格侦探小说是从一种完全特殊的能力中诞生的特定读物，这件事笔者也曾屡次谈论过，因此这种读物也需要特殊的读者。就连那些评论者也经常大声呼吁必须以特殊的尺度来评判本格侦探小说。然而部分侦探作家反对将侦探小说作为一种特殊文学来看待，他们从自然主义文学至上主义的观点出发，毫不犹豫地将侦探小说带入他们所认为的艺术小说的领域之中。这个计划成功了一半，也失败了一半。成功的一面是提高了侦探小说的文学地位，失败的一面是阻碍了本格侦探作家的发展。这便是造成今日过早进入停滞期的重要原因之一，也是笔者深感遗憾的事情。

正如前文所述，不论有无人为因素的影响，本格侦探作家的数量本就稀少。实际情况就是，创作出能够令当今读者满意的本格侦探小说其实是一件非常困难的事情。况且对本格侦探作家而言，最不幸的当属如今的稿费支付制度。稿费不过是按照劳力结算出来的东西，即按照稿纸数量进行支付。在这种制度存在的情况下，这些作品不仅需要完整的故事，还必须考虑故事中是否有着独创的诡计，为了维持生计，创作者每个月至少要写出两三篇这样的作品来，那么用不了几年，作者的创作能力不就很自然地枯竭了吗？

那么，与本格派分道扬镳，企图进军所谓艺术小说领域的非本格侦探小说派的情况又如何了呢？虽说和本格派相比，非本格派笔下的情节无须首尾相顾，换句话讲就是创作起来很安逸，不论给出怎样的科学解释都可以。与之相对的是表达上的难度，而且必须要有些独创的内容，在这一点上并没有什么变化，到最后留下的都是那些具有特殊才能的作家。可这些作家最终也和本格派作家一样，全都以相同的原因走进了死胡同。也就是说，在如今的情形下，本格派已经成为强弩之末，只有在偶尔想起来的时候，才会向曾经建立起来的阵地里放几支箭罢了。

那么，侦探小说就要如此停滞下去了吗？

关于这个问题，就短篇小说而言，我不得不遗憾地说，确实如此。当然了，对于那些成名的作家，他们能够守住身为知名作家的一切。然而以他们的力量，想要打破这种停滞估计是不可能的，恐怕只能等到一个伟大的天才出现，凭借其划时代的作品才能打破僵局。

不过，有一种东西能够拯救侦探小说界，那就是长篇小说。

本格侦探小说本就应该属于长篇。以欧美，特别是英国为例来看，埃德加·华莱士 ① 每周都能出版一本书，除了他有这种惊人的高产能力，还有弗莱切 ②、萨珀 ③、奥希兹 ④、奥本海默 ⑤、勒·奎 ⑥、弗格斯·莱特·休谟 ⑦ 等新老作家，他们每月发表的长篇侦探小说就不下三四十本。这些书曾以三四日元的固定价格出版，后来又推出了五十钱的廉价版本。那时候，大英帝国的太阳尚未落下，据说当时的英语国家占据了世界的几分之一，其盛况不得不令人赞叹。

反观我国的情况，正值长篇小说机运不断发展之际。作为长篇作家，江户川乱步、大下宇陀儿 ⑧、梦野久作 ⑨ 等人，以及新进作家滨尾四郎 ⑩，都具有长篇作家的资质。人数虽说不多，但也不

---

① 埃德加·华莱士（1875—1932），英国小说家、编剧。在 20 世纪 10—20 年代创作了大量极受欢迎的推理和惊悚小说，最著名的作品是其原创的电影剧本《金刚》。

② J.S. 弗莱切（1863—1935），英国小说家、记者。曾创作过一百多本侦探小说。与阿加莎·克里斯蒂同为黄金时代杰出的侦探作家。代表作有《中殿巷谋杀案》《查令十字街事件》等，这两部作品曾受到美国威尔逊总统的高度称赞。

③ 萨珀，原名是 H.C. 麦尼尔，英国小说家、编剧。代表作有《名媛双胞案》《无人区》《斗牛犬德拉蒙德》等。

④ 艾玛·奥希兹女男爵（1865—1947），匈牙利裔英国小说家、剧作家、艺术家。代表作有《红花侠》以及史上最著名的安乐椅侦探"角落里的老人"系列。

⑤ 爱德华·菲利普·奥本海默（1866—1942），英国小说家，以惊悚小说闻名于世，也是最早创作间谍小说的作家之一，生前曾创作过 150 部小说。代表作有《化妆大师》《大秘密》等。

⑥ 威廉·勒·奎（1864—1927），英国前外交官、旅行家、新闻编辑、小说家，著名间谍小说大师，曾创作 150 部小说。代表作有《1894 年的英国大战》《诱惑》《英国的危机》等。

⑦ 弗格斯·莱特·休谟（1859—1932），英国小说家、剧作家。出生在英国，后来定居澳大利亚。在埃米尔·加博里欧的影响下开始创作小说，生前创作了近 150 部小说，代表作为《双轮马车的秘密》。该书在 1891 年由当时最受欢迎的译者丸亭素人翻译成日文，译名为《鬼车》。

⑧ 大下宇陀儿（1896—1966），日本侦探小说家，曾获得侦探作家俱乐部奖，后成为日本侦探作家俱乐部第二代会长。代表作有《贩卖自杀的男人》《石头下的记录》等。

⑨ 梦野久作（1889—1936），日本小说家，三大奇书之一《脑髓地狱》的作者，对日本文坛有着深远影响。代表作有《瓶装地狱》《死后之恋》等。

⑩ 滨尾四郎（1896—1935），日本侦探小说家、律师、子爵。代表作有《杀人鬼》《铁锁杀人事件》等。

少。所列举的作家中，前两位目前正在进行长篇的连载。

不过，长篇侦探小说无论如何都应该直接出版成书，并不适合连载。因为侦探小说与其他小说不同，是一种解谜小说，解开谜题的关键多出现在细节之处，如果不是那种特别注意细节的读者就会看漏隐藏的线索。所以强迫读者记住几个月前连载在杂志上的内容无疑是强人所难，恐怕到时候读者就会对其失去兴趣。另外，作者这边终日忙着赶上截稿日期，断断续续写出来的作品也很难成为豹头凤尾的名作。一气呵成的作品才更容易吸引读者。

对于上述之事，侦探作家们都有着相同的想法，听说在去年春天病逝的小酒井不木①先生，也曾下定决心准备在康复后创作一部大长篇。另一方面，从出版商的角度来说，欧美那些先进国家全都在出版长篇小说，其中属侦探小说具有绝对压倒性的优势。如果出版商能够看清现状就会知道，继续编辑出版在报纸和杂志上连载过的小说只能应付一时，应该主动承担起出版出色长篇侦探小说的工作。

总而言之，短篇侦探小说正处于停滞期，其停滞时间应该会相当长，但长篇小说现在正处于最佳时机，比起在报刊上连载，它更适合作为整本书进行出版。由此可以得出一个结论：长篇侦探小说具有更多发展前景。

（原载于《文学时代》杂志，1930 年 4 月号）

---

① 小酒井不木（1890—1929），日本医学家、随笔家、翻译家、推理作家、犯罪研究家。代表作有《恋爱曲线》《人工心脏》等。

侦探小说与评论

（译者：温雪亮）

以尖锐评论家身份被世人所熟知的杉山平助①发表了自己创作的小说，虽说收获了相当不错的声价，不过我并不想在这里谈论这篇作品的好坏，只想针对评论家创作一事说一说我个人的看法。

关于此事，忘了是谁曾在《读卖新闻》上以讥讽的笔调这样写道：评论家搞创作本是一件好事，能创作出作品来亦是一件好事，但要是被其他评论家"学习"到了这些，又会是怎样一番结果呢？

我更倾向于创作者想着成为创作者，评论家想着成为评论家。尤其是评论家发表小说一事，我虽说不赞成吧，但评论家能够创作出作品来，说明此人有创作能力，这其实是一件很好的事。

如果只是粗略地评论一部作品是好是坏、是有趣还是无趣，那是个人就能做到。这就好比刚一走进相扑场就吓得放弃比赛的人能对大关②相扑力士的招数评头论足，那些从没有摸过球的人聊起棒球来也能滔滔不绝。这帮人对待小说也是同理。

小说当然也有技术含量在里面，而且有很多技巧。虽说相扑

---

① 杉山平助（1895—1946），日本昭和初期文艺评论家。
② 大关，是相扑选手的最高段位。

评论家不能上场进行相扑，但是通晓相扑比赛的技巧是其必要条件，棒球也是同理。至于小说评论家也不能总是绕着主题还有思想打转，所以说掌握小说技巧依旧是非常重要的一件事。正因为这样，我认为评论家有能力创作小说是一件非常好的事情。

在各类小说作品中，侦探小说蕴含的技巧尤为复杂，所以个人建议那些侦探小说评论家，一定要先通晓与之相关的技巧。因为如果不了解这些，就难以评判这些作品。《假面》杂志的读者都是对这些技巧烂熟于心的高手，虽然也能进行评论，但只限于一般的侦探小说，令人遗憾的是，很多评论都偏离了主题。

在这方面，专业的评论家与爱好者的欣赏水平必定不一样。比方说相扑选手刚一站起来，两三秒便分出了胜负，这对外行而言索然无味，但在内行的评论家眼中，仅在这个瞬间就蕴含着千变万化的技巧，是非常有趣的事情。棒球比赛也是如此，在外行眼中，棒球就是"咣咣"地被打飞出去，然后用出色的绝技接住发球，要不然就是跑垒员成功盗垒，这样的游戏才叫有趣。但对专家而言，默不作声投球的投手和站着目送投手投球的击球手之间的哑剧，有时反而更加有趣。如果只涉及简单的技巧，外行与专家之间的差距其实很小，一旦这些技巧复杂化，二者之间的差距就会扩大。也就是说，比起普通的小说，侦探小说更具有技术含量。正因为如此，即便二者同时对侦探小说进行评论，外行与专家之间也有着巨大差异。

然而从通俗化的立场出发，一般读者即便接受了专家的观点，也不会觉得内容有趣，这就是非常困惑的一件事。至于相扑这些比赛之所以会被看腻，就是因为太过讲究技巧，所以一般观众才会觉得没什么意思。与之相比，简单易懂的棒球比赛的兴趣价值就明显高多了。

　　我就在想，纯文学与所谓的大众小说能不能以商业价值进行区分呢？也就是说，大众小说是需要考虑商业价值的小说，而纯文学则是不用考虑商业价值的小说。这里所说的不考虑商业价值并不是说不具备商业价值。比方说我国的学生棒球比赛，选手们并不会考虑收入问题，但还是会继续比下去。然而他们进行比赛，最终都会带来非常可观的价值收入。纯文学就是不考虑通俗化从而创作出来的东西。至于纯文学的通俗化是否受大众欢迎，则是另一个问题了。

　　虽说大众小说必须考虑商业价值，但是考虑与否全凭作者心情。因为这种事全是由发行商决定并从通俗角度出发。即便作者考虑此事，有的时候书就是卖不出去；不考虑此事的时候，作品却畅销了。有的作家在创作的时候会考虑商业价值，有的作家在创作的时候会怀着写纯文学的心态。总而言之，大众小说对发行商和读者而言必须具有足够的价值。

　　这便是最令人困惑的事，商业价值并非作品的本体，而是意外诞生的附属品。比方说出羽狱 ① 受欢迎的原因，比起他的相扑技巧，他那不同寻常的巨大体型更加受人关注；或者那些电影女演员，比起她们的演技，她们的美貌会更受人们关注吧。所以说，虽说对认真搞创作的人而言有些残忍，但真正的评论对发行商以及读者而言是可有可无的东西。

　　对侦探小说具有理解性的评论，我们难以从普通的评论家那里获得，而且也不可能获得。很遗憾，眼下我们周围的这帮少数

---

① 出羽狱文治郎（1902—1950），日本著名相扑选手。

人除了等待，别无他法。

（原载于《假面》杂志，1934 年 3 月刊）